ELKE WEILER

RINDVIECHER IM NEBEL

ELKE WEILER

RINDVIECHER IM NEBEL

EIN LANDKRIMI.
EIN NORDSEEKRIMI.
EIN HUNDEKRIMI.

GMEINER

Personen und Handlung sind frei erfunden.
Ähnlichkeiten mit lebenden oder toten Personen
sind rein zufällig und nicht beabsichtigt.

FSC® www.fsc.org
MIX
Papier aus verantwortungsvollen Quellen
FSC® C083411

Besuchen Sie uns im Internet:
www.gmeiner-verlag.de

Im Ehnried 5, 88605 Meßkirch
Telefon 07575/2095-0
info@gmeiner-verlag.de

1. Auflage 2022

Lektorat: Sven Lang
Herstellung: Mirjam Hecht
Umschlaggestaltung: U.O.R.G. Lutz Eberle, Stuttgart
unter Verwendung eines Fotos von: © Dneprstock / Shutterstock;
krambik / stock.adobe.com; 7089643 / pixabay;
VecTerrain / stock.adobe.com
Druck: CPI books GmbH, Leck
Printed in Germany
ISBN 978-3-8392-0187-9

»Konventionen interessieren mich eine feuchte Ackergülle.«

Julchen

»Lebe jeden Tag, als wäre es dein Geburtstag.«

Mademoiselle Julie

Für die Chachaputis dieser Welt und alle, die es noch werden wollen, sowie sämtliche Vierbeiner ohne eigene Schreibkraft oder Lobby

GLOSSAR: JULCHENS WELT

Madame: die Chefin in Julchens Zuhause. In anderen Haushalten sagen sie Frauchen. Wie niedlich!

Monsieur: der Mann von der Chefin, Herrchen sagen sie in anderen Rudeln. Julchens frühe französischsprachige Prägung hat sie vor der Übernahme derartiger Begriffe bewahrt. Wo das Französische herrührt, weiß keiner so genau. Als Welpe hat sie eher auf Julie gehört als auf Julchen.

Jannimann: von der Verwandtschaft so getaufter Mitbewohner namens Janni, auch die Schlumpfbacke genannt. Er stammt zwar aus derselben Geburtshütte wie Julchen, tickt aber ganz anders. Echt kein Vergleich!

Mademoiselle Julie: Julchens Alter Ego ist auf Psychotherapie spezialisiert. Ihr Geheimrezept: Buddeln hilft! Immer.

Grandmadame: Mutter von Madame und Partyhase. Erscheint stets pünktlich zu sämtlichen Feierlichkeiten auf der Bühne.

Gackervieh: unter Lutschern als Hühner bekannt, die nach Julchens Erfahrung ziemlich leckere Eier produzieren. Im Sommer hat sie nämlich mal ein Versteck im Schilf entdeckt und konnte zwei Stück probieren. Chapeau, liebes Gackervieh!

Lutscher: So nennt man abschleckwillige Zweibeiner. Also fast alle. Trifft es nicht zu, spricht man unter Hunden von Nichtlutschern.

Titi: kleiner Zweibeiner, meist groß im Buddeln und damit prädestiniert, Julchens Skills in dieser Disziplin entsprechend zu würdigen.

Löffelgesicht: in Lutscherkreisen auch Katze genannt.

Rennplüsch/Fellkartoffel: auch als Meerschweinchen bekannt. Als diese noch zahlreich in Julchens Rudel lebten, produzierten »Rennplüsch Media« ihre Filme. Aber das nur so am Rande.

Wollknäuel: Die Schafe sehen unserer Protagonistin zwar ähnlich, wie diverse Lutscher meinen, doch handelt es sich um eine andere Spezies.

Occupy-Bewegung: wenn Wollknäuel im Frühjahr die Deiche besetzen. Eigentlich ein Unding, weil Julchen dort am liebsten selber herumdüst, vor allem auf der Deichkrone.

Löffelträger/Feldflitzer: unter Lutschern als Hasen bekannt. In Julchens Augen überschreiten sie oft die auf den Fennen vorgeschriebene Höchstgeschwindigkeit und entziehen sich durch ihre brillante Fluchttechnik einem Verweis.

Superpiepmätze: Zugvögel, die im Frühjahr und Herbst in riesigen Scharen durch die nordfriesischen Lüfte ziehen und sich gerne an der Theke bedienen, sprich auf den Fennen der Bauern. Was zu Interessenskonflikten führt. Doch der Weg in den Süden oder Norden ist nun mal lang, und irgendwie muss man sich den Bauch vollschlagen.

Plüschomat: Lebewesen mit enorm viel Fell, egal, ob Hund, Schaf oder Moschusochse.

Himmelschafundmeer: typischer Fluch unter Hunden an der Nordseeküste.

Heilige Ackergülle: siehe oben.

Zum Pferdeäpfelpürieren: wenn etwas absoluter Mist ist.

Fenne: heißt eine Weide in Nordfriesland ganz offiziell.

Sankt Buddel: Julchen hat in Sankt Peter-Ording so prägende Erfahrungen gemacht, dass sie ihren Lieblingsort umgetauft hat.

Multifunktionaler Schnackapparat: Smartphone pflegen die Lutscher auf Neudeutsch zu sagen. Quasi die Verlängerung eines Lutscherarms. Neben der Blechhöhle und dem Wunderkasten gehört er zu den drei wichtigsten Dingen im Lutscherleben.

Statischer Schnackapparat: seltenes Teil, das in manchen Haushalten überlebt hat. Einst als Festnetztelefon bekannt.

Wunderkasten: Jeder hat sein Heiligtum. Was dem Gackervieh der Kompostierer, ist dem Lutscher der sogenannte Fernseher. In Wirklichkeit ein Nahseher. Die Welt in Klein. Für den Vierbeiner gilt der ritualisierte Abend vor der Glotze als Glücksfall. Zumindest dann, wenn er einen Platz neben seinem bevorzugten Lutscher ergattern und auf ein zünftiges Krauli hoffen kann.

Blechhöhle: ein beliebtes Fortbewegungsmittel, in Lutscherkreisen auch Auto genannt. Julchens sichere Burg für lautstarke Verweise an Schafe, Kühe, Pferde, Hindernisse auf der Fahrbahn und vor allem: Höllenmaschinen.

Höllenmaschinen: das Schlimmste, was sich auf Nordfrieslands Straßen herumtreibt. Höllisch laut, aufreizend schnell und mit vermummten Lutschern bestückt.

Schwarzhosen: Bemannung der Höllenmaschinen. Alles andere als vertrauenswürdig aus Julchens Sicht.

Rüdenkram: Damit sind männliche Hunde meist über die Maße beschäftigt, wie Julchen findet. Der gemeine Rüde sucht die Konfrontation mit seinesgleichen und verteidigt »sein« Territorium bis aufs Messer, oder sagen wir: bis auf den Fangzahn.

Vorderpfotentaps: spezieller Paartanz der Bearded-Collie-Tradition, den auch andere Hunde beherrschen. Die Tänzer stellen sich dazu auf die Hinterbeine, berühren sich mit den Vorderpfoten und lassen es krachen.

Geburtshütte: das Haus der Königsfamilie, wo (fast) alle Bearded Collies der Gegend herkommen. Zumindest Julchen und ihr Mündel Janni. Die beiden sind nicht direkt verwandt. Na ja, um ein paar Ecken doch.

Boßeln: offizielle Bezeichnung für eine typische Sportart an den Nordseedeichen. Man wirft Kugeln durch die Gegend und legt dabei mehrere Kilometer zurück – egal bei welchem Wetter. Hunde dürfen den Kugeln auf gar keinen Fall hinterherrennen (Lutscher sind solche Spielverderber).

Oberjournalistisch und schafsköddelkorrekt: Julchens Devise. Als Ermittlerin ist sie nun mal der Wahrheit und nichts als der Wahrheit verpflichtet.

Das Große Eierfest: Die Lutscher nennen es Ostern. Als die Rennplüsche noch Teil des Rudels waren, wurde jedes Jahr ein Osterhase gekürt. Julchen gab sich zwar große Mühe, doch meist holte eines der Meerschweinchen den begehrten Titel.

1. DAS OMEN

Rülpsend lief ich über den Deich, Madame folgte mir unauffällig. Es war einer jener alten Deiche im Marschland, den die Lutscher als Rennstrecke nutzten. Schmal und ohne Wege für unsereins. Doch an diesem Tag war mir nicht nach lautstarken Verweisen, was die rasante Geschwindigkeit von Blechhöhlen betraf. Ich genoss die Morgensonne, die im Bodennebel badete. Nach dem unendlich langen, nassen und grauen Winter hatte ich bereits erste Boten des Frühlings aufgespürt. Man musste allerdings präzise hinsehen beziehungsweise schnuppern. Die Bäume noch blattlos, das Land aschfahl, nur der Himmel strahlte. Ich mochte dieses Blau, das zwei Drittel der Landschaft beherrschte. Es machte einen fast schwindelig, und die Sonnenstrahlen tanzten Boogie auf dem Fell.

Als wir in einen Seitenweg abbogen, vernahm ich sofort einen Geruch, der nicht in die Idylle passte. Ich folgte meiner Nase und bremste kurz vor der Leiche scharf ab. Reglos lag das Tier im Gras am Rande des Grabens. Natürlich merkten Lutscher solche Feinheiten nicht, sie rochen ja kaum etwas. Und was sie nicht sahen, schien nicht zu existieren. Ich warf Madame einen kurzen Blick zu, gedankenversunken starrte sie in die Ferne. Wir waren durch ein zartes Band miteinander verbunden, doch das störte mich selten. Madame ging ganz gut an der Leine. Zudem gab es einen Spielraum von mehreren Metern, der jedem von uns zugutekam.

Also schnupperte ich genauer. Die Leiche war frisch. Maximal ein paar Stunden alt. Da die Gerichtsmedizin noch nicht vor Ort war, nahm ich das tote Tier für erste Untersuchungen ins Maul, prüfte Gewicht und Festigkeit. Zur Todesursache konnte ich nichts Genaues sagen, äußere Verletzungen waren nicht festzustellen.

Madame schüttelte angewidert den Kopf und bezweifelte meine Zuständigkeit: »Pfui! Lass das arme Tier los!«

Wir einigten uns darauf, dass ich das mögliche Mordopfer nicht selbst in die Gerichtsmedizin brachte. Doch um die Aufnahme der Details kam ich nicht herum.

Vorname: Bisam.

Nachname: Ratte.

Fundort: Grabenrand in der nordfriesischen Marsch, Halbinsel Eiderstedt.

Todesursache: unklar, vermutlich Fremdeinwirkung.

Mir war zwar klar, dass die Feldhasen gerade hochaktiv über die Fennen hoppelten und dabei recht chaotisch agierten, doch einen Zusammenprall mit einem von ihnen konnte man als Todesursache definitiv ausschließen. Die Löffelträger verfügten über ein Eins-a-Reaktionsvermögen und waren zu Richtungsänderungen quasi in Schallgeschwindigkeit fähig. Diesbezüglich hatte ich selber schon einschlägige Erfahrungen machen dürfen.

Vermutlich war es mal wieder die Schuld einer Blechhöhle, derartige Unfälle galten nach einer internen Statistik als häufigste Todesursache für Wild- und Katertiere in der gesamten Gegend. Wir konnten im Rudel ein Lied davon singen, ein trauriges. Kein adoptiertes Löffelgesicht war uns geblieben. Auch mein alter Kumpel Mats war entweder auf Weltreise gegangen, oder es hatte ihn eiskalt erwischt. Er galt als verschwunden, schon seit Jahren. Auch die Akte mit Bisams Tod würde nun den meterhohen Stapel der ungeklärten Fälle erhöhen.

Madame zog mich fort, bevor ich Näheres klären konnte. Sie hatte es plötzlich eilig, typisch Lutscher! Sie hatten einfach einen anderen Rhythmus als unsereins. Nie war genug Zeit, um vollständige Schnupper-Profile zu erstellen. In der Ferne maulte der Hund vom Haus am Schafswollweg. Dazwischen das beunruhigte »Määäh!« eines Wollknäuels, auf das seine Kollegen in periodischen Abständen antworteten. Der Chor der Schafe klang disharmonisch, doch ich konnte die tote Bisamratte als Grund dafür ausschließen. Vermutlich kannte man sich gar nicht, hatte sich höchstens mal flüchtig bei einer Grabenquerung gesehen. Machte ein Fuchs die Schafe nervös? Auch das konnte ich ausschließen, dafür war es zu hell. Ich lauschte dem Soundtrack der Marsch, erhoffte mir Hinweise auf das Geschehen. Am Ende setzten sich die Kühe von Bauer Thule akustisch durch. Mir schien, als ginge ihr Muhen über das durchschnittliche Palaver auf der Fenne hinaus. Irgendetwas lag in der Luft.

Als Madame mich von der Leine ließ, wischte ich alle Gedanken beiseite und peste wie ein Wildschwein durch die Gegend. Das Leben war schön! Und ich mochte Tage wie diese. Tagsüber mischten sich neue Duftnoten in die stumpfe Winterkälte, und gegen Abend kroch die Feuchtigkeit aus dem Boden und dampfte übers Land. In der Dämmerung trennte sie Häuser, Bäume und Horizont von der Realität. Mittendrin im weißen Nebel die Rindviecher als einzige Verbindung zum Hier und Jetzt. Endlich waren sie aus ihren Hütten hervorgekommen, um das Ende des Winters und die Freiheit auf den Fennen zu feiern. Manche hüpften vor Freude und jagten sich gegenseitig. Dann blieb ich stehen und schaute ihnen zu, bevor ich sie nach besten Kräften anfeuerte. Immer gemäß dem Motto: »Lebe wild und ungestüm!« Nach diesem endlos langen Winter im Stall hatten die Rindviecher alles Recht der Welt zu feiern und zu tanzen. Ja, sie gefielen mir, ganz ehrlich. Wie sie so vor sich hin mampften, sich gegenseitig putzten oder probeweise hoppelten wie die Feldflitzer. Wie sie dastanden. Als letzte Details einer Landschaft, die sich langsam auflöste.

Irgendwie fühlte ich mich zu ihnen hingezogen. Vielleicht zu stark, zumindest aus der Sicht von Madame und Monsieur. Die Sache hatte sich folgendermaßen zugetragen: In der ersten Wirbelblätterzeit meines Lebens kam ich zu der Überzeugung, dass Kühe die besseren Pferde waren. Sie interessierten sich stark für ihre Umwelt, waren stets neugierig, sozial und hatten ein sehr gutes Reaktionsvermögen. Sie traten zum Rapport an, wenn man es wünschte. Und wie man es wünschte! Nach unserem Umzug auf die schöne Halbinsel Eiderstedt freute ich mich über die neuen Nachbarinnen, die gemächlich an unserer Kate vorbeitrotteten. Fast gehörten sie zum Rudel, ohne es zu wissen. Monsieur nannte sie schlicht »die Mädels«. Und Madame? Jeden Morgen öffnete sie eigens das Küchenfenster, um ihnen ein fröhliches »Moin« entgegenzuzwitschern. Völlig übertrieben! Wünschte mir etwa jemand einen schönen Tag?

Trotzdem. Gute Beziehungen waren wichtig. In dieser Hinsicht galt ich als Profi, und in Sachen Lutscherbetreuung erhielt ich regelmäßig Bestnoten. Mit Schafen und Rindviechern war die Sache komplexer. Um die Mädels näher kennenzulernen, schlich ich mich geschmeidig wie ein Katertier durch die Büsche und sprang leichtfüßig über den trennenden Graben. Mir war klar, dass ich mich auf fremdem Terrain bewegte. Auch wenn die Gräben des Marschlandes der Entwässerung dienten, galten sie aus Sicht der Lutscher als Grenzen. Mein und dein? Überflüssige Begriffe, ginge es nach mir. Als Hund wusstest du: Nichts gehörte niemandem. Okay, der Napf, aus dem ich fraß, bildete eine vorübergehende Ausnahme. Auch teilte ich Madames Aufmerksamkeit ungern. Aber wie konnte man ein weites Land durch Grenzen verunstalten? Als Vierbeiner schlecht nachzuvollziehen.

Vorsichtig steuerte ich damals auf die Mädels zu. Diese Sozialtiere schienen sich über den unangekündigten Besuch zu freuen und bauten sich in einer Reihe vor mir auf. Doch die Sache ging gründlich schief, denn Monsieur entdeckte mich auf der Weide, pfiff mich zurück und baute flugs einen Zaun. Mein Kontakt zu den Rindviechern war daher oberflächlich geblieben. Natürlich trotteten sie weiterhin am Haus vorbei, oder man stand sich mal am Graben gegenüber, grüßte sich. In solchen Fällen boten Janni und ich den Zuschauerinnen exquisites Wiesen-TV mit Tanz und Gesang. Doch trotz unserer Bemühungen blieb es ein Verhältnis auf Abstand.

*

Am Nachmittag steuerte ich mit Madame mein heiß geliebtes Sankt Buddel an, wo weder Bisamratten noch Rindviecher anwesend waren. Allenfalls mal ein Seehund. Die Sandwüste galt als Hotspot auf Eiderstedt, beliebt bei Ferienlutschern und Vierbeinern aus nah und fern. Meist vermieden wir den Trubel im Sommer und stürmten den überdimensionierten Sandkasten in der Nebensaison. Zwar konnte ich auch hier der Lutscherlogik nur schwer folgen, bot der Sommer doch zahlreichere Kontakte mit Gleichgesinnten im sogenannten Hundeauslauf. Aber gut. Herbst, Winter und Frühling waren auch cool. Nur noch an der dänischen Westküste konnte man meinen Erfahrungen zufolge besser flirten als in Sankt Buddel.

Ein windstiller Tag. Das leise Rauschen des Meeres in der Ferne. Die Nordsee hatte Pfützen hinterlassen, in denen sich die Wolken spiegelten. Leichtfüßig sprang ich darüber. War ich in einem früheren Leben ein Hase gewesen?

»Chachaputi!«, hörte ich Madame rufen. Sie war manchmal so. Nicht, dass ich sie nicht verstand. Angeblich kam der Begriff aus einem verschollenen Inka-Dialekt und bedeutete so viel wie »Sonne im Herzen und Hummeln im Hintern«. Sie hatte mir das mal erklärt. Für mich war es der verrückteste aller Namen, die Madame gemeinhin für mich verwendete. »Suzette«, »Knödel«, »Ciabattina«, nicht selten hatten ihre Schöpfungen einen kulinarischen Bezug. Manchmal sagte sie einfach nur »Chacha«, und ich hatte längst aufgehört, mich zu fragen, ob damit der Herz- oder der Hinterteil gemeint war. Ich hoppelte also über die Pfützen und tobte durch den Sand, bis wir die Wasserkante erreichten. Die Wellen klatschten mir vor den Bauch, ich konnte nicht anders und bellte das impertinente Meer an. Es gab sich gerne temperamentvoll, galt aber als unzuverlässig. Dieses ständige Kommen und Gehen führte dazu, dass man sich umso mehr danach sehnte. Es machte sich rar, wenn auch nicht gerade in Sankt Buddel. Hier konnte man es zuverlässig treffen, man musste bei Ebbe nur etwas weiter über den Strand düsen. Aber an vielen Orten der nordfriesischen Küste verschwand das Meer zeitweise ganz aus dem Blickfeld.

Manchmal war die Nordsee, wie sie die Lutscher nannten, wild und aufbrausend wie der Wind. Manchmal ruhig und lässig. Hier an der Küste verfügten wir zudem über eine Art Bonus: das Watt. Eigentlich gab es kaum eine gesündere Materie als diesen schlabbrigen Boden! Wer also wie ich auf Badeaktivitäten weitgehend verzichtete, wählte alternativ den Schlick. Am besten gleich die volle Packung. Wenn das wunderbare Watt blubberte und unter den Pfoten knatschte, herrschte Ebbe. Es war die beste Zeit, sein Frisbee in den Schlamm zu werfen und sich selbst gleich hinterher. Von allen Matscharten hatte Schlick einfach die beste Konsistenz und Haltbarkeit. Und in solchen Momenten des Glücks mutierte ich zu dem, was man gemeinhin ein Schlickschwein nannte.

Mit der taupefarbenen Umgebung verschmelzend machte ich mir Gedanken über das Wann und Wie. Vor allem über das Wieso und Warum. Und dann kam mir die Erleuchtung. Es musste mit meinem fortgeschrittenen Alter zu tun haben, immerhin hatte ich nun schon etliche Monde auf dem Plüschrücken. Unser Meer war zwar impertinent und unzuverlässig, aber äußerst großzügig! Die Hälfte der Zeit überließ es uns einen Teil seines Bodens, damit wir die genialsten Hüpfer darauf machen konnten. Ich fand diese Erkenntnis umwerfend.

Doch Madame spielte die Klugscheißerin und meinte, es hätte mit dem Mond zu tun. Das erschien mir unlogisch. Wie sollte ein so großes Wasser einer Mini-Leuchtkugel hinterherrennen? Und mit welcher Motivation? Die Sache ließ mir keine Ruhe. Einmal stand ich nachts draußen und befragte die helle Sichel, von der ich genau wusste, dass sie sonst rund war! »Wuff!« Ich wiederholte mein Anliegen. Wurde lauter, drängender. Kein Kommentar. Monsieur stand sogleich auf der Matte und wollte wissen, was los war. Stumm deutete ich in Richtung Mond. In typischer Lutschermanier zuckte Monsieur die Achseln und verschwand in der Hütte. So viel zu fruchtbaren Diskussionen mit Zweibeinern.

Ich sah mich um. Folgten auch die Rindviecher dem Mond? Sie waren immer in Bewegung, grasten mal hier und mal dort. Folgten wir alle irgendwie dem Mond, ohne es zu merken? Die angebliche Macht des Mondes über das Meer brachte mein Weltbild ins Wanken. Abergläubisch war ich jedenfalls nicht. Daran konnte auch eine tote Bisamratte nichts ändern.

2. VERSCHWUNDEN

Auf dem Nachhauseweg sang Madame lauthals irgendein Lied im Radio mit. Ohne den Text zu kennen, stimmte ich wuffend ein. Gemeinsames Jodeln stärkte den Gemeinschaftssinn ebenso wie gemeinsames Jaulen. Leider wurde unser vielversprechendes musikalisches Duett abrupt beendet: Madame musste bremsen. Ein möglicherweise suizidgefährdeter Hase lief geradewegs vor die Scheinwerfer der Blechhöhle. Heilige Ackergülle! Waren denn plötzlich alle Löffelträger vor die Pumpe gerast? Hatten sie das Gras geraucht, statt es zu fressen? Der Vorfrühling machte sie kirre. Aber mir war nicht nach einer weiteren Leiche! Madame schlich über die Straße, immer nach dem konfusen Hasen Ausschau haltend. Doch der Flitzer nahm die Chance nicht wahr und behielt den Zickzackkurs bei. Als wäre es zu viel verlangt, sich mal für eine Seite zu entscheiden! Natürlich blies ich ihm gehörig den Marsch. Dummerweise war der Typ ebenso beratungsresistent wie mein Mündel Janni. Oder schirmte die Blechhöhle den Ton zu gut ab? Okay, dann drehte ich halt den Verstärker auf. Endlich verschwand der Hase aus unserem Blickfeld, und Madame heizte ein. Anscheinend knurrte nicht nur mir der Magen. Dinner-Zeit!

Aber was musste ich da hören, führte Madame etwa Selbstgespräche? Ich rappelte mich hoch und checkte die Lage. Gerade fuhren wir an Bauer Thules Hof vorbei, wieder reduzierte Madame das Tempo. Alle Türen standen offen, und Lazlo bellte wie ein Besessener. Letzteres war nun wirklich kein Normalzustand. Ich fiel akustisch ein, und das nicht nur aus Höflichkeit. Am liebsten würde ich nach dem Rechten sehen. Auf dem Hof schien das pure Chaos zu herrschen. Die Rindviecher liefen kreuz und quer über den Hof, vermutlich hatten sie sich mit dem verrückten Hasen zusammengetan. Meine Fantasie lief auf Hochtouren. Vor meinem geistigen Auge waberten dichte Nebelschwaden, die nicht wetterbedingt waren. Kühe, Schafe, Hasen, Rehe feierten zusammen. Halluzinierte ich aufgrund von akutem Hunger? Ich scannte den Hof ab. Wo trieb sich bloß der Aufsicht führende Feldlutscher herum?

Madame bremste hart: Nach dem Löffelträger hatte sich eine Kuh auf die Fahrbahn verirrt. Nordfriesland in Reinform. Da stand das Rindvieh und guckte direkt ins Cockpit. Wollte es vielleicht auf der Kühlerhaube Platz nehmen?

Unbeherrscht fuhr ich die Kuh an. Keine Reaktion. Madame und ich brauchten dringend Verstärkung, schließlich waren diese Rindviecher außer Rand und Band und uns kräftemäßig überlegen. Dazu noch in der Überzahl! Wenn nun alle auf die Straße kämen? Ich wurde immer nervöser, doch zumindest Madame schien einen kühlen Kopf zu bewahren. Sie zückte nicht den mobilen Schnackapparat, sagte nichts, sie sah einfach nur hinaus. Blickte der Kuh geradewegs in ihre hübschen Augen, während diese auf die Windschutzscheibe starrte. Wer würde zuerst aufgeben, Madame oder die Kuh? Es war der reinste Nervenkrieg.

Nach endlosen Minuten des Wartens trottete die Kuh in aller Gemütsruhe zur Seite. Gewonnen! Auf dem restlichen Weg mussten wir weder mit kleineren noch mit größeren Hindernissen rechnen. Während ich meine wohlverdiente Abendmahlzeit einnahm, Biohuhn mit Reis, lief Madame wie ein aufgescheuchtes Huhn hin und her. Die chaotische Situation auf dem Hof schien ihr keine Ruhe zu lassen. Also hängte sie sich an den statischen Schnackapparat. Die gesamte Nachbarschaft schien bereits im Bilde zu sein. Auch wenn die Lutscher auf Eiderstedt meist außerhalb ihrer Rufreichweite wohnten, war hier jeder wohlinformiert. Alles wurde registriert. Man kümmerte sich umeinander. Man zerbrach sich den Kopf. Man half. Ich sowieso! Und wir Hunde hatten eh ein funktionierendes System aufgebaut, um uns auch über Kilometer noch auszutauschen. Allein an der Art des Bellens konnte ich erkennen, wie der Nachbarshund drauf war.

Das tierische Chaos auf dem Bauernhof beschäftigte alle, doch anscheinend hatte niemand den Feldlutscher mehr gesehen, er schien wie vom Erdboden verschluckt zu sein. Eines ließ Madame hörbar aufatmen: Ein Kollege und Freund von Thule kümmerte sich um das verstreute Vieh. Tamme ging zwar aufs Rentenalter zu, galt aber als ausgesprochen fit, trotz der jahrelangen körperlichen Arbeit auf dem eigenen Hof. »Dat is een Klacks för mi«, war einer seiner Lieblingssprüche. Eigentlich wollte er sich bald zur Ruhe setzen, ohne sich ganz von seinen Tieren zu trennen. Als Bauer hatte man es nicht leicht. Die Marsch forderte einen, davon wussten auch Madame und Monsieur bereits ein Lied zu singen, waren sie doch selbst unter die Gärtner gegangen und bauten Gemüse an. Der Boden der Marsch entstand aus Wattboden. Zwar galt er als äußerst fruchtbar, aber auch als kompliziert und wurde daher oft als Weide genutzt. Auch beim Buddeln hatte man seine liebe Not. Ich zog Sandstrände vor, konnte aber das im Herbst beliebte Mausloch-Buddeln nicht ganz vermeiden. Madame und Monsieur wollten derlei Aktivitäten nicht gutheißen. Erstens, weil das Grundstück dann zur Kraterlandschaft mutierte; zweitens, weil meine Pfoten ein schwarzes Finish bekamen. Aber als viel beschäftigter Hund konnte ich nicht auf alles und jeden Rücksicht nehmen.

Was Thule anging, wollte ich nachhaken: Die Fahndung lief doch, oder? Mir schwante nämlich, dass dem nicht so war.

»Sucht die Polizei nach Thule?«, sprach nun auch Madame in den Schnackapparat. Ein typischer Fall von Gedankenübertragung. Manchmal tickten wir eben doch gleich. Kein Wunder nach all den gemeinsamen Jahren. Ich war überzeugt, dass nur eine möglichst rasche Spurensuche vor Ort erste Hinweise liefern konnte. Mir kribbelte es schon unter den Pfoten.

»Okay«, murmelte Madame nun. Das klang nicht gut. Als sie aufgelegt hatte, erzählte sie Monsieur, der ebenfalls in Sorge war, dass die Polizei zunächst nichts unternehmen wollte. Gar nichts! Schließlich wäre Thule ein erwachsener Mann und konnte tun und lassen, was er wollte. Man würde noch warten, bevor man einschritt. Dass seine Exfrau und seine Söhne sowie diverse Freunde sich Sorgen machten, wog augenscheinlich nicht genug, um eine Suchaktion zu starten.

Es war zum Pferdeäpfelpürieren! Bis dahin konnte alles Mögliche passieren, wenn es nicht schon geschehen war. Ich entwickelte einen Einsatzplan und zog Madame während des Spätgassis in Richtung Bauernhof. Die Kühe muhten um die Wette, alles schien aus dem Ruder zu laufen. Natürlich kümmerte Tamme sich, so gut es ging, doch schienen sie Thule und seine Rundumbetreuung zu vermissen. Oder spürten die Rindviecher, dass etwas passiert war?

Madame erlaubte mir nicht, auch nur eine Pfote auf das Grundstück zu setzen. Heilige Ackergülle! Wie sollte man so präventiv ermitteln? Und war nicht eigentlich Gefahr in Verzug? Ich zog also weiter zum Hof hin, doch Madame sträubte sich. Mit Worten versuchte sie mich von meinem Plan abzuhalten: »Wenn der Bauer zurückkommt, sähe das nach Hausfriedensbruch aus.«

Hausfriedenswas? Himmelschafundmeer! Was war denn nun mit der viel beschworenen Fürsorge und den guten nachbarschaftlichen Verhältnissen auf unserer Halbinsel?

Ich bellte kurz, aber bestimmt. Umso besser, wenn der

Bauer wieder dort wäre! Dann könnte man »Moin« sagen und vielleicht drei Takte miteinander schnacken. So ging Nachbarschaft.

Doch Madame wusste genauso gut wie ich, dass kein Zweibeiner auf dem Hof war. Die Unruhe der Tiere verhieß nichts Gutes. Genau deswegen wollte Madame den Hof nicht betreten. Es war gespenstisch, sie fühlte sich nicht wohl. Mir erschien es klar wie Kloßbrühe, dass der Bauer nicht einfach abgehauen war. Man hörte es. Man roch es. Man schlussfolgerte es: Warum zur Ackergülle sollte dieser fürsorgliche Mensch seine Tiere allein lassen?

Noch etwas wunderte mich: Lazlos Bellen fehlte. Wenn er keinen Ton von sich gab, war er nicht da. Vielleicht hatte er sich selbstständig gemacht? Wenigstens Lazlo suchte sein Herrchen! Oder Tamme hatte ihn vorübergehend zu sich genommen. Schrill bellte ich noch ein paar Mal in den Hof hinein. Keine Antwort. Ich sah Madame an und empfahl dringend, einen größeren Suchtrupp einzurichten – mit mir an der Spitze. Schließlich konnte ich Lazlos Fährte aufnehmen, wenn es eine gab. Madame ignorierte mich.

Stattdessen traten wir den Heimweg an. Ein letztes Mal bellte ich in die Nacht. Vielleicht hörte Lazlo mich ja irgendwo? Vielleicht funktionierte unser inselweites Kommunikationssystem, wenn man es wirklich einmal brauchte? Normalerweise erfuhr ich postwendend, wenn wieder mal Wollknäuel auf Wanderschaft gegangen waren, wenn der Postbote unterwegs war oder ein Katertier gesichtet wurde. Heute waren keine klaren Zeichen zu erkennen. Überall Stille, überall nur Ratlosigkeit.

Zurück im Garten, wachte ich noch eine Weile draußen, um alle Geräusche zu scannen und professionell auszuwerten. Schließlich rief Madame mich zur Nachtruhe hinein, und ich fiel in einen tiefen Schlaf mit heftigem Pfotenzucken. Im Traum rannte ich hinter Lazlo her, konnte ihn aber nicht erreichen. Er schlug Haken wie ein Hase, verschwand und tauchte wieder auf. Wo wollte er mich hinführen? Mit jedem Meter, den ich rannte, stieg die Gewissheit, dass er etwas wusste. Vielleicht sogar alles. Mir hing die Zunge aus dem Hals, doch ich konnte, ich wollte nicht aufgeben. Manchmal blieb Lazlo stehen, drehte sich um und wollte bellen. Aber kein Laut kam aus seiner Kehle.

3. DIE SPUR

Madame und ich galten als ausgewiesene Langschläfer, während Monsieur sich um Haus, Hof und Hühner kümmerte und schon mal das Frühstück vorbereitete. Janni unterstützte ihn tatkräftig bei allen Unternehmungen rund ums Haus. Doch er tat das nicht ganz uneigennützig, seine Motivation hieß Fressen, Fressen und noch mal Fressen. Vielleicht fiel bei den Hühnern etwas für ihn ab? Oder beim Lutscherfrühstück? Ganz sicher war er sich dessen, wenn Grandmadame bei uns weilte. Nicht nur, dass sie ihre berühmten Wurstbrote mitbrachte, die eigentlich als Verpflegung für die Zugfahrt gedacht war. Sie verwöhnte uns auch während des Frühstücks. Mal fiel etwas Käse für uns ab, mal ein Scheibchen Wurst. Madame und Monsieur versuchten unsinnigerweise, ihr diese Großzügigkeit abzugewöhnen. Doch bislang waren sämtliche Bemühungen im Sande verlaufen. Was natürlich nicht nur Janni freute.

Beim Frühstück wurden meist Pläne geschmiedet, wohin und in welcher Konstellation die aktuellen Tagesgassis stattfinden sollten. Heute würden Madame und ich den Außendeich kontrollieren. Die Möwen durften nicht zu frech und zu laut sein, die Schafe sollten brav grasen und die Gäste glücklich sein. Wie sich das äußerte? Meist strahlten die Urlaubslutscher, wenn sie mich und andere Plüschomaten erblickten oder einfach am Meer waren. Meine Aufgaben hatte ich für mich klar definiert, wobei Madame mich natürlich hier und dort unterstützen konnte. Klar, ein bisschen Spaß würden wir auch haben.

Außerdem musste ich die Situation rund um Thules Hof im Auge behalten. Als wir dort vorbeifuhren, nahm ich dieselbe Tristesse wie gestern wahr. Madame hielt kurz an und kurbelte das Fenster herunter. Eine rätselhafte Ruhe lag über dem Ort. Ich bellte in die Stille. Keine Antwort. Kein Lazlo. Und die Rindviecher schienen irgendwo auf der Weide zu sein. Vermutlich ausgeführt von Thules Kollegen. Oder waren sie noch im Stall? So still? Was war passiert? Gegen meine Empfehlung fuhren wir weiter.

Doch am Meer vergaß ich alle Probleme der Welt und wälzte mich ausgiebig im Gras einer schmalen Landzunge, die bei Ebbe zum Strand mutierte. Immer mehr Sand lagerte sich ab, der vermutlich von Westerhever hierhergespült worden war. Das Land an der rauen Westküste veränderte sich ständig, das ging schon seit Jahrtausenden so, erzählte man sich unter Zwei- und Vierbeinern. Auch wenn die Lutscher seit Jahrhunderten in diesen ewigen Kreislauf einzugreifen versuchten und es sich hinter den Deichen gemütlich machen wollten. Sie errichteten Mauern in Form von Deichen. Ich war gespannt, wie lange das Meer diesen Affront noch dulden würde. Was es überhaupt von der landschaftlichen Umgestaltung hielt. Ich wusste ja, dass es ganz schön aufbrausend sein konnte. Bereits als Welpe hatte es mich einfach so nass gespritzt. Was ich natürlich nicht auf mir sitzen lassen konnte. Jedes verdammte Mal habe ich ihm die Meinung gegeigt. Das hatte sich bis heute nicht geändert, wenn das Meer mal wieder über die Stränge schlug. Vor allem wenn der Wind eine Schippe zulegte, brauste das Meer auf. Während mich der Wind energetisierte, brachte mich das Meer in diesem erregten Zustand zur Weißglut.

Jedenfalls nutzte ich den neuen Strand und wälzte mich nach Herzenslust. Der Sand machte das Fell noch fluffiger, als es ohnehin schon war. Einfach hineinwerfen und dann ausschütteln, lautete mein bevorzugter Beauty-Tipp. Viel frische Luft dazu! Und ein bisschen Body-Styling. Ich konnte meilenweit auf dem Rücken robben, auch den Deich runter, was sämtliche Lutscher in Verzückung geraten ließ. Wälzen als endemische Fortbewegungsart an der Küste. Meine Lieblingsspezies zum Lachen zu bringen, galt mir als oberstes Anliegen. Vor allem Madames glockenhelles Gackern liebte ich sehr. So war ich eben: Superjulchen, Entertainerin erster Sahne. Ich stand gerne im Mittelpunkt, genoss die Aufmerksamkeit aller, egal, ob Kollege, Kuh, Pferd oder Mensch. Das Salz in der Suppe des Lebens.

Es herrschte Ebbe, vor uns breitete sich der quatschende, blubbernde Meeresboden aus, der voller Leben war. »Wattwurm, hab acht!« Der Schlick spritzte nur so in alle Richtungen, als ich lospreschte. Irgendwo im Land der Hügelchen aus beigegrauen Spaghetti, feinstem Sand, ausgeschieden von unzähligen Wattwürmern, irgendwo dort draußen hielt ich inne. Das Wattknistern erschien mir heute besonders gefällig komponiert. Wie eine geräuschvolle Stille. In die nun Madames Stimme brach. Ich sah mich um: Was war da los? Madames Rückrufaktion schien tatsächlich mir zu gelten. Ich hatte ein »lecker« vernommen, wichtigstes Codewort zwischen den Lutschern und uns. Zumindest galt das in meinem Rudel. Augenblicklich flog ich zurück. Doch Madame gab bizarre Kreischtöne von sich, als ich sie erreichte.

»Schlickschwein«, schimpfte sie, hatte Angst um ihre Klamotten, hielt sich aber gleichzeitig den mobilen Schnackapparat ans Ohr.

»Nein, nicht du«, korrigierte sie sich, was die Verwirrung komplett machte.

Fassungslos starrte ich sie an: Wo blieb meine Belohnung? Und wieso schnackte sie mit einem Schlickschwein, wenn doch eines vor ihr stand? Madame stand gerade nicht der Kopf nach Scherzen, das merkte ich wohl.

Und auch mich holte die harte Realität wieder ein. Bauer Thule. Madame war wohl auf dem neuesten Stand, die Polizei würde die Ermittlungen nun aufnehmen. So etwas hatte es noch nie auf unserer verschlafenen Halbinsel gegeben! Zumindest nicht, solange wir hier wohnten. In grauen Vorzeiten, ja, da bestimmt. Heute verunglückten hier vor allem Rehe, Katzen, Igel, Hasen und Mäuse – meist durch rasende Blechhöhlen. Vor einiger Zeit hatten wir sogar einen Nerz tot am Straßenrand gefunden. Einen amerikanischen! Da halfen mein ganzes Gezeter nicht, meine unermüdlichen Kontrollen am Straßenrand, die unzähligen Verweise an rasende Blechhöhlen. Die Tiere bezahlten es mit ihrem Leben, dass die Lutscher so schnell wie möglich von A nach B kommen wollten. Und außer mir schien niemand etwas dagegen zu unternehmen. Musste ich etwa eigenpfotig eine Petition für mehr Lebensqualität auf unserer Halbinsel einreichen? Die Raserei machte auch Madame und Monsieur ganz durcheinander, das war mir natürlich nicht entgangen.

Aber was war nun mit Bauer Thule? Er wird doch wohl nicht unter die Räder gekommen sein! Langsam fuhren wir nach Hause, alles ruhig auf dem Weg. Zu ruhig. Immer noch kein Mucks von Lazlo. Totenstille, als wir an Thules Hof vorbeifuhren. Mich machte das verrückt. Ich konnte unmöglich länger warten. Sobald Madame oder Monsieur Zeit hatten, mussten wir aktiv werden. Spuren aufnehmen, solange sie frisch waren. Auch Janni mit seiner exzellenten Nase musste helfen, suchen, finden.

Doch meine Lieblingslutscher saßen vor ihren Flimmerschirmen und taten das, was sie Arbeit nannten. Stundenlang. Ich also draußen vorm Zaun, Nase auf dem Querbalken abgelegt. Mir entging hier nichts. Zwar machten sich Madame und Monsieur gerne darüber lustig, dass ich so ungefähr das Gegenteil von einem Wachhund sei und vermutlich jeden Einbrecher zum Kaffee einladen würde, doch sie täuschten sich. Ich konnte Lutscher und Nichtlutscher sehr gut voneinander unterscheiden. Vor allem musste ich Geschwindigkeitsübertretungen sofort ahnden. Im Gegensatz zu Janni zeigte ich mich gegenüber Postlutschern und anderen Zweibeinern mit lebenserhaltender Funktion ausgesprochen gastfreundlich. Die Schlumpfbacke hatte in all den Jahren immer noch nicht geschnallt, dass Postlutscher den Nachschub brachten, wenn unsere Dosen leer waren. All meine Erziehungsversuche in diese Richtung waren bislang vergebens geblieben. Man konnte nur hoffen, dass es nie zur Schlumpfokratie kam!

»Liebe Lutscher:innen, hütet euch vor schwer erziehbaren Rüden!« Ich würde das am liebsten an die Hauswand sprühen, wenn meine Pfoten eine Graffiti-Dose führen könnten. Natürlich gegendert, als Boho-Beardine war ich up to date. Und überhaupt, wer nicht in seiner Zeit lebte, den ließ die Zeit zurück. Mir war nicht in vollem Umfang bewusst, was das bedeutete, aber ich hatte eine Ahnung. Eines war klar wie Kloßbrühe: Meine Psychoanalytikerin Mademoiselle Julie würde es wissen. Und sie war ein Teil von mir. Also erahnte ich die Bedeutung zeitgemäßen Handelns, wie ich auch Rindviecher im Nebel identifizieren konnte. Es hatte mit dem Gespür für das Hier und Jetzt zu tun. Mit Sinn und Unsinn. Mit Fortschritt. Mit ausgleichender Gerechtigkeit.

Manchmal schienen Madame und Monsieur mich zu bedauern, wenn ich die Stellung auf meinem Lieblingsposten hielt. Aber warum? Weil es keine Schafe zu hüten gab? Ich pfiff drauf! Nachdenklich blickte ich in die Weite der Landschaft, von der die Lutscher sagten, dass man heute schon erkennen konnte, wer übermorgen zu Besuch käme. Diese Witzbolde! Man konnte allerhöchstens erkennen, was die Kühe auf der Fenne trieben, ob ein Reh vorbeisauste, zwei Hasen Tango tanzten oder einer der Reiher einen Streit anzettelte. Was ich sagen wollte: Schließlich brauchte man auch Zeit zum Nachdenken. Abstand zu Geschehnissen und Jannimännern.

Zeit, den Augenblick zu erleben. Mit allen gut ausgebildeten Sinnen!

Und spätestens ab dem Frühjahr hatte ich alle Pfoten voll zu tun. Mit den ersten Sonnenstrahlen knatterten nämlich die ersten Höllenmaschinen vorbei. Man konnte sie schon hören, wenn sie auf der sogenannten Deichautobahn, die keine war, so richtig aufdrehten. Das machte mich halb wahnsinnig, ich war nicht mehr Hund meiner Sinne, drehte mich zuerst im Kreis und sauste dann parallel zu ihnen übers Grundstück, sobald sie an der Bude vorbeibretterten. Diese Höllenmaschinen waren der pure Wahnsinn, reiner Nervenkitzel und der ultimative Jagdreiz. Ich hasste sie. Höllenmaschinen waren meist mit ein bis zwei schwarz gekleideten und durch enorme Kopfbälle unkenntlich gemachten Zweibeinern bemannt, den Schwarzhosen. Es verstand sich von selbst, dass jemand mit solch einem Fahrstil zutiefst verdächtig war. Schwarzhosen konnte man demnach für alles verantwortlich machen, wenn nicht sogar für den Weltuntergang, eines Tages. Sollte ich ihre Schuld am Verschwinden des Bauern in Erwägung ziehen? In diesem Fall wäre ich gerne subjektiv, doch das passte leider nicht ins Bild. Es sei denn, Thule wäre selbst unter die Schwarzhosen gegangen. Einfach auf und davon, die Tiere im Stich lassen und die sogenannte Freiheit genießen? Nein, das konnte nicht sein. Thule zählte schließlich zu den Guten.

Während ich so vor mich hin fantasierte, fiel mein Blick auf eine Stelle im Zaun, die gebrochen aussah. Ein Sturmschaden? Ich näherte mich dem Loch, inspizierte seine Größe und schob mich probehalber durch. Perfekt! Diese undichte Stelle würde mir erlauben, hin und wieder meinen Wirkungsbereich auszudehnen. Am besten unauffällig, Monsieur sollte keinen Wind davon bekommen. Vielleicht sofort? Ich sah mich um, die Tür zur Hütte war geschlossen, die Schlumpfbacke schnarchte vermutlich auf dem Sofa. Keiner würde etwas merken. Also los. Ich schlich den Graben hinterm Haus hinunter, das Wasser war hier meist flach. Mit einem präzise berechneten Sprung setzte ich auf die andere Seite über und trottete lässig über die Wiese, die nicht uns gehörte. Egal. Weit und breit keine Kühe oder Schafe zu sehen. Kein Feldlutscher. Ich nahm die Spur eines Hasen auf, sie war relativ frisch, sprang über den nächsten Graben und genoss die Freiheit der Fennen.

Doch dann ... Himmelschafundmeer! Meine Unbeschwertheit verflog sofort, als ich den Geruch identifizierte. Ich beschleunigte den Schritt. Je näher ich diesem Gerät auf dem Boden kam, desto intensiver roch es. Süßlich, nach Blut. Lutscherblut. Die Harke lag auf dem Boden, als hätte sie jemand vergessen. Am oberen Ende der Zacken klebte das dunkelrote Sekret. Thules Blut? Rote Spritzer auch an einer weißen Wanne. Eine von denen, die dem Vieh als Tränke dienten. »Schafsbar«, nannten Janni und ich sie, wir bedienten uns gerne am Deich bei diesen coolen Einrichtungen. Meist tranken wir frisches Regenwasser. Doch Kühe und Schafe wussten bei ihren diversen Tränken, wie das Wasser aus dem Boden nachfloss, wenn sie daraus schlabberten. Solche Dinge begeisterten mich ziemlich. Weit und breit keine Kuh, kein Wollknäuel zu sehen. Vermutlich konnte ich die Rindviecher aus den Geschehnissen heraussubtrahieren, die zum Verschwinden des Bauern geführt hatten. Irgendwie hoffte ich das, denn die Mädels waren mir ans Herz gewachsen. Doch im Prinzip wusste ich nichts. Gar nichts. Als gewiefte Ermittlerin sollte ich zu diesem Zeitpunkt niemanden ausklammern. Und wie hatte ich die Tatsache übersehen können, dass die Fenne mit Fladen gepflastert war? Ich überprüfte hier und dort einen auf Aktualität. Ergebnis: Die Rindviecher waren hier gewesen. Ich konnte nur nicht genau sagen, wann. Meine Fähigkeiten der chemischen Analysen bezüglich Kuhkot steckten noch in den Kinderschuhen. Ganz frische Fladen konnte ich natürlich als solche identifizieren. Das konnte schließlich jedes Titi, vor allem, wenn es hineinfiel. Für alles andere schwor ich neben der Geruchsanalyse auf einen zusätzlichen Fress-Check. Erster Zwischenstand also: Hier war etwas passiert, entweder mit oder ohne Kühe.

Es war die rote Linie, die mich in ihren Bann zog. Sie verlief quer über das Feld, ich folgte ihr. Irgendeine Hütte stand da hinten. Also der Spur hinterher. Doch etwas störte. Interferenzen! Verflixte Ackergülle, meine Lauscher vernahmen verzweifelte Rufe aus der Ferne. Madame und Monsieur hatten wohl meine Abwesenheit bemerkt. Nun aber hurtig zurück! Wie konnte ich mich nähern, ohne dass sie mein Schlupfloch entdeckten? Als sich ihre Stimmen entfernten, raste ich wie eine Irre über die Fennen zum heimischen Garten. Hechelnd legte ich mich unter ein Gebüsch. Tat einfach so, als hätte ich gepennt.

»Ach, hier steckst du«, meinte Madame, die pure Erleichterung in der Stimme.

»Chill mal deine Basis«, signalisierte ich mit den Augen. Sie kraulte mich hingebungsvoll, niemand konnte das einfühlsamer als sie. Gleichzeitig überkam mich das Gefühl, dass sie sich selbst durch das Streicheln beruhigen wollte. Hatte sie sich etwa Sorgen um ihre beste Freundin gemacht? Wieso vertraute sie mir nicht? Die Gedanken und Gefühle der Lutscher waren teilweise schwer nachvollziehbar. Ich wusste nur eins: Bevor die neue Spur kalt wurde, musste ich wieder hinaus. Ich beschloss, weitere Aktivitäten für den Abend einzuplanen.

Nach dem Dinner war es ruhig, Madame und Monsieur ließen mich hinaus und hockten sich vermutlich wieder vor ihre Flimmerschirme, diese Arbeitstiere. Das war meine Chance. Nur Jannimann musste ich irgendwie abhängen, sonst lief die Sache aus dem Ruder. Niemand durfte bemerken, wie ich auf die andere Seite des Grabens sprang. Mein Mitbewohner streifte genussvoll an der Hecke entlang, um sich den Astralkörper zu massieren. Dann ging er zurück ins Haus. Ich kannte ihn, er würde sich zur After-Dinner-Siesta aufs Sofa hauen. Extrem-Couching war bei Jannimännern schwer angesagt. Nun ab die Post, ich durfte keine Zeit verlieren.

Auf Samtpfoten, fast wie ein Löffelgesicht, schlich ich mich davon. Von meinem alten Kumpel Mats hatte ich einiges gelernt. Ab jetzt würde ich in die Nacht hineinhorchen, jedes Geräusch rechtzeitig interpretieren, bevor Madame und Monsieur meine Abwesenheit bemerkten. Alles musste schnell und präzise ausgeführt werden. Ruckzuck war ich wieder an besagter Stelle. Doch was musste ich sehen? Da war nichts! Nada! Niente! Wo war die Harke hin? Nur wässrige Spuren von Blut waren noch zu identifizieren. Jemand hatte sauber gemacht – aber nicht gut genug für die beste Schnüfflerin Nordfrieslands!

Mit der Nase knapp über dem Boden rannte ich immer weiter, als ich plötzlich mit etwas Weichem zusammenstieß. Zwei Knopfaugen starrten mich überrascht an, darüber hoch aufgestellt die Löffel. Schon wieder so ein frecher Feldhüpfer! Wieso hatte er mich nicht gerochen? Der Wind! Er kam von Nordosten. Nach einer Schrecksekunde drehte der Hase ab und verduftete hakenschlagend. Ich natürlich hinterher wie eine aufgebrachte Wildschweinmutter. Leider waren diese Löffelträger bravouröse Sprinter. Jedes verdammte Mal hängten sie einen ab. Mit spielerischer Leichtigkeit. Zwar konnten wir Bearded Collies ebenfalls Haken schlagen, waren jedoch zu wuchtig verglichen mit den quirligen Feldflitzern.

Da stand ich nun, im Dunkeln, mitten auf einem Feld. Allein. Nur vereinzeltes Blöken der Wollknäuel durchbrach die Stille der mondlosen Nacht. Ich hatte die Spur verloren und den Hasen auch. Ich hatte mich verloren. Es regnete wohl schon eine Weile Bindfäden, erst jetzt wurde mir das bewusst. Mit hängendem Plüsch machte ich mich auf den Heimweg. Morgen war auch noch ein Tag.

Heilige Ackergülle, wer stand da am Zaun? Madame und Monsieur! Sie hatten das Loch entdeckt. Eisiges Schweigen empfing mich. Stocksauer, die beiden. Ich versuchte erst gar nicht, die Stimmung aufzuheitern. Also trottete ich zurück ins Haus, krabbelte aufs Sofa und legte mich ab. Hundemüde. Im Traum lief und lief und lief ich, verlor den Löffelträger nicht aus den Augen. Er führte mich zu einer jener klobigen Blechhöhlen, die fürs Outback gemacht, aber zunehmend auch bei hiesigen Lutschern beliebt waren. Elegant hüpfte der Hase hinauf und blickte von der Ladefläche provozierend auf mich herab. Wollte er seine Überlegenheit demonstrieren? Lächelte er etwa mit leuchtenden Nagezähnen? Feldflitzer konnten etwas Metaphysisches haben.

4. SCHOCK AM SIEL

Wir lebten mitten in der Marsch. Teile von Eiderstedt hatten die Lutscher einst dem Meer abgerungen, so formte sich aus drei Inselchen in einer von Prielen durchzogenen Landschaft schließlich eine ansehnliche Halbinsel. Damit die mächtige See den Diebstahl nicht bemerkte, vor allem aber keine Handhabe zur Rückgewinnung hatte, bauten die Lutscher in der Folge Deiche. Sie entwässerten das platte Land, indem sie Gräben und Siele schufen. Vor den Sielen entstanden manchmal Seen, ein Fest für die vielen hier ansässigen Piepmätze. Doch in sehr trockenen Sommern, die sich in der letzten Zeit häuften, mutierten ehemalige Seen zu Wüsten. Es gab kein Wasser, das aus den Gräben zugeführt werden konnte. Das Siel war zur Untätigkeit verdammt. Madame hatte mir beizeiten dies und jenes über meine Heimat erklärt. Zwar hatte ich zwei Schulen während meiner Welpenzeit besucht, Madame zog jedoch den Ausdruck »ins Chaos gestürzt« vor. Mit einer Privatlehrerin hatte es am Ende ganz gut funktioniert. Während des Unterrichts musste ich keine unsinnigen Übungen mehr machen, und jeglicher Aufwand wurde entsprechend belohnt.

Doch das meiste erfuhr man immer noch vom prallen Leben. Und von Madame. Jedenfalls kannte ich die Physiognomie Nordfrieslands in- und auswendig. Ich liebte es, über die Deichkronen zu rasen, was mir aber verwehrt blieb, wenn die Occupy-Bewegung im Frühjahr alles besetzte. Zum Pferdeäpfelpürieren! Der Winter neigte sich dem Ende zu, bald würde es wieder passieren. In der Zwischenzeit trieben sich die Schafe auf den Fennen herum. Die Gräben waren randvoll, in den letzten Wochen und Monaten hatte das Land vor Nässe nur so getrieft. Die Marschböden waren aufgequollen wie Schwämme, die Lutscher nur noch mit Gummistiefeln unterwegs, schlammverkrustet.

Doch das Wasser fand einen Weg auf Eiderstedt. Bei Ebbe konnten sich die Siele wie Schleusen öffnen und das Wasser aus den Gräben lassen. Drängte das Meer bei Sturm gegen die Küste, blieben die Siele hübsch geschlossen. Im Frühjahr gab es seltener mal einen echten Sturm, so viel hatte ich bereits mitgekriegt. Doch es konnte sogar im Sommer noch passieren! Die Lutscher zogen zur groben Unterscheidung von Wind und Sturm das Haar der Deichschweine heran: »Sturm ist, wenn die Schafe keine Locken mehr haben«, lautete ein gängiger Spruch an der Küste. Typischer Lutscherhumor im Norden.

Nach meinem gestrigen Ausflug hing der Rudelsegen schief. Der Wind frischte auf, und wir verlegten unsere Aktivitäten in die zivilisierte Welt. Geschützt wandelten wir über schmale Straßen und enge Gassen durchs Dorf. In

Garding kannten wir inzwischen jeden Stein, jede Hausecke und jeden Mülleimer. Wir wussten, wo Löffelgesichter unseren Weg kreuzten, wo Hühner gackerten und wo es nach gebratenem Fisch roch. Außer uns ließ sich bei dem Wetter kaum jemand draußen blicken. Nach einer größeren Runde beschloss ich, zurück zur Blechhöhle zu latschen, der Rest des Rudels trottete willig hinterher. Städtische Gassis waren zwar voller Duftnoten und bisweilen recht inspirativ, doch fehlte mir der Auslauf. Das Wilde. Die Freiheit. Auf dem Heimweg war die Stimmung immer noch auf dem Nullpunkt. Oder lag es am Regen? Ich war mit meinen Ermittlungen nicht vorangekommen, und das Loch im Zaun wurde flott wieder geflickt. Bauer Thule schien wie vom Erdboden verschluckt. Keiner wusste etwas. Auch von Lazlo hatte ich nichts mehr gehört. Der Flurfunk brachte keine neuen Erkenntnisse.

Irgendwie musste ich unbemerkt zurück zu der Stelle, die ich als Tatort identifiziert hatte. Die Harke als Corpus Delicti? Vermutlich. Doch eine Tat ohne Leiche? Unmöglich. Ich brauchte mehr Hinweise, Spuren, Indizien. Natürlich hoffte ich, dass sich alles zum Guten wenden würde. Dass Bauer Thule noch unter den Lebenden weilte. Aber mit jeder Stunde, die verging, schwand ein Stück dieser Hoffnung. Allein das Blut am potenziellen Tatort sprach für eine üble Tat. Falls es sich denn um das Blut des Bauern handeln sollte. Das konnte nur ein DNA-Test zutage bringen. Ha! Schließlich hatte ich genug Krimis gemeinsam mit Madame geschaut, um die Möglichkeiten der Laborlutscher und die Abläufe zu kennen. Abgesehen davon stand mir als Hund ein eigenes kleines Chemielabor zur

Verfügung, meine Nase. Eins und eins zusammenzählen konnte ich auch. Da es sich bei jener Fenne um ein vom Bauern gepachtetes, wenn nicht gar eigenes Stück Land handelte, lag die Vermutung nahe, dass das Blut von Thule war. Unwahrscheinlicher war, dass dort jemand Hasen geschossen hatte. Im März herrschte nämlich Schonzeit.

*

Gegen Abend kam der Wind etwas zur Ruhe, er hatte sich tagsüber stark verausgabt. Wir düsten noch einmal zu unserem kleinen Hafen, den wir so liebten. Den immensen Pfützen nach zu urteilen, hatte das Meer ordentlich an die Haustür geklopft respektive den Hafen überschwemmt. Bei abflauendem Wind wurde die Ruhe nur von einem einzigen monotonen Geräusch unterbrochen. Als wäre etwas locker an den Sieltoren. Ein gespenstisches Schlagen in die Stille. Die Dunkelheit war längst über die Deiche gekrochen, der Mond spiegelte sich im Wasser. Da standen wir nun. Unbeweglich. Lauschten dem Siel, bis Madame sich als Erste aus der Starre löste. Vielleicht hatte sie eine Ahnung. Woher kam das Geräusch? Oberhalb der Sielbrücke war nichts zu sehen, sie blickte uns an und schüttelte den Kopf.

Ich roch es. Und zog sie hinter mir her bis zum Rand des Hafenbeckens. Janni folgte mir hektisch und überholte mich so ungeschickt, dass ich beinahe ins Hafenbecken geplumpst wäre. Madame schrie auf. Doch es war nicht meinetwegen. Sie schaute wie versteinert zu den geschlossenen Sieltoren, während Janni monoton zu bellen begann.

Ein dunkler Körper trieb im Hafen. Die Nordsee zog sich zwar zurück, plätscherte jedoch hin und her, als könnte sie sich nicht für eine Richtung entscheiden. Es war der Wind, der das ablaufende Wasser ein bisschen zurückdrückte. Bewegt von den Wellen, klatschte das dunkle Etwas dumpf vor die Tore. Wieder und wieder. Ich ahnte das Schlimmste.

Bauer Thule!

Im Arbeitsanzug. Ohne Schuhe. Der sonst eher störrische dunkle Haarschopf durchnässt, Arme und Beine willenlos in den Wellen. Er hatte ein unsanftes Ende gefunden, kein Zweifel.

Niemand brachte einen Ton heraus, selbst Janni blieb das letzte Bellen im Halse stecken, lediglich ein fast ersticker, winselnder Ton kam aus seinem Maul.

Wir schwiegen, als führte jeder von uns einen letzten stummen Dialog mit dem Toten. Wir nahmen Abschied, jeder für sich.

Bald würde hier die Hölle losbrechen. Polizei, Spurensicherung, Schaulustige. Mir schwante, dass ich die Einzige war, die definitiv wusste, dass Tatort und Fundort der Leiche nicht übereinstimmten. Nicht der Wind hatte Thule hierhergebracht. Es musste der Mörder gewesen sein.

Mir war klar, dass ich ohne fremde Hilfe nicht weiterkommen würde. Lazlo! Nur er würde die Spur Thules nachverfolgen und die fremde Spur aufnehmen können. Oder ausgebildete Spürhunde, falls die Polizei gleich schnallte, dass der Einsatz einer GSG 9 auf vier Pfoten mehr als angebracht wäre. Echte Mantrailer. Sie galten als schnell, präzise und taff. Jedenfalls erzählte man sich das in Hundekreisen so. Allerdings konnten sie schlecht vom Job abschalten. Déformation professionnelle, die gab es auch bei Hunden.

Ich warf Janni einen Seitenblick zu und verwarf den Plan sogleich wieder. Diese Schlumpfbacke hätte zwar die Skills, doch keinerlei Schulung und ließ sich von Hinz und Kunz, Hasen und Fasanen ablenken. Nein, mir blieb nur eine Möglichkeit: Ich musste Lazlo finden.

5. AUFLAUF DER LUTSCHER

Während meine grauen Zellen auf Hochtouren arbeiteten, hatte Monsieur den multifunktionalen Schnackapparat herausgekramt, um die Lutscherpolizei zu alarmieren. Doch wir hatten kaum Empfang am Hafen und mussten erst rauf auf den Deich, damit es klappte. Während wir warteten, fuhr ab und zu eine Blechhöhle über die Krone, dann auf den Betondeich, um nach dem Meer zu gucken. Diese Stelle war vor allem unter Einheimischen beliebt, und zwar nicht nur bei Sonnenuntergang, Vollmond oder Vergleichbarem. Manche parkten auch auf der anderen Seite und spazierten über den Deich. Janni ging die Fahrerei massiv auf den Keks. Sobald er die Scheinwerfer beim Überqueren der Deichkrone aufleuchten sah, bellte er wie besessen.

Doch dieses Mal war alles anders: Die Leute, die nach dieser Abendrunde normalerweise drehten und zurückfuhren, bemerkten die Leiche und stiegen aus. Nach und nach scharten sie sich um das Hafenbecken. Keiner sagte etwas.

Endlich brauste die Lutscherpolizei heran, gleich mit zwei Blechhöhlen. Hatten sie überhaupt so viele auf Eiderstedt? Sonst passierte hier ja nichts! Nur auf den wüsten Verkehr war zu achten, der zahllose Tier dahinraffte! Aber vermutlich war ich die Einzige, die in diesen Fällen einschritt. Gerne hätte ich das meinen Kollegen auf zwei Beinen mal gesteckt, aber nun war nicht der richtige Zeitpunkt dafür.

Selbst in dieser gespenstischen Gesamtlage musste Janni am Rad drehen. Während ich versuchte, ihn scharf zurechtzuweisen, wollte ich gleichzeitig die Aufmerksamkeit auf mich lenken, um den Kriminalisten eine erste Einschätzung der Situation zu übermitteln. Doch Madame hielt mich unnötigerweise zurück. So konnte ich nicht arbeiten! Die beste Schnüfflerin Nordfrieslands sollte mit angezogener Handbremse ermitteln? Den Austausch mit anderen Profis meiden? Es war zum Pferdeäpfelpürieren.

Die Uniformierten bemühten sich, den Lutscherauflauf rund um das Hafenbecken aufzulösen, um die Leiche bergen zu können, doch beide Unternehmungen waren leichter gesagt als getan. Nachdem Madame und Monsieur kurz befragt und ihre Personalien aufgenommen worden waren, waren auch wir angehalten, uns zu entfernen. Keiner hatte mich bis dato auch nur irgendetwas gefragt. Also beschloss ich, auf meine Art weiterzumachen. Wenn hier ein fachlicher Austausch nicht erwünscht war, behielt ich eben alles für mich!

Als Madame uns in Richtung Blechhöhle lotste, sträubte ich mich. Schließlich galt es, verbliebene Geruchsspuren am Fundort aufzunehmen. Zwar hatte die Leiche im Wasser gelegen, allerdings noch nicht lange, was glasklar auf einige Meter Entfernung zu erkennen gewesen war. Ich zerrte Madame in die richtige Richtung, und als sie sich weigerte, musste ich zum letzten Mittel greifen: Mit einem gekonnten Kopfschwenker höchster Präzision befreite ich mich vom Halsgeschmeide.

Noch ehe jemand reagieren konnte, war ich bei der Leiche: Der Kopf war blutverschmiert, der Körper steckte in einem teilweise löchrigen Arbeitsanzug. Spuren der Harke waren deutlich zu erkennen. Wie eine typische Wasserleiche erschien mir der Tote nicht. Allerdings hatte ich auch noch keine gesehen, was Zweibeiner anbetraf. Die Löcher sprachen ihre eigene Sprache, Thule musste mit der Harke ermordet worden sein.

»Nehmen Sie den Hund weg!«, fauchte einer der Polizisten Madame und Monsieur an.

»Mäßige dich im Ton«, blaffte ich zurück. Außerdem hatten sich meine beiden schon längst in Bewegung gesetzt, um mich einzusammeln. Wie konnte man auf offizieller Seite so die Contenance verlieren? Mein Rudel diskreditieren? Ich schnaubte.

Doch es war keine Zeit für blöde Machtspielchen und Gedöns, ich musste mich konzentrieren. Wie üblich war ich allen einen Schritt voraus. Frische Spuren einer Blechhöhle in der Nähe der Slipanlage vermutend, folgte ich meiner Nase. Jemand musste die Leiche bei einsetzender Dämmerung hierhergebracht haben. Dieser Jemand musste knapp vor uns hier gewesen sein. War uns nicht eine hohe, helle Blechhöhle auf der Straße entgegengekommen? So eine mit viel Ladeplatz hinten, offenem Ladeplatz? Pick-up nannten sie das Riesenteil.

Und Bingo! Es gab frische, breite Reifenspuren, die direkt auf die Slipanlage zuführten. Mir blieb kaum noch Zeit, Monsieur hatte mich fast eingeholt. Normalerweise ließen die Lutscher des Bootvereins ihre schnittigen Jachten oder coolen Kutter im April zu Wasser. Wie perfide von dem Mörder, den Toten hier ins Wasser zu legen. Was wollte er uns damit sagen? Oder wollte er einfach nur alle Spuren verwischen, indem er neue legte? Ich spürte, wie der Verschluss des Halsbandes zuschnappte. Mein Herz pochte wie verrückt, ich war so nah dran. Hier! Ein Abdruck! Monsieur stolperte im Dunkeln über einen Stein oder irgendetwas und fluchte laut. Er geriet aus dem Gleichgewicht und fiel hin. Das war bedauerlich, doch auf diese Weise hatte ich ein paar Sekunden gewonnen und schnüffelte um die relativ großen Schuh- oder Stiefelabdrücke herum. Ich roch ... Kuhmist! Eindeutig Kuhmist! Und sah mit einem Mal etwas am Wasserrand direkt vor der Slipanlage schwimmen. Das war kein Stück Holz, es war ein Stiefel, ein riesiger Stiefel, vermutlich der von Bauer Thule. Bevor die Polizei ihn entdeckte und nichts damit anzufangen wusste, nahm ich ihn kurzerhand ins Maul und sicherte das Beweisstück. Jetzt war Madame Monsieur zu Hilfe geeilt. Ich spurtete an ihnen vorbei, sodass ihnen die Leine aus den Händen glitt. Alles ging sehr schnell. Ich nutzte die Dunkelheit, um quasi unbemerkt an der Polizei vorbeizuhuschen, und hüpfte mit dem Stiefel durch die noch immer offene Tür ins Auto. Meinen Schatz ließ ich im hinteren Bereich der Box aus dem

Maul fallen, drehte mich um und blickte meine Süßen mit Unschuldsmiene an: »Alles paletti, oder?«

Bevor sie die Tür schlossen, vernahm ich die laute Stimme des Polizisten, der zuvor zwecks Entfernung meiner Wenigkeit aus dem Häuschen geraten war.

»Vermutlich Suizid.«

Himmelschafundmeer, hatten meine Plüschohren richtig gehört? Nur weil an den Küsten dieser Welt die Lutscher ab und an ins Wasser gingen, ohne sich vorher zu verabschieden, hieß das noch lange nicht, dass ausgerechnet ein mit beiden Beinen fest auf dem Boden stehender Bauer ... Unmöglich! Aus rein psychologischer Sicht kam das nicht infrage. Und als versierte Ermittlerin war man immer auch halbe Psychologin. In schwierigen Situationen wie diesen wusste ich Mademoiselle Julie an meiner Seite. Die gewiefte Psychoanalytikerin hatte stets einen guten Ratschlag in petto, meistens hieß der: buddeln. Alles rauslassen. Am besten am Strand. Aktuell half sie mir, eine Art Psychogramm des Verschiedenen zu erstellen. Wir kannten Thule als achtsamen und liebevollen Hüter seiner Tiere, die die Freiheit auf den Fennen oft sogar im Winter genießen durften, wenn das Wetter es zuließ. Okay, das mit dem Wetter stellte in Nordfriesland ein erhebliches Problem dar, zumindest in der kalten Jahreszeit. Fast die gesamten Wintermonate über hatte sich die Marsch zu einer einzigen Schlamm- und Seenlandschaft entfaltet, die so nur von der Vogelwelt geliebt wurde. Es hatten sich sogar schon Superpiepmätze niedergelassen, die normalerweise weiter südlich überwinterten. Aber nichts und niemand hatte den sorgsamen Bauern von seinen Aufgaben abhalten können. Alle wussten, dass er seinen Job und die Herde liebte. Für ihn war das mehr als nur Arbeit. Und nachdem seine Frau abgehauen war, lief seine Fürsorge für den Rest der Familie über. Nie würde er seine Kühe, Kälber, Hühner und Lazlo im Stich lassen. Niemals. Dessen war ich mir so sicher, wie ein Hund es nur sein konnte.

Glücklicherweise hatte unsereins im Gegensatz zum handelsüblichen Lutscher noch alle Sinne beisammen und vertraute seinem Instinkt. Außerdem wusste ich um bedeutungsvolle Indizien. Ich brauchte Geduld, bis ich alle Puzzleteile dieses Falls optimal zusammensetzen konnte. Vorschnelle Schlüsse würden mich in die Irre führen. Ich musste mir diese Zeit lassen, wollte es aber nicht. Die ganze Sache ging mir ziemlich an die Nieren.

Langsam entfernten wir uns vom Geschehen, und ich fühlte den Gummistiefel hinter mir liegen. Von der Box auf dem Rücksitz schaute ich zwischen die Vordersitze und konnte einen Blick auf Madame werfen. Sie sah recht blass um die Nase aus. Auch Monsieur hatte bislang nur Leichen im Wunderkasten gesehen, davon aber nicht zu wenige. Immer dieses Action-Gekrache! Zum Glück zog er meist die Kopfhörer auf, und unsereins konnte in Ruhe ratzen.

Wir schwiegen auf der gesamten Rückfahrt. Alle hatten Bauer Thule sehr gemocht, alle. Ganz Eiderstedt. Wirklich alle? Ich konnte mich an keinen einzigen kolportierten Streit erinnern, musste aber intensiv nachdenken. Okay, Thule war nicht gerade happy, als seine Frau auszog, um in Dithmarschen glücklich zu werden. Aber wie man so hörte, war die Liebe von Thule und Nele schon vorher abgeflaut, daher kam auch die Trennung ganz ohne Rosenkrieg aus, wie die Lutscher zu sagen pflegten.

Plötzlich vernahmen meine empfindlichen Lauscher das Tatütata. Ein Krankenwagen kam uns mit hohen Tönen entgegen, sodass Janni und ich augenblicklich in den Totengesang einstimmten und von Herzen mitjaulten.

Für den Bauern kam jede Hilfe zu spät. Vielleicht war jemand am Hafen in Ohnmacht gefallen? Nele? Am Siel vor der Leiche des Mannes zusammengebrochen, mit dem sie einmal ihr Leben geteilt hatte? Wir hatten sie nicht gesehen. Glaubte man dem Inseltratsch, war Nele erst vor einigen Wochen mit dem anderen durchgebrannt. Angeblich lebte sie nun mit einem wesentlich jüngeren Mann in wilder Ehe zusammen, einem Handwerkslutscher aus unserer Nachbarregion jenseits der Eider.

In früheren Zeiten hatten sich Nordfriesen und Dithmarscher wohl öfters mal gegenseitig die Frauen geklaut, wie mir zu Plüschohren gekommen war. Aber diese frauenfeindlichen Zeiten gehörten, zumindest größtenteils, der Vergangenheit an. Nele hatte sich einfach neu verliebt. Das kann mal vorkommen. Und keine Macht der Welt kann so was ändern. Ich wusste selbst, wie es war, tage- bis wochenlang vergeblich auf die Flaschenpost eines Verehrers zu warten. Dabei hatte ich mich einst in die romantische Idee von einer Liebesbotschaft auf dem Wasserweg verrannt, so jedenfalls das Urteil von Mademoiselle Julie. Jene Flaschenpost von Popeye aus Lüneburg kam nie an. Dabei wäre sie dieser wohl romantischsten Erfahrung auf der Pellwormer Fähre würdig gewesen, die je zwei Hunde gehabt hatten. Spontan hatten der heißblütige Cockerspaniel und ich Tango getanzt, das Geschehen und sämtliche Passagierlutscher um uns herum ignorierend. Eine Erfahrung, irgendwo zwischen Traum und Wirklichkeit. Danach war Popeye, dessen glänzende Locken sich bis zum Boden drehten, aus meinem Leben verschwunden. Genauso plötzlich, wie er aufgetaucht war. Gemeinsam mit Madame hatte ich mir die geografischen Gegebenheiten zwischen Lüneburg und Eiderstedt angesehen. Die Flaschenpost hätte ihren Weg gefunden! Doch war sie nie abgeschickt worden. Zugegeben, ich war im ersten Frühling meines Lebens und verdammt romantisch veranlagt gewesen. Der Tango war schuld! Die erste Reise meines Lebens. Die Fähre. Das Meer. Natürlich auch Popeye, dessen Madame mich gleich vor diesem Herzensbrecher gewarnt hatte.

Monate später lernte ich Emil kennen, einen Schapendoes aus der Nachbarschaft. Wir verliebten uns und zögerten nicht lange mit der Verlobung. Wir tickten gleich, verbrachten jenen Winter der Wunder zusammen auf den Deichen der Halbinsel. Leider zog Emil in der Folge nach Husum, und ich wollte keine Fernbeziehung. Nie wieder wollte ich auf eine Flaschenpost warten. Zwar fuhr ich hin und wieder mit einer Fähre, doch nie wieder tanzte ich Tango an Deck. Und wer weiß schon, ob es noch einmal passiert wäre, hätte ich Popeye erneut auf der Fähre getroffen? Rüden änderten sich.

Jedenfalls purzelten meine Gedanken nach dem Fund am Siel wie Äste im Sturm durcheinander. Ging es bei der Tat um ein Eifersuchtsdrama? Laut Lutscherstatistik waren Beziehungstaten nicht gerade selten. Besser gesagt, betraf ein Viertel der aufgeklärten Mordfälle eine persönliche oder verwandtschaftliche Beziehung, das hatte ich mal im Wunderkasten gehört. Musste ich nun Thules Verwandtschaft auf Herz und Nieren prüfen? Eher hätte der Bauer ein Motiv aus Eifersucht gehabt. Dann wäre nun nicht er auf dem Weg in den Kühlraum, sondern ein anderer. Die Sache war komplexer. Ich musste einen kühlen Kopf bewahren und zunächst die Spuren auswerten, bevor ich mich in wilden Spekulationen erging. Auf die Gefahr hin mich zu wiederholen: Für einen Hund wie mich war es so gut wie unmöglich, cool zu bleiben.

6. VORFRÜHLING

Nach der ganzen Aufregung nahmen wir uns eine Auszeit. Was passiert war, musste verdaut werden. Mir fiel auf, dass sich der Winter vom Acker gemacht hatte, ohne eine ordentliche Abschiedsvorstellung zu geben. Stattdessen herrschte Vorfrühling. Unsere Morgen waren voller Nebel, sodass man die Möwe in der Luft nicht erkennen konnte. Wohl aber hören. Die Geräusche inmitten bodenkriechender Wolken waren intensiv. Als visueller Hund stand ich auf flotte Piepmätze, die über dem Deich kreisten. Mit ihnen konnte man sich prima in Sachen Schnelligkeit messen, wenn gerade keine Blechhöhle für Wettbewerbe zur Verfügung stand. Janni hingegen sog lieber den Duft frischer Hasenspuren ein, als sich um das Geschehen am Himmel zu kümmern. Der Duft von Feldflitzern machte ihn verrückt, er konnte sich dann auf nichts anderes mehr konzentrieren. Für den Luftraum fühlte Janni sich nur zuständig, wenn wir wegen des schutzbedürftigen Gackerviehs Schicht schoben. Oder wenn etwas wirklich Großes über uns hinwegdüste. Typ fliegende Mega-Blechhöhle, die den Mindestabstand nicht einhielt. Ein Krach wie beim Weltuntergang! So etwas ließ Janni als selbst ernannten Chief Security Officer nicht kalt. Auch wenn die aggressiven Flieger den Blechhöhlen seiner Erzfeinde von den Paketdiensten nicht ähnelten, griff Jannimann ein. Was die Postautos betraf, trat die Schlumpfbacke wie ein Klischee-Rüde auf. Die Verwandtschaft hatte bereits mit wilden Paketaktionen voller Leckerlis versucht, ihm diese Aversion abzugewöhnen. Keine Chance. Der Hass steckte zu tief in Janni drin. Würde man ihn fragen, wer Thule auf dem Gewissen hatte, stünden wohl die Paketlieferer ganz oben auf der Liste. Erst an zweiter Stelle die Tiefflieger. Mit Logik und so hatte Jannimann keinen Vertrag. »Das perfide Komplott der Paketlutscher« wäre schon ein netter Titel für das Ergebnis unserer Aufklärungsarbeit gewesen. Aber ich fragte den Schlumpf erst gar nicht nach seiner Meinung. Das konnte ich immer noch tun, falls sich die Sachlage änderte. Oder der Fall. Als beste Schnüfflerin Nordfrieslands hielt ich mich lieber an die alte Devise »oberjournalistisch und schafsköddelkorrekt«. Bezogen auf Postblechhöhlen schien Jannis Instinkt komplett zu versagen. Zunächst würde ich die Knalltüte nur situationsbezogen in mein Team holen, so viel stand fest.

Da wuselten wir also zu viert durch den Morgennebel, und was tat Monsieur? Guckte ständig auf den Boden und widmete sich lieber dem Deich-Cleaning als seinem Rudel. Da konnte ich ihm hundert Mal erklären, dass es sich beim Gassi um Quality time handelte. Und was er immer an Land zog! Quasi unkaputtbares Plastik und andere Verpackungen aus aller Welt, die mit Riesenkähnen durch die Gegend geschippert worden und manchmal über Bord gegangen waren. Dann fanden wir beziehungsweise der gute Monsieur Dosenmilch aus England inklusive Inhalt, einen Skyr-Becher aus Island, bedauerlicherweise ohne Skyr, sowie Plastikflaschen von Getränken aus dem fernen Asien. Die ganze Welt an den nordfriesischen Deichen. Zum Sammeln. Vielleicht richtete ja mal jemand ein Museum mit diesen Fundstücken globalen Mülls ein? Monsieur? Madame war froh, dass er den Müll gleich in die gelbe Tonne warf. Entleert. Natürlich war ich grundsätzlich einverstanden mit Monsieurs Säuberungsaktionen, zumal andere Tiere auf diese Weise weniger zu Schaden kommen würden. Auch wurde das Meer so ein bisschen sauberer, das sich mit der nächsten Springflut bereits abgelegtes Material vom Saum zurückholen konnte. Aber musste Monsieur sich ausgerechnet während des heiligen Gassis anderweitig nützlich machen? Für meinen Geschmack schaute er während unserer Spaziergänge auch zu oft auf seinen mobilen Schnackapparat. E-Mails kontrollieren, jetzt? Ja Himmelschafundmeer! Die Lutscher setzten oft die Prioritäten falsch, sie wussten nicht zu leben.

Nebelschwaden zogen über die ausgeblichenen Grünflächen, nur am Himmel machte sich langsam das Blau frei. Ich konnte mich bestens an den Geräuschen orientieren. Madame meckerte, weil der Lärm der Blechhöhlen von einer entfernten Straße bis zu ihr durchdrang. Mit einem Mal! Da musste erst ein bisschen Nebel übers Land ziehen, bis sie dafür ein offenes Ohr hatte. Jahrelang redete man sich das Maul fusselig, und Ewigkeiten später kapierten die Lutscher endlich, was Sache war. Nämlich, dass die Blechhöhlen schon vor langer Zeit das Zepter in die Hand genommen hatten. Dass es allmählich Zeit für eine Revolution und Rückeroberung von Lebensräumen wurde. Für die Emanzipation des Lebens, wie ich es nannte. »Back to Nature«, sagten andere. Natur, das waren alle Tiere und Pflanzen. Auch der Gemeine Lutscher gehörte zum Ökosystem. Nur hatte er das komplett vergessen, hatte sich seine eigene Welt erschaffen, und nun hatten wir den Salat. Alles aus Hybris! Der Planet ging, wie sie sagen würden, vor die *Hunde*. Diese Diskriminierung in Form von Redewendungen, deren Bedeutung keiner mehr kannte, was für eine gequirlte Ackergülle! Als trüge unsereins die Verantwortung für deren Versagen. Hunde waren jedenfalls nicht im Begriff, die Erde aufzufressen, so viel stand fest.

*

Beim nächsten Gassi wechselten wir die Location. Es war keine größere Straße in der Nähe des Deichs, und wir hörten nichts außer ein paar Austernfischern und anderen Piepmätzen. Der Nebel war verschwunden, doch mein Verdacht ging dahin, dass ich auch morgen mit ihm gemeinsam den Tag begrüßen würde. Als Hund von Welt liebte ich die Abwechslung. Neues Terrain, neue Lutscher, neue Vierbeiner. Aber an Tagen wie diesen trafen wir höchstens einen Hasen auf dem Deich. Madame machte auf einer Fenne ein einsames Wollknäuel nebst Mini-Plüschomaten aus und wollte die Schafe adoptieren. Mir erschien das voll korrekt, Janni hingegen flippte aus. Als konservativer

Typ wollte er auf keinen Fall den Ist-Zustand verändern. Madame und ich hingegen tickten gleich. Hauptsache, es wurde alles zuvor mit mir abgesprochen. Ginge es nach Madame, wären wir schon längst zur Arche verkommen.

Monsieur war diesbezüglich vernünftiger. Leider fütterte er eifrig die frechen Piepmätze im Garten. Hochgradig gepampert und in bester Stimmung neigten diese dazu, mir auf dem Kopf herumzutanzen, wenn ich die Patrouille übernommen hatte. Also fast immer, wenn es nicht gerade aus vollen Kübeln schüttete. Im Übrigen hatte Monsieur sich auf das Gackervieh fixiert, und wir alle mussten damit klarkommen. Dreiste Hennen mit Allüren waren aus den anfangs schüchternen Junghühnern geworden. Eigentlich sollte ich von »Divennen« reden. Ständig wollte Madame sie filmen, statt mit mir vorliebzunehmen. Es gefiel ihr, wenn die größte Diva von allen, Háfrun, dann glubschäugig in die Kamera glotzte und nach dem multifunktionalen Schnackapparat pickte. Dann lachte Madame sich kringelig. Nicht, dass ich neidisch wäre, absolut nicht. Mir gefiel das einfach nicht. Ansonsten regte sich das Gackervieh mit den isländischen Namen immer gleich auf, wenn man ihm zu nah kam oder mal einen Schluck aus seinem Napf trinken wollte. Um ihnen Begrifflichkeiten wie Mein und Dein von vornherein zu vermiesen, trank ich trotzdem. Außerdem hatte ich Durst, und Wasser gehörte zu den freien Ressourcen in unserer Hemisphäre. Noch.

Indes träumte ich davon, die Housekeepingstelle neu zu besetzen. Den Hennen würde das nicht gefallen, aber gegenüber eine Katze oder einem Kater waren sie klar in der Überzahl. Intuitiv wusste ich, dass mein alter Kumpel Mats nicht von seiner Weltreise zurückkehren würde. Ich konnte es dem Löffelgesicht nicht verdenken, denn die Welt war groß und wunderbar. Ich hatte bereits das Glück gehabt, einen Teil davon gemeinsam mit Madame oder im Rudel erkunden zu dürfen. So waren wir an der Ostsee gewesen, diesem Plätscherwasser. Aber selbst dort gab es ganz nette Stellen. Dänemark mit seinen Wahnsinnsstränden und den Hundewäldern war mein erklärtes Lieblingsziel. Nirgendwo konnte ich besser entspannen. Vor allem wenn Jannimann nicht dabei war. Dann konnte ich mich auf das Wesentliche konzentrieren. Einfach leben.

Hinzu kam die Nähe zu Madame. Das war das Beste an Roadtrips zu zweit. Madame und ich, ein Herz und eine Seele. Westschweden und Südnorwegen hatten wir ebenfalls gemeinsam entdeckt. Die Nacht auf der Leuchtturminsel! Allein unter Möwen. Leider war es verpönt, dort als Hund eigenständig herumzulaufen, während die impertinenten Piepmätze sich alles leisten konnten und auch noch mit Fischresten gefüttert wurden, heilige Ackergülle!

Natürlich war unsere Homebase auch nicht zu verachten, nur hatte sich Sankt Buddel in den letzten Sommern dermaßen gefüllt, dass der weite Strand plötzlich klitzeklein wirkte. Ich erklärte mir dieses Phänomen folgendermaßen: Wenn die Lutscher Sonne sahen und Wärme auf ihrer felllosen Haut spürten, waren sie nicht mehr zu halten und liefen in Scharen ans Meer. Dabei wussten die meisten doch, dass es bei uns immer schön war. Sogar im verregnetesten Winter, wenn dir das Wasser nur so aus dem Plüsch tropfte. Die Schönheit unserer Halbinsel ging erst ein wenig abhanden, wenn etwas Ungeheuerliches passierte. Wenn du als beste Schnüfflerin Nordfrieslands plötzlich so einen schrägen Fall an der Backe hattest und die uniformierten Lutscherkollegen nicht kooperierten. Dann wurde es kompliziert im Touristenparadies.

Zum Glück gab es Momente wie diese: Madame und ich allein auf dem Deich. Madame schaute mich verzückt an, hob die Nase, schnupperte und schnupperte.

»Das Meer!«

Natürlich war es gerade mal wieder nicht vorhanden, dieses tolle Meer. Seit meiner Welpenzeit schwärmten sie mir davon vor. Aber nun konnte sie es erschnüffeln, auch wenn ihre Lutschernase als solche nicht eben die beste war.

»Wenn man das Meer wieder riecht, wird es Frühling«, meinte Madame, diese Sommerverliebte.

»Vorfrühling«, lag mir auf der Zunge zu erwidern. »Auf den Winter kann man sich eh nicht mehr verlassen«, dachte ich mit der Weisheit meiner zehn Jahre. Schnee? Mitnichten! Für das Wunderweiß war Madame zuletzt eigens nach Nordnorwegen gereist, ein von mir nicht genehmigter Solo-Trip. Viel zu oft kam sie mit solchen Schnapsideen. Und was hatte sie ihrer besten Freundin mitgebracht? Nicht ein Fitzelchen Schnee. Nur Kekse. Und die hatte Monsieur fast allein verputzt, Himmelschafundmeer!

7. BEWEISSTÜCK NUMMER ZWEI

Und so ging es weiter. In stillschweigender Übereinkunft ließen wir uns Zeit und suchten erst einmal andere Orte als den Hafen für die täglichen Gassis auf. Mal fuhren wir ins Katinger Watt, bei Regen nach Garding, bei Wind nach Tönning und wochentags bei Sonne an den Strand von Sankt Buddel. Essenziell erschien mir, dass wir fuhren und nicht von der Haustür aus starteten. Denn ein zünftiges Gassi begann mit einer Fahrt in der Blechhöhle, ich wurde nie müde, das zu betonen. Ich boykottierte Madames und Monsieurs Anstrengungen, ohne Auto loszupreschen, indem ich stehen blieb oder mich an die Blechhöhle schmiegte. Denn Lutscher waren ja bekannterweise schwer von Kapee, was die Befindlichkeiten ihrer engsten Freunde anging. Also musste man ihnen gut erkennbare Zeichen übermitteln. In aller Deutlichkeit zeigen, was Sache war. Und wenn ich dafür eine kühle Blechhöhle liebkosen musste.

Janni schien in dieser Hinsicht gleichgültig zu sein. »Gassi ist Gassi«, meinte er und lief mit Monsieur davon.

Aber sie würden schon bald wieder auf der Matte stehen, wenn sie bemerkten, dass nicht alle derselben Meinung waren. Jannimann wollte einfach nur los. Keine Zeit verlieren. Hauptsache, alles lief seinen gewohnten Gang. Er hasste Planänderungen, Überraschungen, Zeitverschiebungen. Denn durch jede Änderung konnten sich auch die heiligen Mahlzeiten verschieben, in dieser Hinsicht agierte der Schlumpf äußerst penibel. Oft genug hatte er Verspätungen erleben müssen, während ein enormes Hungergefühl ihm das Hirn vernebelte. Daher achtete mein Mitbewohner auf alle Details, die wichtige Indikatoren im korrekten Tagesablauf sein konnten.

Einmal hatte Monsieur die hintere Klappe der Blechhöhle nicht korrekt zugemacht. Als wir schon losdüsten, schlug Jannimann Alarm. Schließlich war er derjenige, der hinten in seiner Box hockte und nicht eingreifen konnte. Außerdem kannte er Monsieurs Kurvenverhalten und sah Unbill auf sich zukommen. Zunächst zeigte Monsieur sich genervt von Jannis Rüffelei, doch als die Blechhöhle ebenfalls den Fehler meldete, hielt er sofort an und behob ihn. Ein vorzügliches Beispiel, wie technikgesteuert die Lutscherheit im Großen und Ganzen war. Man vertraute eher einem Computerteil als dem treuen, langjährigen Partner. Zum Pferdeäpfelpürieren!

Die Gräben zwischen Lutschern und anderen Lebewesen schienen immer größer zu werden. Bevor sich die Zweibeiner zu weit von Mutter Erde entfernten, mussten wir Alarm blasen. Ich sah eine mittlere Katastrophe bis zum Super-GAU auf uns zukommen. Bevor Superjulchen die Welt retten konnte, musste ich allerdings den mutmaßlichen Mordfall lösen. Das war ich Bauer Thule schuldig. Immerhin hatte er Jannimann einmal das Leben gerettet, indem er ihn nicht über den Haufen gefahren hatte. Die Schlumpfbacke war ausgebüxt und wie ein Irrer zu einer Blechhöhle gerast, die über den alten Sommerdeich brauste. Ich natürlich hinterher, mir die Seele aus dem Leib brüllend. Aber wenn ein Rüde, oder sagen wir ein Jannimann, einmal auf Verteidigung programmiert war, brachte ihn nichts und niemand aus dem Konzept – außer ein Steak oder ein Brathühnchen vielleicht. Zum Glück hielt die Blechhöhle an, Thule stieg aus und grinste. Puh, der hatte gut lachen! Das ganze Rudel hatte verzweifelt hinter Janni hergeschrien und den Atem angehalten. Längst nicht jeder Blechhöhlenfahrer hätte ihn überhaupt bemerkt und entsprechend reagiert. Was ich tat, geschah aber nicht nur aus Dankbarkeit, Sympathie und im Sinne guter Nachbarschaft. Ganz ehrlich, der Fall reizte mich.

In der hintersten Ecke meiner Box lag immer noch der Gummistiefel von Thule. Bislang hatte sich keine Gelegenheit für eine unauffällige Überführung in den Garten ergeben. Ich musste ein Versteck suchen, bevor man mich wegen des Entwendens von Beweismitteln zur Verantwortung ziehen konnte. Und wer wusste schon, ob die voreilige These vom Selbstmord wirklich Anklang gefunden hatte und der Fall ad acta gelegt worden war?

Ich jedenfalls arbeitete weiter an dem Fall. Als vermutlich letzte aufrechte Ermittlerin. Keine noch so krude These und kein Lutscher konnten Superjulchen stoppen, wenn sie einmal die Fährte aufgenommen hatte. Bei jeder Blechhöhlenfahrt studierte ich den Stiefel eingehend. Zwar hatte er im Wasser gelegen, doch bestimmte Geruchsnoten ließen sich nicht so rasch beseitigen.

Mein Verdacht ging dahin, dass der Hauptverdächtige, vermutlich der Fahrer der hellen Blechhöhle, nicht damit gerechnet hatte, dass wir in der Dämmerung noch auftauchen würden. Ergo musste es jemand ohne eigene Hunde sein, da er oder sie unsere Bedürfnisse nicht kannte und ich das sonst gerochen hätte. Ich tippte ja mehr auf einen Er, immerhin musste er einen Riesen wie Thule ins und aus dem Auto gehievt haben. Zudem war er sich nicht des zeitweise regen Blechhöhlenbetriebs bewusst, der an manchen Abenden am Hafen herrschen konnte. Ich schlussfolgerte daher messerscharf, dass der potenzielle Verdächtige nicht von hier kam. Oder er war komplett vor die Pumpe gerast. Gleichzeitig durfte ich nicht außer Acht lassen, dass der Typ mit dem Pick-up möglicherweise Spuren legen wollte. Eine falsche Fährte. Ich konnte auch nicht davon ausgehen, dass die auffällige Blechhöhle ihm gehörte. Vielleicht hatte er sie geliehen oder geklaut? Was mir aufgefallen war: Sowohl die Spuren des Verdächtigen als auch der Stiefel des Toten rochen nach Kuhmist. Ergo brauchte ich dringend eine Audienz bei Thules Rindviechern.

*

Am Ende konnten wir uns nicht länger sträuben, zum Hafen zu fahren. Natürlich war es mir recht, denn hier konnte man hoffentlich noch Hinweise finden oder Spuren auswerten. In den letzten Tagen wirkten die Lutscher abwesend und nicht gerade munter. Schwester Janni, der miese Stimmung oder gar Tränen bereits roch, bevor sie flossen, legte sich ins Zeug und spielte den Tröster. Endlich konnte er sich mal nützlich machen.

Als wir dann zum Siel fuhren, fühlte sich alles ganz seltsam an. Die Lutscher kamen nicht so richtig in Gassi-Stimmung. Gedankenverloren starrten Madame und Monsieur aufs Hafenwasser und von dort zum Horizont, wo Nordstrand, Hallig Südfall und Pellworm schemenhaft zu erkennen waren. Fast so als hätte der Bauer einen Ausflug unternommen, von dem er nicht zurückkommen würde.

Warum hatte man ihn hier abgelegt? War der Lutscherauflauf gar ein Teil des perfiden Plans gewesen? Sollte es wie ein Selbstmord aussehen? Aber die Gerichtsmedizin musste die Spuren der Harke erkennen! Wenn der Bauer nun gar nicht untersucht wurde? Klar, das Wasser hatte das Blut aus dem Arbeitsanzug gewaschen, aber die Löcher waren klar erkennbar gewesen. Wie gestanzt hatten sie ausgesehen, eins neben dem anderen. Das mussten die Lutscher doch gesehen haben.

Während wir über den Grünstrand liefen, fing ich an zu bellen. Prompt wurde mir geantwortet. Ein Phänomen, das immer an dieser Stelle auftrat. Also bellte ich zurück, höflichkeitshalber. Madame grinste mich an: »Das ist ein Echo.«

War das nun eine neu gezüchtete Hunderasse, oder gab jemand seinem besten Freund ernsthaft so einen metaphorischen Namen? Dieser »Echo« ließ sich jedenfalls nie blicken, und das störte mich gewaltig. Dass mir jemand antwortete, gefiel mir natürlich sehr. Daher wurde ich nie müde, gut hörbar zu kommunizieren.

Ich zog Madame zur Slipanlage, die Reifenabdrücke waren noch gut erkennbar, da es weder geregnet hatte noch die Nordsee bei Flut übers Ufer getreten war. Da! Meine Adleraugen identifizierten ein dunkles Stück, das mir in dieser Umgebung nicht zweckdienlich erschien. Es lag zwischen Gras und den Resten des im Sommer blühenden Strandflieders. Im April würden die Lutscher vom Bootsverein hier einen Steg andocken, parallel zur Wasserkante.

Ich preschte drauflos, immer Madame im Schlepptau. Kaum zu glauben! Es war der zweite Stiefel. Dasselbe Modell und ein ähnlicher Geruch nach Kuhmist, derselbe Gummigeschmack zwischen den Beißerchen.

»Chacha, willst du jetzt den ollen Stiefel mitnehmen?«, zeterte Madame, als ich mich mit dem gesicherten Beweisstück zur Blechhöhle begab. Dieses Mal konnte ich meinen Fund nicht unbemerkt unterbringen.

»Pfui! Nicht ins Auto«, fiel nun auch Monsieur ein, ein paar Töne unfreundlicher als Madame. Ausgerechnet er! Wer las denn ständig den dreckigsten Plastikmüll am Meeressaum auf und fühlte sich dabei wie der Retter des Planeten? Monsieur himself. Nicht selten lief er mir dabei vor die Pfoten oder blieb unerwartet stehen, um sich zu bücken. Was blieb mir übrig, als ihn dann anzuraunzen? Und nur weil dieser Stiefel nicht aus Plastik war, konnte ich das Beweisstück schlecht liegen lassen. Lutscherlogik mal wieder! Letzten Endes setzte ich mich zwar durch, schaffte es aber nicht, meine zweite Beute ebenfalls in der Box unterzubringen, ohne dass Madame Beweisstück Nummer eins entdeckte. Augenblicklich geriet sie ins Grübeln.

»Schau mal«, sagte sie zu Monsieur, und ihre Stimme zitterte leicht. Anscheinend machte es nun auch bei ihm klick.

»Du meinst …?«

Himmelschafundmeer, wie stolz ich auf meine beiden Blitzmerker war! Mit zwei vor sich hin sinnierenden Lutschern ging es heimwärts. Zwar trauten sich die beiden nicht, die Stiefel in die Hand zu nehmen – man könnte ja Fingerabdrücke hinterlassen –, aber ich spürte, dass etwas in Bewegung geraten war. Die Mär vom Selbstmord eines fürsorglichen, bodenständigen Bauern glaubten sowieso weder Monsieur noch Madame.

Meine Assistentin legte los. Zwar wollte Madame keine Pferde scheu machen, doch fand sie es an der Zeit, bei Thules Exfrau anzurufen. Sie wollte ihr kondolieren und lud sie bei der Gelegenheit auf einen Kaffee ein. Also, falls Nele mal in die Gegend kommen würde. Da es aufgrund des Todesfalls einiges für sie zu regeln gab, sagte Nele sofort zu. Mit nicht wenigen Bewohnern unserer schönen Halbinsel hatte sie es sich ziemlich verscherzt, da die Trennung von Thule als Ding der Unmöglichkeit beurteilt worden war. Die meisten standen auf der Seite des Bauern. Das schien nach seinem Ableben nicht besser geworden zu sein, im Gegenteil. Der Tratsch blühte auf! Daher tat Nele die Einladung von Madame sichtbar gut. Ich war bereits gespannt wie ein Schlumpf kurz vorm Dinner: Wie würde Nele auf die Stiefel reagieren?

Konnte ich ausschließen, dass sie an der Tat beteiligt war? Vielleicht ging es ums Geld, das der Lutscherwelt aus unerfindlichen Gründen heilig war. Abgegriffene Schnipsel Papier und dreckige Münzen.

8. AUDIENZ AUF DER FENNE

Anderntags hatte ich mich von Madame zu einem Spaziergang ohne Blechhöhle breitschlagen lassen. Das verstieß zwar gegen meine Prinzipien, doch hatte ich den Eindruck, dass Lazlo zurückgekehrt war. Also wollte ich gerne mit Madame eine größere Runde laufen und sie unauffällig in Richtung Bauernhof lotsen. Monsieur und Janni hatten andere Pläne, was mir während der Ermittlungen mehr Ruhe bescheren würde. Es war ein sonniger Tag, wieder war der Frühling zu riechen. Und das goldene Schilf wog sich im leichten Wind. Na ja, eigentlich war es beige, aber je nach Stand der Sonne wirkte es so. Und wir hatten ja genug davon im Marschland, das Reet zog sich die Gräben entlang und fraß sich bisweilen in die Fennen. Das war aus Lutschersicht nicht erlaubt, denn auf den saftigen Weiden musste das Vieh ja grasen. Apropos Viecher, Thules Kühe fraßen gemütlich auf einer Fenne, als wäre nichts geschehen. Aber was sollten sie auch tun? Trauern und hungern? Das brächte uns kein Stück weiter und würde Thule nicht wieder lebendig machen. Als sie uns bemerkten, trabten sie sofort auf uns zu.

»Na, Mädels!«, rief Madame, was die Rindviecher zu ermuntern schien. Sie folgten uns unauffällig, diese neugierigen Dinger. Dafür liebte ich sie und bellte ihnen aufmunternd zu. Man konnte schließlich nicht wissen, ob sie nicht doch unter dem Verlust litten. Auch wenn sie es nicht zeigten. Vielleicht kümmerten sie sich derzeit noch mehr umeinander und leckten sich noch intensiver die Ohren sauber? Massierten sich gegenseitig den Rücken mit ihren dicken Schmirgelzungen? Leider litt unser Verhältnis nach wie vor unter Kommunikationsproblemen.

Madame ließ mich ein Stück des Weges von der Leine. Unauffällig schnüffelte ich hier und da, bis ich schließlich vom Weg abkam. Natürlich ganz zufällig! Geschwind huschte ich über den Graben und baute mich auf der Fenne auf. Professionelle Ermittlerinnenpose: Kopf und Schwanz in die Höhe, Körper wie eine Eins. Madame hatte meine Abwesenheit noch nicht bemerkt und lief weiter geradeaus. Sobald ich jedoch die Rindviecher mit einem entschiedenen Bellen zu ihrem Bauern befragen würde, würde Madame um meinen aktuellen Aufenthaltsort wissen. Und mir war klar, dass dieser nicht genehmigt war. Wir lebten in einem sogenannten Anpassungsverhältnis, in dem jeder Partner auf die Bedürfnisse des anderen Rücksicht zu nehmen hatte. So die Abmachung.

Hier war allerdings Gefahr in Verzug! Ich mochte es, wenn sich meine Vorbilder in den TV-Krimis mit diesem Hinweis bestimmte Rechte herausnahmen. Ja, ich konnte das verstehen. Wer zu lange wartete, den bestrafte das Leben. Für diesen einen Moment musste ich auf Madames Sicherheitsbedürfnis pfeifen. Die ganze Sache vorher groß mit ihr abzuklären, hätte keinen Sinn gemacht.

Nun galoppierten die Kühe munter auf mich zu. Madame hatte mich wohl auch ohne akustische Hinweise meinerseits auf der Fenne geortet und schrie auf. Ich blieb zunächst locker, hatte ich doch in meiner turbulenten Welpenzeit ganz anderen Kalibern gegenübergestanden. Damals wohnten wir in Husum direkt gegenüber den Weidegründen einer wunderbaren Pferdeherde. Wenn sie abends übermütig in Richtung Deich galoppierten, schaute ich ihnen zunächst verzückt hinterher. Dieser Ausdruck unbändiger Freiheit! Schon damals fackelte ich nicht lange, überwand alle Hindernisse oder riss sie nieder. Und tat es den Pferden gleich. Was wiederum die gesamte Nachbarschaft dazu bewog, alles stehen und liegen zu lassen und sich dem spannenden Hundeprogramm auf der Fenne zu widmen. Die Pferde ignorierten mich weitestgehend – bis auf Frido, ein Mini-Pony mit rattenscharfer Igelfrisur. Natürlich pfiffen Madame und Monsieur mich zurück, als sie meinen kleinen Ausflug bemerkten. Doch bis dahin hatte ich mich bereits prächtig amüsiert.

Thules Kühe bildeten nun einen Halbkreis und glotzten mich fragend an.

»Euer Bauer«, bellte ich, »was zur Ackergülle habt ihr mit ihm gemacht?«

Die Rindviecher schauten sich gegenseitig an, als hätte ich sie nach der ersten Kuh auf dem Mond gefragt. Eine drehte mir ihr Gesäß zu und setzte sich hin, eine andere düngte die Fenne.

Ja, Himmelschafundmeer! Konnten sie ihre Geschäfte und ihre Siesta nicht auf später verschieben? Es würde mich doch sehr wundern, wenn sie mir damit einen Hinweis oder eine Einschätzung der Lage geben wollten. Frei nach dem Motto »Verdammter Schiet« oder so.

Unverrichteter Dinge rannte ich zurück zu der aufgelösten Madame, die mich sogleich wieder an die Leine nahm. Mit lang gezogenen »Muhs« begleiteten die Kühe meinen Abgang akustisch. Ganz sicher wussten sie mehr. Vielleicht waren sie sogar Zeugen der Tat gewesen?

Lazlo musste mir weiterhelfen. Also plante ich meinen nächsten Coup. Auf dieser Strecke kamen wir nämlich auch an Thules Hof vorbei. Dort ging es relativ ruhig zu. Nur ein Hahn krähte, von Lazlo war nichts zu hören. Hatte ich mich getäuscht? Vielleicht war er doch nicht auf den Hof zurückgekehrt. Glücklicherweise musste ich nicht zu drastischen Maßnahmen wie dem Kopfschwenker greifen, um auf den Hof zu kommen. Tamme stand nämlich draußen, als hätte er auf uns gewartet. Freundlich winkte er Madame und mich heran. Zumindest bezog ich die Einladung auch auf mich, und Madame konnte ja schlecht allein ins Haus gehen. Er bat uns in die Küche und bot Madame Kaffee an. »Schnaps?«, schob er hinterher, und Madame antwortete: »Eierlikör.«

Sein Blick war ernst, als er ihr beides eingoss. Unsereins ging leider leer aus, man hatte sogar übersehen, mich zu fragen. Doch ich hatte eh zu tun. Statt mich sittsam abzulegen, wie Madame es immer gern hätte, untersuchte ich die Küche. Nach Kuhmist roch es hier nirgendwo. Natürlich nicht! Das hatten die Rindviecher mir eventuell sagen wollen: Ich musste im Stall nachsehen. Dort, wo der Bauer üblicherweise den Mist wegschaufelte. Da die Kühe noch nicht Tag und Nacht auf den Fennen blieben und sich bei schlechterem Wetter drinnen aufhielten, bestand zumindest die Möglichkeit, dass sie das meinten. Und dass der Stall irgendeine Bedeutung für die Ermittlungen hatte.

Ich stahl mich davon, während Thules Kollege und Madame in Melancholie versunken dem Bauern gedachten und auf ihn tranken. Schnüffelnd lief ich durch die offene Haustür auf den Hof und betrat den Stall. Vier Mutterkühe standen dort mit relativ frischen Kälbern, die sorglos im Heu lagen. Es roch nach Baby und Milch, weniger nach Mist.

Kein Wunder, weiter hinten sah der Stall wie frisch gesäubert aus. Keinerlei neue Spuren, keine Harke, die irgendwo herumstand, keine besonderen Duftnoten. Der Tatort musste die Fenne sein, wo ich die Harke entdeckt hatte. Ich begann, Bauer Thules letzten Arbeitstag zu rekonstruieren: Er versorgte die Mutterkühe, räumte den Stall auf, trug dabei Gummistiefel, wollte aufs Feld. Warum hatte er die Harke mitgenommen? Wollte er Heu verteilen?

Eine der halb wilden Katzen, die sporadisch auf dem Bauernhof vorbeischauten und kulinarisch bedient wurden, blickte mich mit großen Augen an. Sie hatte es sich auf einem Fenstersims gemütlich gemacht. Madame hätte gewiss ihre helle Freude an ihr, sie mochte Katzen, doch leider konnten wir uns keine leisten, nachdem die letzte aufgrund des zu flotten Verkehrs vor der Hütte vorzeitig verschieden war. Auch wenn ich die Housekeepingstelle gerne wieder besetzt sähe, konnte ich Madame keine weitere Kummerphase mehr zumuten. Selbst Janni als bester Tröster Nordfrieslands war dabei an seine Grenzen geraten.

Mit einem Mal sprang die Katze quasi vor meiner Nase zu Boden und verschwand in einer der Stallboxen. Ich natürlich hinterher, wenn mich ein Löffelgesicht derart provozierte. In der Box war es dunkel, und ich konnte die Katze kaum erkennen, folgte aber ihrer Duftspur. Und den Geräuschen.

»Miaaauuu!«

Ich sah hoch – sie hatte es sich auf einem Heuballen bequem gemacht –, kletterte mit den Vorderpfoten auf den unteren Ballen, streckte mich zu ihr hin und fing leise an zu quieken. In diesem Moment erschienen Madame und der Bauer und wirkten halb amüsiert von meinem Verhalten. Ja Himmelschafundmeer! Durfte man noch nicht einmal mit einer Katze kommunizieren?

»Komm, Süße!«, meinte Madame zum Aufbruch blasend und fragte den Bauern nach Lazlo.

»Der ist erst mal bei mir«, antwortete Tamme und kratzte sich am Kopf. »Was soll er hier allein herumrennen und sein Herrchen vermissen?«

Der Bauer machte zwar einen durch und durch integren Eindruck auf mich, doch zur Sicherheit schnupperte ich an seinen Stiefeln. Sie waren mit Matsch bespritzt, als wäre er durch Pfützen und über Felder gelaufen.

Ansonsten keine Auffälligkeiten. Ich drehte noch eine Runde über den Hof, vielleicht hatte ich ja etwas übersehen.

9. DIE SUPERPIEPMÄTZE

Chaos am Himmel! Ein Gekrächze und Gezeter über uns, das nichts Gutes verhieß. Die Superpiepmätze! Wie jedes Jahr im Frühling tanzten sie in ausladenden Formationen über unsere Köpfe hinweg, schnatterten wie verrückt und besetzten die eine oder andere Fenne und manchmal auch einen Acker. Ohne lang zu fragen. Jo, die durften das wohl, auch wenn nicht jeder Bauer happy damit war. Ich zum Beispiel durfte ein Feld mit frischer Saat noch nicht mal angucken, geschweige denn drüberjoggen. So ungerecht war die Welt.

Madame verklickerte uns was von Nonnengänsen. Die kamen eher aufs Festland, während die Ringelgänse sich gerne auf den Halligen herumtrieben, weil sie das Salz auf den Wiesen dort besser abkonnten. Allerdings hatten wir auch schon welche von ihnen am kleinen Hafen ausgemacht. Vielleicht waren den Ringelmätzen die nordfriesischen Halligen zu klein geworden? Mein Eindruck war hingegen: Die Zahl der Superpiepmätze wuchs. Und wenn du Pech hattest, schissen sie dir auf den dicken

Kopp, diese rücksichtslosen Dinger! Letztens hatte ich in der Nähe von Westerhever einen regelrecht von Gänsekot gepflasterten Weg entdeckt und mich eifrig bedient. Superpiepmätze galten als lupenreine Veganer, doch das störte mich nicht. Kulinarisch gab es wenig, was nicht einen Test wert wäre. Und vegan produzierten Kot hatte ich bereits gerne von unseren Fellkartoffeln genascht, als diese noch unter uns weilten. Mein Gesamturteil: Meerschweinchen produzierten wahre Delikatessen.

Nun zogen unsere Frühjahrsgäste also lautstark über unsere Köpfe, und ich hatte nicht den Hauch einer Chance. Nicht mal ein klitzekleines Wettrennen war drin. Spielverderber! Es war immer dasselbe. Die Möwenmätze – kein Problem. Sie wollten es auch. Sie provozierten. Und sie gewannen jedes verdammte Mal. Wenn ich an diese Szene während unseres Roadtrips durch Westschweden dachte, verspürte ich wieder einen Hauch von Wut in mir: Eine Möwe hatte eine Lutscherin attackiert, die sich gerade ihren Lunch reinziehen wollte, und brachte diesen zu Fall. Wie hatte ich mich an Ort und Stelle aufgeregt! Die arme Lutscherin schaute uns traurig an. Ich hoffte, dass sie noch etwas anderes zu beißen bekommen würde. Jedenfalls war klar wie Kloßbrühe, dass ich immer schon geahnt hatte, wozu die dreisten Dinger fähig waren. Doch mit den Weißwangenmätzen war alles anders. Sie flogen hoch und hatten keinen Kopf für blöde Spielchen. Da tickte die Uhr. Sie fraßen sich die Bäuche voll, um die nächste Etappe auf ihrem Weg zurück in den Norden zu schaffen. Sie hatten sich ganz schön viel vorgenommen.

Ich hatte aufgegeben, die Superpiepmätze zu zählen, wenn mal wieder Saison war. Enorme Geschwader ließen sich auf den Fennen nieder und veränderten deren Farbe. Das Schwarz-Weiß ihrer Gefieder verdeckte das winterblasse Grün. Sie zupften, was das Zeug hielt. Inzwischen blieben auch immer mehr bei uns, vor allem die Graugänse mochten das Ambiente an der Nordsee. Im Frühjahr waren sie meist die Ersten, wenn sich der Nachwuchs unter den Piepmätzen einstellte. Für unsereins bedeutete dies: alles verboten. Nur noch Leine. Allerdings war mir schon bei den rastenden Supermätzen aufgefallen, dass sie extrem nervös waren und sofort wegflogen, wenn man sie nur schief ansah. Oder wenn man im Rudel vorbeiwanderte, ganz friedlich. Aber irgendwohin mussten wir gehen. Und die Vögel waren überall. Wie in einem Thriller! Ich hatte bereits beobachtet, dass Superpiepmätze keinerlei Probleme hatten, wenn ein Hase durch die Mitte eines am Boden futternden Geschwaders lief. Aber während die Feldflitzer ihren Ruf der Harmlosigkeit pflegten, allein schon weil sie so niedlich und appetitlich aussahen, galt unsereins per se als laut und gemeingefährlich. Klar, bei einem Jannimännchen war dies nicht ganz von der Pfote zu weisen. Aber ich war ja wohl der Engel in Hundeperson! Madame versuchte bisweilen, das Bild zu modifizieren, das ich berechtigterweise von mir selbst hatte. Da ging es vor allem um eine gewisse Lautstärke. Aber hatte vielleicht jemand am Sound der Superpiepmätze geschraubt? Wer fragte mich, ob mir dieser Megakrach über dem Kopf gefiel? Wie ich mich dabei fühlte? Mit Sicherheit war ich den Zugvögeln so was von schnurzpiepegal. Sie profitierten einfach von dieser Riesenlobby der Piepmatz-Verrückten.

Manchmal starrte ich den Gänsen hinterher, wenn sie sich nach und nach in die Lüfte erhoben. Elegant und irgendwie mit einer aufeinander abgestimmten Choreografie. »Ballett am Frühlingshimmel«, nannte Madame es, diese Super-Poetin. »Ein energetischer Fluss am Himmel.« Aha! »Das hörbare Rauschen des Schwarms, begleitet von unzähligen Rufen, fegt hoch über unsere Köpfe hinweg. Vogelkörper, die in der Sonne glänzen vor dunklen Wolken am Horizont.«

Heilige Ackergülle, Madame als Lobbyistin! Das war zu viel des Guten, auch wenn die Mätze im Frühling und im Herbst an die Küste gehörten. Deswegen musste man diese Schnatterköppe doch nicht dermaßen glorifizieren!

Mir kam eher ein anderer Gedanke. Ich fragte mich in solchen Momenten, wie die Welt wohl von oben aussah. Hätte ich als Piepmatz egal welcher Sorte eine andere Sicht auf die Dinge? Hatten die Vögel uns Wissen voraus, weil sie alles von oben im Blickfeld hatten? Aber je höher sie flogen, desto weiter weg war die Welt. Verlor man da nicht den Bezug? Natürlich konnten sie jederzeit den Fokus auf eine bestimmte Stelle legen, den Blick fürs Detail schärfen. Wie gut sahen Piepmätze überhaupt?

Die Idee wäre, einen von ihnen in mein Team zu holen. Meisen, Rotkehlchen, Amseln und ein paar Greifvögel weilten ganzjährig bei uns. Letztere schieden aus, das war klar wie Kloßbrühe. Einer von ihnen hatte unsere Henne Björk auf dem Gewissen. Ich musste bei der Auswahl sämtliche Aspekte in Betracht ziehen, auch den moralischen. Der für mich arbeitende Piepmatz sollte möglichst ein Antiaggressionstraining absolviert oder erst gar keine Hühner auf dem Speiseplan stehen haben. Das würde ich dann vertraglich festlegen. Der Neue im Team käme in den Genuss kulinarischer Spezialitäten, ich zahlte in Naturalien. Eine Win-win-Situation. Denn der Piepmatz könnte für die zu gründende Schnüffelagentur Aufklärungsflüge machen und uns bei Bedarf direkt an die richtigen Stellen lotsen. Vielleicht wäre so endlich auch präventives Arbeiten möglich. Verbrechen zu verhindern, bevor sie passierten, lautete die Devise. Nur eine winzige Schwierigkeit sah ich bei der Zusammenarbeit auf uns zukommen: das Verständigungsproblem. Wie würde der Assistenzvogel mir seine Beobachtungen mitteilen? Ich musste nachdenken. Vielleicht könnte er bestimmte Zeichen am Himmel fliegen oder mit seinen Krallen Bilder in den Sand zeichnen? Dann würde ich Madame und Monsieur anweisen, eine entsprechende Malfläche im Garten anzulegen. Keine schlechte Idee eigentlich. In Zeiten ohne Auftrag könnte ich dort selbst im Sand buddeln.

10. DER BESUCH

Es dauerte nicht lange, da stand Thules Exfrau vor der Tür. Mit gerunzelter Stirn, geröteter Haut und verquollenen Augen. Sah so eine frisch Verliebte aus? Vielleicht tat Nele auch leid, was sie getan hatte? Doch nun war es zu spät. Kaum dass sie ihren Kaffee getrunken hatte, brach es aus ihr heraus: »Niemals! Niemals hätte er sich das angetan!«

Madame nickte nur und drückte beruhigend ihren Arm. Janni besann sich auf seine Kernkompetenz, legte seinen Kopf auf Neles Knie und sah sie mit seinen Nugataugen an. Tata! Er konnte der Trauernden ein kleines Lächeln entlocken, dieser alte Charmeur. Seine Schwesternnummer funktionierte immer. Nele wuschelte ihm durch das Fell und wirkte etwas entspannter. Sie erzählte, dass der Tote verbrannt und seine Asche auf dem Meer verstreut werden solle.

»Er hat sich immer eine Seebestattung gewünscht«, meinte Nele schniefend. Natürlich hoffte ich auf eine Einladung zu dem Ereignis. Es wäre ideal für Untersuchungen im engsten Umfeld des Verstorbenen. Zu dem Thema kam es allerdings nicht, denn die beiden Damen gingen in den Garten. Im Gras lagen beide Gummistiefel, die ich im Hafen gefunden hatte.

»Schau mal, Nele«, wagte Madame einen Vorstoß. »Kennst du die?« Wie vom Blitz getroffen huschte die Ex-Bäuerin zum Schuhwerk und hob es mit zittrigen Fingern hoch.

»Das sind doch die Gartenstiefel von Finn!« Mit großen Augen schaute sie Madame an: »Wo hast du die her?«

Madame schaute nicht minder entsetzt zurück. »Julchen hat sie im Hafen gefunden. Nach dem Unglück.«

Das saß. Entsetzt taumelte Nele zurück ins Haus, die Stiefel immer noch in den Händen. »Die hat er vor einigen Tagen noch geputzt, nachdem sie völlig matschig geworden waren.« Argwöhnisch überprüfte sie die Größe. Ja, alles korrekt. Das mussten seine Stiefel sein.

Sollte mein Fall eine überraschende Wendung nehmen? Irgendetwas stimmte hier nicht, das sagte mir mein Instinkt. Finn hatte kein Motiv. Er war schließlich Neles Neuer und frisch verliebt. Er mochte seinen Job. Er hatte Kohle. Er sah gut aus. Wenn hier einer zufrieden mit seinem Leben wirkte, dann er. Vor allem, seitdem Nele es bereicherte. All das ließ nur eine Schlussfolgerung zu: Jemand versuchte, ihm die Tat in die Schuhe zu schieben. Jemand, der auf diese Weise zwei Fliegen mit einer Klappe schlagen wollte. Jemand, der es vielleicht auf die schöne Nele abgesehen hatte?

Diese bestand nun darauf, gemeinsam mit uns zum Fundort zu fahren. Leider passten wir nicht zu dritt in ihre

Blechhöhle. Als wir davorstanden, blieb mir das Bellen im Halse stecken: der helle Pick-up! Machte Nele uns die ganze Zeit etwas vor? Eigentlich konnte ich einen schauspielernden Lutscher sehr gut von einem Original unterscheiden. Und ich war mir sicher, Neles Trauer war echt.

Die Mädels beschlossen, mit zwei Blechhöhlen zum Hafen zu düsen, damit Nele danach direkt zu ihrem nächsten Termin weiterfahren konnte. Innerlich frohlockte ich, denn so konnte ich kurz den Abdruck im Hafen mit dem Profil ihres Pick-ups vergleichen. Interessanterweise parkte sie gleich vor der Slipanlage, während wir wie üblich am Anfang des sandigen Platzes ausstiegen, der von Löchern und teilweise von Steinen übersät war.

Doch irgendetwas hatte Nele geradewegs an die Stelle gezogen, wo der Fahrer des Pick-ups an jenem Abend gehalten haben musste. Vielleicht sollte ich langsam die Rückkehr des Lutscherinstinkts in Erwägung ziehen? Vielleicht hatte Nele auch eine Art siebten Sinn? Vielleicht konnte ich sie auch nicht von meiner Liste der Verdächtigten streichen, selbst wenn sie trauerte? Sie hatte den Wagen exakt auf die alten Spuren gestellt. Sämtliche Abdrücke waren somit überschrieben, wichtige Hinweise beseitigt. Und es war mir unmöglich, vergleichende Wissenschaft zu betreiben. Ich war außer mir und bellte Nele an. Natürlich verstand sie nur Ackergülle.

»Warum parkst du hier?«, wollte Madame wissen. Als könnte sie meine Gedanken lesen.

In Neles Augen schimmerten Tränen. »Das war mal unser Ort, weißt du? Hier haben wir mit Lazlo gespielt oder einfach nur den Geräuschen des auflaufenden Wassers gelauscht. Im Winter nach Seehunden Ausschau gehalten, manchmal gepicknickt oder den Mond betrachtet.«

Süntje! Dass ich nicht gleich auf die Idee gekommen war. Der Seehund war ein alter Bekannter von mir und trieb sich im Winterhalbjahr oft im Hafenbecken herum. Zeitweise hatte ich ihn mit einer Freundin zusammen gesehen, doch zuletzt schien er wieder solo zu sein. Wir verstanden uns gut, mal ganz davon abgesehen, dass er etwas scheu war. Neugierig lugte er oft aus dem Wasser, wenn wir kamen. Ich mochte seine Belle.

Und wenn er den Täter gesehen hatte? Wenn er ihn sogar identifizieren konnte? Dann schwebte er in Lebensgefahr. Oder würde der Mörder ihn nicht für voll nehmen? Schließlich konnte ein Seehund nicht vor dem Lutschergericht aussagen. Auch in diesem Fall konnte es sein, dass allein die Lutscherhybris uns Tiere vor Schlimmerem bewahrte. Sie trauten uns einfach nichts zu. Ich stellte mich an den Rand des Hafenbeckens und rief laut nach Süntje.

Na bitte! Es dauerte nicht lange, da steckte er seinen glänzenden Kopf aus dem Wasser. Gut sah er aus, gesund und munter. Und auf einmal geschah das zweite Wunder dieses Tages: Der goldige Anblick des Seehundes zauberte Nele ein neues Lächeln ins Gesicht. Versonnen sah sie Süntje hinterher, Nele schien in Erinnerungen zu schwelgen. Derweil war ich froh, dass ich mich auf meine Assistentin verlassen konnte. Dass Madame oft im richtigen Moment die richtigen Fragen stellte, diese Super-Reporterin.

Leider hatte ich mit Süntje ein ähnlich gelagertes Kommunikationsproblem wie mit den Kühen. Sein Bellen klang wie ein entfernter Dialekt, den man gar als eigene Sprache definieren konnte. Und Süntje bellte äußerst selten. Aber er reagierte meist auf meine Grüße, wenn er tatsächlich in der Nähe war. Dann schoss sein rundlicher Kopf aus dem Wasser, und wir sahen uns an. Manchmal dachte ich, Süntje sei einsam, doch dann fiel mir der ganze Stress ein, der mir das Zusammenleben mit Janni bescherte, und ich verwarf den Gedanken sofort. Eigentlich reichte es, sich draußen hin und wieder mit jemandem zum Spielen zu treffen. Und zu Hause die ganze Aufmerksamkeit der Lutscher für sich zu haben. Aber wenn Süntje nun gar keine Familie hatte? Er tauchte ab, und wir konnten seinen Kopf erst wieder vor den Sieltoren ausmachen.

»Hat er dort gelegen?«, wollte Nele nun von uns wissen. Madame nickte.

Süntje kam zurück und tauchte vor der Slipanlage auf. Es war klar wie Kloßbrühe: Er wollte mir sagen, dass die Leiche hier ins Wasser gelegt worden war, bevor sie durch den Wind zu den Sieltoren getrieben war. Süntje und ich verstanden uns auch ohne große Worte. Natürlich hatte ich keine Ahnung, wie ich mein Wissen an die zwei Hübschen weitervermitteln sollte. Sie tauschten sich gerade über den Fundort der beiden Beweisstücke aus.

»Irgendwo hier muss Julchen auch den ersten Gummistiefel entdeckt haben.« Madame wies in weiter Geste rund um die Slipanlage. Ich bellte kurz in Richtung Wasser, doch die Mädels dachten, es sei wegen Süntje.

»Der Stiefel, nicht der Seehund! Im Wasser hat er gelegen!«

Ich gab auf. Die Sache wurde langsam kompliziert.

11. THEORIE UND WIRKLICHKEIT

Während Nele sich wieder vom Acker respektive Hafen machte, ging ich mit Madame noch ein wenig spazieren. Wir hatten beide das Gefühl, nachdenken zu müssen. Von der anderen Seite des Deichs war eine junge Familie mit zwei Titis zur Krone aufgestiegen. Eines der Mädchen ließ sich fallen und rollte den Deich hinab, mir fast vor die Pfoten. Ich bellte vor Begeisterung: Endlich hatte jemand die erweiterten Möglichkeiten der Physiognomie unserer wunderbaren Landschaft entdeckt! Sofort machte ich dieser Gleichgesinnten klar, dass es quasi endemische Fortbewegungsarten für Deichkinder gab und wälzte mich hin und her. Dabei, und das war der Clou, landete ich peu à peu immer weiter unten. Ja richtig! Wälzen als Fortbewegungsart. Nebenbei bemerkt, eine effektive Massage für den Rücken. Ich stand auf, blickte in erstaunte Augen und schüttelte mich, um mögliche Hinterlassenschaften von Superpiepmätzen sowie anderen Kram aus dem Fell zu schleudern. Diese ausgesprochen praktische Funktion nannte sich Long-Hair-Self-Cleaning, und natürlich hatte die junge Familie noch nie etwas davon gehört. Sie wuschen noch mit Wasser. Egal. Ich war froh, auf Gleichgesinnte zu treffen und mein Wissen weitergeben zu können. Solche Dinge passierten häufig auch in Sankt Buddel, vor allem während des Sommerhalbjahres. Titis ließen sich von meiner ausgefeilten Buddeltechnik begeistern, und mich begeisterte ihr Expertenblick. Seit Längerem sinnierte ich darüber, eine Buddel-Weltmeisterschaft am Strand ins Leben zu rufen – interdisziplinär, interkulturell und international! Jeder sollte mitmachen können. Mit oder ohne Schaufel. Vermutlich würde es die erste Weltmeisterschaft in dieser Disziplin werden. Und natürlich wollte ich gewinnen. Aber vor allem liebte ich den Austausch. Einmal hatte ich einen Knirps am Strand getroffen, der eifrig mit Werkzeug gebuddelt hatte. Er hatte meine Pfotentechnik bewundert und gemeint, ich solle Bescheid geben, falls die Weltmeisterschaft in Sankt Buddel organisiert werden würde. Er hatte sofort verstanden – alles! Denn im Falle des Falles, so hatte er stark vermutet, würde ich die Konkurrenz am kilometerlangen Strand einfach wegbuddeln. In Nullkommanix. Sagte ich bereits, dass ich Titis sehr schätzte? Natürlich waren nicht alle so aufgeweckt wie dieser besondere Junge, aber im Großen und Ganzen konnte unsereins sich nicht beklagen.

Wo ich gerade beim Thema war, versuchte ich Madame nun klarzumachen, dass es mal wieder Zeit für Sankt Buddel sei. Ich fand einen Sandhaufen und buddelte ein bisschen. Dann sah ich sie an. Fehlanzeige! Sie war in Gedanken versunken und meilenweit von mir entfernt. Lutscher eben! Da wir unsere Regengassis oft im Wald von Sankt

Buddel unternahmen, blieb mir die Chance, mein Rudel von dort geschickt zum Strand zu lotsen. Bei der Wahl der Richtung ließen sie mir meist freie Pfote. Wenigstens das. Und beim Buddeln kamen mir oft die besten Gedanken, so würde es bestimmt auch hinsichtlich des Entwickelns einer praktikablen Theorie im vorliegenden Mordfall sein. Sollte ich dabei scheitern, weil mir zu viele Details fehlten, musste ich eben improvisieren. Am besten wäre natürlich, Lazlo auf die Fährte anzusetzen. Zurzeit hoffte ich nur, dass es ihm einigermaßen gut ging. Er musste seinen Monsieur schwer vermissen.

Am nächsten Tag rief Nele an, um Madame einiges zu erzählen. Ich sah nur, wie diese die Stirn runzelte. Später wandte sie sich mir zu und meinte: »Jemand muss die Stiefel entwendet haben!« Ich hatte es geahnt! Nele hatte Spuren im Garten und ein beschädigtes Kellerfenster auf der Rückseite des Hauses entdeckt. Wer auch immer diese Stiefel geklaut hatte, durfte nicht sonderlich groß sein, oder er hatte einen schmalen Kumpel für solche Arbeiten.

Wie immer musste ich alle Möglichkeiten in Betracht ziehen. Obwohl es mir unwahrscheinlich erschien, ließ ich Nele und ihren neuen Lover vorerst auf der Liste der Verdächtigen. Vor allem den Mann. Er konnte die Fährte absichtlich zu sich gelegt haben, damit die Leute dachten, dass es jemand anders getan hätte. Manche Lutscher waren ausgesprochen raffiniert. Wesentlich wahrscheinlicher erschien mir die Möglichkeit, dass ein Dritter am Werk gewesen sei. Doch wie hatte er Zugriff auf den hellen Pick-up bekommen können? Und was war eigentlich mit den erwachsenen Kindern von Bauer Thule? Bestimmt mochten sie den neuen Stiefvater nicht! Einer der Jungs studierte wohl Agrarwissenschaften in Kiel, der andere lebte in Husum und arbeitete in einem Hotel. Wenn einer der Söhne von der Situation profitierte, dann eher der Student. Waren sie sich uneinig gewesen über die Art der Weiterführung? Alles unwahrscheinlich. Die meisten Bauern in Nordfriesland waren heilfroh, wenn eines der Kinder den Betrieb auf irgendeine Art und Weise übernahm. Und Thule galt als friedlicher und flexibler Mann. Warum sollte er sich mit ganz Eiderstedt gut verstehen, es sich aber ausgerechnet mit seinen Söhnen verscherzt haben?

Ich brauchte einfach mehr Hinweise, Indizien, Spuren. Wo war die blutige Harke gelandet? Ich brauchte Unterstützung. Dringend.

Auch bei Nele schien einiges in Bewegung geraten zu sein. Am selben Tag rief sie gleich noch einmal an, um Madame zu sagen, dass sie nachträglich eine Obduktion angeordnet hatte. Sozusagen auf den letzten Drücker, denn der Termin für die Einäscherung stand schon. Mir fiel ein Stein vom Herzen. Aufgeregt lief ich in der Bude hin und her. Natürlich war ich auch ein kleines bisschen stolz auf diesen Zwischenerfolg. In der Kategorie »mögliche Verdächtige« rutschte Nele ganz nach unten. Hätte sie irgendetwas mit der Tat zu tun, hätte sie nie und nimmer diese Obduktion in Auftrag gegeben. Natürlich hatte Nele das auch für ihr Gewissen getan. Thule durfte keinen Selbstmord begangen haben. Dann hätte sie sich Schuld daran geben müssen. Weil sie ihn verlassen hatte.

Irgendwie musste ich Finn unter die Lupe nehmen. Janni sollte mich dabei begleiten. Zwei Nasen waren besser als eine, und seiner vertraute ich stark. An erster Stelle auf der Liste stand jedoch Mister X, dem ich schon noch auf die Schliche kommen würde, sobald sich ein Motiv für diese abartige Tat herauskristallisierte. Denn kein normaler Lutscher stach einfach so mit einer Harke auf einen anderen ein. Das war klar wie Kloßbrühe. Madame musste für mich Erkundigungen einziehen: Gab es ungelöste Konflikte auf unserer schönen Halbinsel? Streitigkeiten, die schon seit Urzeiten schwelten? Ich döste vor dem Fernseher ein, bis mich ein dumpfes Geräusch aus dem Schlaf riss. Gefolgt von Jannis lautstarkem Bellen.

12. DER KNALL

Es war schon dunkel draußen, dennoch positionierte sich das Rudel im Garten. Ich hingegen blieb lieber in der Stube und riskierte aus sicherer Entfernung einen Blick durch die offene Tür. Madame und Monsieur versuchten, Janni zu beruhigen. Ohne Erfolg, er bellte wie ein Besessener. Sie schauten in alle Richtungen und kamen mit großen Fragezeichen in den Augen zurück ins Haus. Nichts zu sehen. Monsieur zog in Erwägung, bei Thules Hof vorbeizuschauen, während sich Madame um den Flurfunk bemühte. Keiner wusste was. Also setzte Monsieur sich ins Auto und fuhr los. Natürlich konnte der Lärm auch eine ganz andere Ursache gehabt haben.

»Als wäre ein dicker Baum umgefallen«, meinte Madame. Oder ein Gebäude eingekracht? Ein Dach heruntergesaust? Es war nicht sonderlich windig. Monsieur kam bereits nach kurzer Zeit mit der Nachricht zurück: »Alles ruhig auf dem Bauernhof. Nur die Kühe wirkten etwas nervös, sie bewegten sich von der Fenne in Richtung Stall. Der Knall musste auch sie erschreckt haben.« Meine

Fantasie ging mit mir durch. Vielleicht war es ein Schuss gewesen? Ein weiterer Mord? Unsere schöne Halbinsel zum Sumpf des Verbrechens mutiert, zum gegenwärtigen Sodom und Gomorrha? Oder hatte sich jemand auf dem Hof zu schaffen gemacht, und Monsieur hatte das Ausmaß des Einbruchs in der Dunkelheit nicht erkennen können?

Irgendwann schliefen wir alle, doch ich träumte von wilden Verfolgungsjagden, von Schafen im Wind, die sich in Riesenmonster verwandelten, auf den Hinterbeinen liefen und Harken in ihren Klauen hielten. Darüber wachte ich mit einem Knurren auf und fuhr hoch. Janni fühlte sich gleich angesprochen und knurrte zurück. Ich wies ihn scharf bellend zurecht, außer mir vor Wut. Erst als Madame wie eine Friedensgöttin vom Oberdeck herabschwebte, ließen sich die Fronten beruhigen. Fürs Erste jedenfalls.

Ich hatte das Gefühl, dringend Urlaub zu benötigen – weit weg von Jannimann und dem ganzen Tohuwabohu. Nur Madame und ich. Am besten in Dänemark. Ein hübsches Häuschen in den Dünen, ein paar Rehe, die manchmal zu Besuch kamen, und der Strand quasi ums Eck. Die Nase in den Wind halten, Sand im Plüsch, ein bisschen buddeln, wälzen, flirten wie ein Weltstar und abends mit Madame schwesterlich eine Portion Fish and Chips teilen. Mehr brauchte ich nicht. Im letzten Sommer hatten wir das genauso gemacht und Grandmadame mitgenommen. Ein reiner Mädelstrip also. Völlig entspannt. Und Søndervig war voll von coolen Typen, das reinste Flirtparadies! Wir hatten eine Hütte abseits vom Geschehen, himmlischer Friede ringsherum. Keine Lutscherseele weit und breit. Und Rehe, die mich einluden, mit ihnen durch Wald, Busch und Dünen zu hüpfen. Madame suggerierte, ich hätte diese Rehe möglicherweise missverstanden. Dabei hatte ich damals auf Nordstrand bereits ausgiebig mit Rotwild kommuniziert und kannte mich bestens aus. Manchmal kam sie mir etwas vergesslich vor, die Gute. Oder traute sie mir etwa nicht zu, dass ich eine Einladung von einer Einladung unterscheiden konnte? Ansonsten herrschte pure Harmonie zwischen uns. Auch was den Flugverkehr anging, konnte man in Dänemark nicht meckern. Mit dem Alter wurden meine Plüschohren immer empfindsamer und die Seele zarter. Fliegende Tiefbrummer gingen gar nicht. Überhaupt Geräusche, die man nicht visuell zuordnen konnte.

Am nächsten Tag hörte ich Madame laut »Unglaublich!« rufen. Sie hatte die Ursache für den abendlichen Knall eruiert: Es war etwas vom Himmel geplumpst. Tatsächlich. Als hätte ich es geahnt! Der Mörder des Bauern war also unschuldig an dieser Geschichte, Eiderstedt wieder eine vergleichsweise normale Halbinsel. Es handelte sich um einen Meteoriten, der in die Erdatmosphäre eingedrungen war und dabei diesen Knall verursacht hatte.

»Ein Feuerball, der verglüht und als Stein in die Nordsee geplumpst ist«, verklickerte Madame mir und dem Rest des Rudels. Ich sah sie mit meinen Honig- bis Bernsteinaugen an. Fragend. Verliebt guckte sie zurück, den Ernst der Lage ignorierend: »Hach, Süße …«

Mir war jetzt nicht nach Komplimenten oder Knuddeln. Konnte es denn nicht sein, dass so ein Ding mal direkt bei uns einschlug? Und wie groß war es wohl? Dieses

Mal hatte sich das Meer quasi als Ablageort angeboten, und das Ding hatte kein Unheil anrichten können. So wünschte ich jedenfalls, denn schließlich gab es Leben im Meer. Abgesehen von den Fischen, Robben und Krabben tummelten sich Schweinswale in unserer Nordsee. »Fast wie Delfine!« Madame hat sie mehrfach an diversen Stellen gesichtet, unter anderem in einem norwegischen Fjord. Zu solchen Touren nahm sie mich ja nie mit, sie brachte mir höchstens ein Plüsch-Rentier oder einen typischen Snack mit. Jedenfalls waren Schweinswale eher scheue und geräuschempfindliche Tiere, denen vermutlich schon eine Flirtfähre zu laut war, falls sie ihren Weg kreuzte. Man konnte nur das Beste hoffen. Und beim nächsten Himmelskörperregen, was war dann? Ich musste noch mehr auf der Hut sein, wenn es draußen knallte. In die Horrorserie der Silvesterböller, Jägerschüsse und Superpiepmatz-Schreckschussanlagen reihten sich nun auch verirrte Kleinkörper aus dem Universum ein. Ja Himmelschafundmeer!

Da die Luft erst mal wieder rein war und der Ermittlungsdruck wuchs, musste ich irgendwie versuchen, zum Tatort zu gelangen. Von dort konnte man vielleicht eine Verbindung zum Leichenfundort herstellen. Doch die Zeit drängte, denn morgen würde es regnen, das roch ich.

Madame kam aufgeregt von draußen ins Haus und vermeldete: »Lazlo ist abgehauen!«

Ich bellte sie an. Tamme war wohl gerade mit dem Auto vorbeigefahren und suchte nun überall nach dem Hund. Allerdings musste er sich um die Kühe kümmern und bat um Mithilfe. Sofort meldete ich mich freiwillig zum Einsatz und bellte, um Druck zu machen. Schließlich wusste jeder aus dem Wunderkasten, dass die ersten vierundzwanzig bis achtundvierzig Stunden nach dem Verschwinden eines Lebewesens entscheidend für die Suche waren. Meiner Meinung nach waren es sogar weniger. Es konnte so viel passieren.

13. DIE FÄHRTE

Madame zögerte nicht lange, warf sich die Jacke über, kramte die Leine aus der Blechhöhle und wollte mit mir in Richtung Südosten laufen. So ging das nicht! Also zog ich nach Nordnordwest.

»Hauptsache, du bestimmst«, meckerte sie.

War ich nun die Spürnase oder sie? Wir sollten uns in so einer Situation doch nicht mit blöden Machtspielchen aufhalten. Jedenfalls muckte sie nicht weiter auf, sondern folgte mir. Zwar schob sie noch hinterher, dass ich »ein ganz schönes Eselchen sein konnte«, aber das galt ja wohl auch für den Rest des Rudels. Eine Eselherde war ein Witz dagegen.

Als ich querfeldein laufen wollte, um schneller am vermutlichen Tatort zu sein, stoppte sie mich.

»Das geht nicht, Jule! Das Feld ist bestellt, wir bleiben auf den öffentlichen Wegen.«

Heilige Ackergülle! Die Lutscher und ihr Eigentum. Taten immer so, als wäre die Erde aufgeteilt in einzelne Lutscherparzellen. Dabei war doch klar wie das Meer an ruhigen Tagen, dass nichts niemandem gehörte. Mit dieser schwer nachvollziehbaren Attitüde beutete man den Planeten aus, als gäbe es einen zweiten, auf dem man ersatzweise leben könnte, wenn dieser hier kaputtging. Aber wie gesagt: Bevor Superjulchen die Welt rettete, musste ich diesen Fall lösen. Da ich grundsätzlich ein kompromissfähiges Lebewesen war, einigten Madame und ich uns darauf, dass ich zwar die Richtung vorgeben durfte, wir aber auf »normalen« Wegen laufen würden. Die Blechhöhlen brausten wie üblich mit einem Affenzahn an uns vorbei. Es gab eben keinen Platz für Spaziergänger in der Lutscherwelt. Die Blechhöhlen gaben überall den Ton an, in den Städten und auf dem Land sowieso. Felder und Wiesen waren tabu – außer mit Sondergenehmigung, etwa für Schafe oder Kühe. Dieser Bürokratiekram war der größte Zeitfresser und eine komplette Spaßbremse in der Lutschergeschichte! Wenn wir fliegen könnten, Madame und ich, gäbe es mit Sicherheit weitere Restriktionen, die uns das Feeling vermasseln würden.

Zum Glück schien die Sonne und heiterte die Gemüter auf. Der Frühling hatte diese Kompetenz, selbst in aussichtslosen Situationen Hoffnung zu machen. Auch wenn die Bäume noch grau wie die Äcker waren und die Felder noch braun wie der Schlick. Da näherte sich das seltene Exemplar einer Radlutscherin und hielt neben uns an. Es war Nachbarin Bente! Man begann miteinander zu schnacken. Musste das jetzt sein? Ungeduldig fiel ich ihnen ins Wort. Normalerweise freute ich mich wie ein Lamm im Frühling über Besuch, Treffen, Kaffeeklatsch und so, aber heute drängte die Zeit! Madame und die Nachbarin ließen sich von mir nicht beeindrucken, im Gegenteil, man ignorierte mich geflissentlich. Zum Pferdeäpfelpürieren!

Um mir die Zeit ein wenig zu vertreiben, nutzte ich die Spannweite der flexiblen Leine und vergrößerte meinen Radius. Man konnte schließlich nie wissen. Wir befanden uns zwischen Thules Hof und dem vermutlichen Tatort auf der Fenne. Also die perfekte Ausgangslage für weitere Schnüffeleien. Ich schnupperte und schnupperte und merkte gar nicht, wie weit ich mich entfernt hatte. Die Leine musste sich ohne mein Zutun vom Halsband gelöst haben. Das passierte manchmal, wenn sich Sand in der Mechanik des Karabiners festgesetzt hatte. Und Sand gehörte zu unseren Gassis wie das Salz in die Suppe, oder wie wir im Hundejargon zu sagen pflegten: wie der Knochen zum Fleisch. Da Madame immer noch fleißig schnackte und die Abwesenheit ihrer besten Freundin nicht bemerkte, hatte ich freie Pfote. Ganz ohne schlechtes Gewissen, wie es einem von Lutscherseite ja gerne mal suggeriert wurde. Wenn diese komplizierten Wesen ohne Geruchssinn und mit verkümmertem Instinkt eine gute Moral zum Zusammenleben brauchten, na bitte! Sollten sie gerne bei sich selbst anfangen.

Die beste Spürnase Nordfrieslands musste einen Mord aufklären und einen Kollegen wiederfinden, bevor es zu spät war. Ich lief querfeldein geradewegs auf den Tatort zu. Die weiße Wanne leuchtete wie ein Fanal, ich beschleunigte mein Tempo und galoppierte los. Die Zunge hing mir aus dem Hals, als ich die Stelle erreichte. Immer noch waren blasse Blutspritzer zu sehen. Ich folgte der gesprenkelten Spur, bis ich vor der Hütte landete, die ich beim letzten

Mal schon ins Visier genommen hatte. Sie zeigte sich zu einer Seite hin offen, es lagerten Stroh und Heu im Innern.

Vernahmen meine Lauscher ein zartes Geräusch? Das war doch … ein Winseln! Ich sprang auf einen Ballen und entdeckte ihn sofort: Lazlo hockte mit hängendem Kopf zwischen den gestapelten Ballen. Wir begrüßten uns wie alte Freunde, obwohl wir uns nie nähergekommen waren. Natürlich war er ein ansehnlicher Border Collie, keine Frage. Aber immer schwer mit Rüdenkram beschäftigt, dieses nervige Territorialgedöns und so. Auf einmal sah ich ihn mit anderen Augen. Er trauerte, vermisste seinen Monsieur. Vielleicht waren sie genau an dieser Stelle getrennt worden? Oder war er einfach der Spur gefolgt, genau wie ich? Ich schlug Lazlo vor, mit mir zum Hafen zu rennen, doch er wollte partout in der Hütte sitzen bleiben. Also gab ich ihm noch ein Bussi und verschwand mit einem Satz über den Strohballen. Konnte ich ihn dort sitzen lassen? Irgendwie musste ich ihn motivieren, mir zu folgen.

In diesem Moment hörte ich, wie sich eine relativ laute Blechhöhle näherte. Heilige Ackergülle, ein heller Pick-up! In Nullkommanix flog ich zurück zu Lazlo und hockte mich neben ihn. Wie würde er reagieren? Konnten wir uns nicht besser verstecken als hinter dem erstbesten Strohballen? Ich spürte, wie sich die Anspannung in ein leichtes Körperzittern verwandelte.

Da erwachte Lazlo aus seiner Trauerstarre und schaltete blitzschnell in den Alarmmodus. Kläffend sprang er über das Stroh, direkt ins Unheil hinein! Ich hörte nur, wie sich eine Blechhöhlentür öffnete, dann den spitzen Schrei quasi gleichzeitig mit einem dumpfen Geräusch. Lazlo?

Was passierte da? Nach endlosen Sekunden und Minuten schlug die Tür wieder zu. Während sich der Pick-up in Gang setzte, konnte ich nicht anders: Ich gab meine Deckung auf – jetzt oder nie – und hüpfte die Strohballen höher hinauf. Von oben sah ich Lazlo wie leblos auf der Ladefläche liegen und bellte wie von Sinnen.

Zum Glück nahte Madame heran – querfeldein! Sie schien ebenfalls außer sich zu sein. Der Pick-up stoppte und … Nele stieg aus! Auf meiner Liste der Verdächtigen hatte sie im Nu Platz eins erobert.

Thules Ex winkte Madame hektisch zu und rief: »Ich muss Lazlo in die Klinik bringen!« Nun war ich aber gespannt, wie sie dies erklären würde. Mitnichten hatte sie gerade mehr oder weniger geschickt meinen vermutlich wichtigsten, wenn nicht gar einzigen Zeugen ausgeschaltet. Ich machte mir ernsthaft Sorgen um Lazlo, war aber nie erleichterter gewesen, Madame in die Arme zu fallen. Aufgelöst schleckte ich ihr Gesicht ab. Meine Beste wirkte ebenso erleichtert. Ihr Ärger wegen der Umstände war verflogen, als sie die ganze Situation überschaut hatte und mich in den Armen hielt – quicklebendig.

Wo wir nun schon mal hier waren, musste ich sie in alles einweihen. Ich wusste, sie würde verstehen. Und sie verstand. Die Dämme waren gebrochen. Wir sondierten die Lage im Strohlager, in dessen hinterster Ecke eine Harke lehnte – inklusive getrocknetem Blut! Madame zögerte nicht lange und alarmierte die Lutscherpolizei. Vorher machte sie noch ein paar Fotos mit dem Handy. Dann dirigierte ich sie in Richtung Tatort. Während sie auch hier wie verrückt Bilder schoss, hörten wir die Polizeisirene herannahen und liefen zum Schuppen zurück. Dieses Mal stieg ein recht junges Gespann aus der Blechhöhle. Die waren ja noch grün hinter den Lauschern! Ich schnaubte. Am liebsten arbeitete ich mit Vollprofis zusammen. Madame klärte die beiden auf, die sich eifrig Notizen machten. Schließlich zogen wir ab. Ganz regulär über Wege und Straßen. Für heute hatte ich wirklich genug Abenteuer bestanden.

Doch Madame konnte sich nicht entspannen, solange sie nicht erneut zum Schnackapparat gegriffen hatte.

»Nele?«, fragte sie leise. Dann ging ein Seufzer der Erleichterung über ihre Lippen. Lazlo lebte. Es ging ihm den Umständen entsprechend gut. Nur der Kopf tat ihm weh.

»Er braucht Ruhe«, sagte Madame nach dem Telefonat zu mir, als wüsste sie, dass ich ihre Worte verstand. Jedes einzelne.

14. LAZLO

Nele meldete sich gleich am nächsten Tag und berichtete, dass Lazlo auf dem Wege der Besserung sei. Zwar hätte ihr Sorge bereitet, dass er am Morgen so apathisch wirkte, doch das sei wohl den Medikamenten und der Gesamtsituation geschuldet. Auch Tamme sei informiert, damit er sich keine Sorgen machte und nicht weiter nach dem Hund suchte. Sie erzählte Madame, dass Lazlo wie ein Besessener auf den Wagen zugerast sei, als sie die Türe öffnen wollte. Warum er so seltsam reagiert hätte, konnte sie sich nicht erklären. Auf Madames Hinweis, dass es am Wagen liegen könnte, erklärte sie, das Auto sei nicht von ihr und auch nicht von ihrem Freund. Sie hätte es sich ausgeborgt, weil ihr eigenes in der Werkstatt sei.

»Von wem hast du es geliehen?«, hakte Madame nach. Die Antwort bekam ich nicht mit, da Madame sie nicht wiederholte, sondern nur ein kurios klingendes »Nein, der Bürgermeister?« von sich gab. Das machte mich nervös.

Madame sagte Nele Hilfe zu, falls sie welche benötigte, denn sie wusste, dass Nele arbeiten musste und sich ab morgen nicht um Lazlo kümmern konnte. Aufgeregt tänzelte ich um sie herum und wuffte. Schließlich könnten wir ihn doch aufnehmen. Als hätte sie mich verstanden, schlug sie genau das Nele vor. Keine Ahnung, ob diese zugesagt hatte. Ich musste Lazlo in Sicherheit wissen. Er konnte unmöglich allein im Haus bleiben, zumal er vermutlich sofort wieder in Trauer versinken würde. Oder abhauen. Allerdings wusste ich nun, wo ich ihn finden würde. Dieser Schuppen auf der Fenne nahm eine Art Schlüsselposition in meinen Ermittlungen ein. Bis dato drehte sich alles um Kuhmist, ein Paar Gummistiefel, ein Strohlager, eine blutbeschmierte Harke und eine Wasserleiche, die keine war. Kein Verdächtiger, kein Motiv. Ich hatte das Gefühl, vor dem Nichts zu stehen. Wieso hatte Madame nicht gefragt, was Nele bei der Hütte zu suchen hatte? Der Fall war komplex, zu komplex, um auf bessere Zeiten, schönes Wetter und Sommer zu warten.

Am nächsten Morgen fuhren Madame und ich zu Nele, um uns um Lazlo zu kümmern. Ob er mit uns kommen sollte oder wir für ein paar Stunden das perfekte Krankenpflegerinnenteam abgeben würden, war mir noch nicht klar. Auf jeden Fall würde ich die Situation nutzen, um mich unauffällig in der Bude umzusehen.

Nele war schon auf dem Sprung, als wir ankamen. Sie fiel Madame vor Erleichterung fast um den Hals und verschwand mit diesem ominösen Pick-up. Entweder gab es einen Klon, oder Lazlo hatte sich im Geräusch geirrt. Denn als er gestern so überreagierte, hatte er ja noch nichts gesehen. Ich sage es ungern, aber auch Hunde können sich mal irren. Gewiss, es passierte selten. Aber Lazlo hatte gerade das Schlimmste erlebt, er hatte sein Ein und Alles verloren. Es gab Hunde, die an der Trauer zugrunde gingen. Ich musste ihm klarmachen, dass es sich lohnte weiterzuleben. Lazlo freute sich tatsächlich, mich zu sehen, wir gaben uns ein zärtliches Bussi. Doch danach ließ er sich auf einer Matte nieder und schaute trübsinnig ins Leere. Während Madame ihn kraulte, nutzte ich die Gelegenheit zu einer kleinen Inspektion.

Zufällig stand die Kellertür einen Spaltbreit offen, ein Glück war das! Ich musste ja die Sache mit dem kaputten Fenster checken. Also schob ich meinen Kopf durch und meinen Körper hinterher. Besonders hell war es nicht, vorsichtig stakste ich die paar Stufen hinab. In Dithmarschen schienen die Keller auch nicht viel höher zu sein als in Nordfriesland. Kein Wunder, wohnte Neles Neuer doch ebenfalls im Marschland unweit des Deiches. Da konnten die Lutscher von Glück sagen, wenn sie überhaupt so etwas wie einen halben unterirdischen Raum hatten – zu welchem Zweck auch immer sie etwas Derartiges benötigten. Ich sah sofort, dass eines der Fenster notdürftig mit Plastikfolie repariert war. Aber konnte sich ein ausgewachsener Lutscher durch die schmale Öffnung zwängen? Ich nahm mit den Augen Maß, für mich passte das nicht. Da ging das Licht an, ich vernahm Schritte auf der Treppe. Zum Glück nur Madame! Klar, mit Licht ging das hier easy. Die ganze abenteuerliche Stimmung verflog allerdings. Wir standen zu zweit in einem Vorratskeller umgeben von Gläsern und sandgefüllten Kisten.

»Da sind gar keine Scherben auf dem Boden!«, konstatierte die Super-Reporterin an meiner Seite. Ich schnaubte.

Als würde Nele alles herumliegen lassen, ordentlich, wie sie war. Madame hatte eine Idee und lief die Treppe hoch, öffnete die Haustür und besah sich das Kellerfenster von der anderen Seite. Sie fand tatsächlich Scherben dort. Aufgeregt bellte ich los. Sollte sich der Einbrecher nur auf dem Rückweg durch das Fenster geschoben haben?

In exakt diesem Augenblick fuhr Neles Freund mit dem Rad in die Einfahrt. »Moin!«, rief er und strahlte uns an. Ich lief gleich zu ihm hin und wedelte wie verrückt. Irgendwie mochte ich Finn. Er war Halbdäne, stammte aus dem Grenzgebiet Südtondern und war immer gut drauf, was nicht zwingend in einem Kausalzusammenhang stehen musste. Gemeinhin hatte ich bei diversen Trips mit Madame jedoch exzellente Erfahrungen in Dänemark gemacht. Allein die Erfindung und großzügige Verbreitung der Hundewälder waren nobelpreisfähig! In Nordfriesland verfügten wir zwar über ein eigenes dänisches Ambiente mit Kindergärten, Schulen und Kultureinrichtungen, hatten es aber auch nicht weit bis zum Nachbarland. Viele Nordfriesen, auch wenn sie nicht zur dänischen Minderheit zählten, nutzten die Chance und schickten ihre Kinder auf dänischsprachige Schulen.

Da ich mit den von mir besuchten Schulen schlechte Erfahrungen gemacht hatte, konnte alles andere nur besser sein. Madame meinte zwar, die Schulen hätten schlechte Erfahrungen mit mir gemacht, doch meiner Meinung nach konnte eine halbwegs solide Bildungsstätte ein Julchen aushalten. Madame wäre selbst gern in einen Watt- oder Waldkindergarten gegangen und nachher auf eine dänische Schule, das hatte sie Monsieur letztens verklickert.

Allerdings hatte sie ihre Kindheit nahe der holländischen Grenze verbracht und konnte noch nicht mal Holländisch, geschweige denn Dänisch. Sünde! Als Beardine von Welt faszinierte mich Kultur- und Sprachenvielfalt, auch regional. Ich machte mich dafür stark, obschon es mich nicht direkt betraf. Denn wenn du Menschisch kannst, verstehst du alle. Dafür nimmt ein Hund diverse Lutschersignale wie Geruch, Mimik, Gestik und Körperhaltung wahr. All das ergibt ein komplexes Bild und lässt eine umfangreiche Analyse des Gegenübers zu. Schlussfolgerungen bezüglich Gemütszustand und Durchsetzungsvermögen inklusive. Für dein Verhalten ergeben sich daraus Konsequenzen, die je nach Ziel, allgemeiner Situation, Lutscherstimmung und einigen Fremdfaktoren abzuwägen sind. Sprache nimmt – im Gegensatz zur Lutscherwelt – nur einen minimalen Platz bei uns ein. Allein aufgrund meines kulturellen Interesses lernte ich auch Wörter. Während die Menschheit verzweifelte, weil die angeblich gelernten Wörter nicht den gewünschten Effekt erzielten, kamen mir Zweifel am Sinn der Evolution. Lutscher als angebliche Krönung der Entwicklungsgeschichte auf Erden? Ich sagte nur: Wenn sie uns nicht hätten! Und die Kühe, Schafe, Esel, Katzen … Die Liste war endlos.

Madame probierte es weiter mit dem Hilfsmittel Sprache und fragte Finn wegen der Scherben. Überrascht blickte er sie an, grinste dann und meinte: »Ach das! Ist mir letztens beim Aufräumen passiert!« Entgeistert starrten Madame und ich ihn an, da musste er noch breiter grinsen. »Nun sag bloß, ihr räumt euren Keller nie auf?«

Jetzt lachte auch Madame. Lutscherhumor! Lieber versuchte ich, Neles Falschaussage einzuordnen. Entweder sie hatte keinen Schimmer von den Aufräumarbeiten ihres Freundes, oder sie verbarg wirklich etwas. Möglicherweise hatte Finn sich ja auch eine Geschichte zurechtgelegt. Aber warum?

Wir standen immer noch im Freien, als Lazlo auf der Bildfläche erschien und Finn freundlich wedelnd begrüßte. Er war tatsächlich aus seinem Trancezustand erwacht. Die Freude war zwar nur vorübergehend, aber immerhin.

»Er mag dich«, schlussfolgerte Madame gegenüber Finn.

»Jo«, entgegnete dieser. »Versteh einer die Hunde!« Wo Finn doch quasi die Familie entzweit habe. Und überhaupt.

»Vielleicht erinnerst du ihn irgendwie an seinen alten Freund«, wollte ich vorschlagen, nur verstand mich wie üblich keiner. Es wurde höchste Zeit, dass Lutscher Hündisch lernten.

Jedenfalls versprach Finn, sich um Lazlo zu kümmern, er hatte jetzt Urlaub. Madame und ich konnten beruhigt nach Hause fahren. Vor dem Einsteigen in die Blechhöhle machte Madame plötzlich auf gewiefte Ermittlerin, drehte sich noch einmal um und meinte augenzwinkernd zu Finn: »Du weißt es bestimmt schon: Julchen hat deine Stiefel gefunden.«

Große Fragezeichen in Finns Augen.

»Die Gartenstiefel«, schob Madame hinterher. Er schien es immer noch nicht zu begreifen.

»Was meinst du? Hat sie damit gespielt?« Der junge Mann dachte wohl, ich hätte mir hier aus reinem Zeitvertreib seine Gummilatschen unter den Nagel gerissen.

Irgendetwas roch hier ganz gewaltig nach Lutscherfantasie. Oder sollte ich Lüge sagen? Finn wusste jedenfalls von nichts. Er ging in den Gartenschuppen und suchte seine Stiefel vergeblich. Als er zurückkam, erzählte Madame ihm die ganze Geschichte. Aber dieses Sonnenscheinchen dachte sich nichts Böses dabei.

»Das wird sich klären«, meinte er lapidar. Er müsse wohl mal mit seiner Frau reden. Madames graue Zellen liefen auf Hochtouren, ich spürte ihre Angespanntheit, die sie durch eine betont lockere Umgangsform zu überspielen versuchte. Vermutlich merkte Finn nichts, aber ihrer besten Freundin konnte sie nichts vormachen. Jetzt wollte sie es wissen.

»Was hat Nele eigentlich mit diesem Bürgermeister zu tun?« Meine Ohren schlackerten genauso wie die von Finn, bildlich gesprochen. Und um das Ganze zu toppen, erschien Lazlo im Türrahmen und bellte wie verrückt. Der Bürgermeister? Welcher Bürgermeister? Madame war einen Schritt zu weit gegangen, wir spürten es alle.

Finn kam jetzt näher, er wirkte immer noch leicht verwirrt, als er Madame vorschlug: »Am besten, du besprichst das mit Nele. Versuche, sie anzurufen, ich weiß, dass sie sich darüber freut. Im Moment hat sie verdammt viel um die Ohren!«

Ich schnaubte und sprang in den Wagen. Madame brummelte auf dem Rückweg vor sich hin. Irgendetwas nagte an ihr, und das war nicht die Reaktion von Finn. Nele hatte den Pick-up von irgendeinem Bürgermeister ausgeliehen? Ich kapierte nur Ackergülle. Und wieso hatte Lazlo sich plötzlich eingemischt, als das B-Wort gefallen war? Ich hatte das Gefühl, der Fall entglitt mir und wurde zu einer Art Pingpongspiel zwischen den Lutschern. Das musste ich verhindern – gemeinsam mit Lazlo. Ich war mir nun zu hundert Prozent sicher, dass er mehr wusste. Gemeinsam mit ihm konnte ich den Tathergang rekonstruieren. Und sämtliche seltsamen Geschehnisse drumherum.

15. NELE

Es regnete Bindfäden. Zusammen mit Monsieur und Janni beschlossen wir, eine Runde durch den Wald von Sankt Buddel zu drehen, inklusive Strandoption. Das Wetter war mir wurscht, nass wurde man schließlich überall. Nicht zuletzt beim Springen durch Pfützen oder bei wüsten Diskussionen mit dem Meer, weil es einem mal wieder impertinent vor die Pfoten klatschte. In diesen Situationen konnte ich nicht an mich halten und geigte dem schäumenden Wasser mal so richtig die Meinung. Damit hatte ich gute Erfahrungen gemacht, denn oft gab es sich tags darauf artig und still. In solchen Momenten ging ich freiwillig baden, allerdings nur bis maximal zum Bauchnabel. Janni war dem Kneippen sehr zugetan, was bei ihm stark von der Außentemperatur abhing, denn er nutzte das Wasser gerne zur Abkühlung. Aber auch Schlumpfbacken schwammen nie. Fast nie. Manchmal nutzte Janni unsere Gräben für ein kleines Erfrischungsbad. Bei den ersten stürmischen Begegnungen hatte es sich allerdings um ein unfreiwilliges Vergnügen gehandelt, das ihm immerhin die Schwimmfähigkeit bescheinigte. Alter Angeber! Stieg er doch aus dem Wasser wie Baywatch junior, schüttelte sich ohne Rücksicht auf seine nähere Umgebung und tat dann so, als sei alles nach Plan gelaufen.

Ich schnaubte laut in meiner Box, sodass Madame hellhörig wurde und sich zu mir umdrehte.

»Vermutlich hat sie geträumt«, wagte Monsieur einen Versuch der Erklärung. Irgendeine griffige These hatten Lutscher ja immer parat, diese Schlaumeier!

Kurz darauf erreichten wir Sankt Buddel-Wald, der wegen des Wetters ziemlich leer war. Wir begegneten einem Jogger und einem weiteren Gassirudel mit einem ziemlich gut aussehenden Doodle. Karamellfarbene Augen, meliertes Fell in einem ähnlichen Ton, wahnsinnig gut drauf. Ich konnte nicht anders und quiekte ihn an. Monsieur versuchte, Jannis Aufmerksamkeit von unserem Tête-à-tête abzulenken, da dieser sich immer so leicht aufregte, wenn ich ein bisschen flirtete. Ich ging in die Vollen, lud den Doodle zum wilden Spiel ein, vielleicht wollte er mich zum Strand begleiten? Leider hatte sein Rudel gerade andere Pläne. Wir beide bedauerten dies außerordentlich, aber vielleicht traf man sich ja mal wieder.

Zielstrebig steuerte ich zum Strand, Madame folgte sogleich, Monsieur und Janni hinkten hinterher. Auf dem Hundeauslauf konnten wir so richtig Gas geben und uns gegenseitig jagen. Ich war noch ein bisschen sauer wegen vorhin und briet Janni eins über. Um uns herum herrschte tote Hose. Dann amüsierten wir uns halt im Rudel. Wenn Jannimann Sand unter den Pfoten spürte, mutierte er zum Happy Hippo seiner Welpentage. Er wälzte sich im Sand, kullerte dabei Hügel hinab und hoppelte wie ein unbeholfenes Nilpferd durch die Wüste, dass es nur so staubte. Ausnahmsweise wollte der Schlumpf sogar mit mir spielen, welche Ehre! Manchmal tanzten wir den Vorderpfotentaps, doch war Jannis längste Tanzphase leider vorbei. Dasselbe meinte auch Madame, die früher öfters mit ihm getanzt hatte. Jannimann war ein gesetzter Typ geworden, der vor allem nach einem geregelten Tagesablauf lechzte. Alle Mahlzeiten zu gegebenen Zeiten, und nach dem Dinner war Zeit für Wellness. Man konnte meinen Mitbewohner ohne Weiteres als knuddelsüchtig bezeichnen. Kam keiner der Lutscher von selbst auf die Idee, Jannis Fell durchzuwuscheln oder seinen Rücken zu massieren, nahm er winselnd einen von ihnen ins Visier. Hatte sich der angesprochene Lutscher dann einmal breitschlagen lassen, konnte er sämtliche anderen Aktivitäten erst mal knicken. Und zwar für eine längere Zeitspanne. Zum Pferdeäpfelpürieren! Ansonsten gab die Schlumpfbacke ihr Bestes, um mir ordentlich auf die Nugatnase zu gehen. Nur am Strand, nur mit Sand unter den Pfoten wurde aus Janni für kurze Zeit ein cooler Typ.

Monsieur drängte zur Rückkehr, das alte Arbeitstier. Wichtige Verabredungen via Schnackapparat warteten. Schon mal was von Mikro-Erholung gehört? Mindestens genauso cool wie Mikro-Abenteuer, aber existenzieller. Also raste ich noch ein wenig den Möwen am Himmel hinterher, bellte und powerte mich aus, bevor wir den Wald wieder erreichten.

*

Der Rückweg führte am Tennisclub vorbei. Mir blieb fast die Spucke weg, als ich sie dort im Regen stehen sah. Nele! Neben ihr irgendein Typ mit rundlicher Figur. Ich wuffte kurz und bestimmt, damit meine vor sich hin dösende Assistentin zurück zur Erde fand, und wies mit der Schnauze in die entsprechende Richtung. Madame folgte meinem Blick.

»Nein!«, entfuhr es ihr.

Eben! Dieser alten Träumerin entgingen doch die schärfsten Geschichten. Was würde Miss Super-Reporterin nur ohne mich machen? Wir ließen Monsieur und Janni weiter des Weges ziehen und versuchten, uns ein wenig zu nähern. Da zu dieser Jahreszeit noch kein frisches Grün spross, mussten wir in einiger Entfernung Deckung suchen, um das Geschehen unbemerkt zu beobachten. Nele und der Typ stritten sich. Beide gestikulierten wild, sie hatten Schaum vorm Mund, bildlich gesprochen.

Krass! Jetzt packte der Typ die zarte Nele bei den Schultern und schüttelte sie. Madame konnte mir gerade noch ihre Finger um die Schnauze legen, denn fast wäre mir ein Bellen des Entsetzens entschlüpft. Ich war aufgeregt und zog Madame zu den beiden hin. Nele brauchte uns!

Doch Madame verharrte in Deckung, und der Mann ließ Nele zum Glück wieder los. Sie stritten noch eine Weile, dann verließ Nele mit grimmiger Miene das leere Gelände des Tennisclubs und ging zum Pick-up beziehungsweise daran vorbei. Ihr Gesprächspartner kickte einen Tannenzapfen vom Feld und schien zu fluchen. Dann drehte auch er um und stieg … in den Pick-up.

Verdutzt sah ich Madame an, die meinte nur: »Das war doch nicht etwa der Bürgermeister!«. Sie seufzte laut. Was wusste meine Assistentin? Kannte sie denn jeden Bürgermeister in Nordfriesland oder Dithmarschen? Mitnichten. Und was wusste ich schon? Wessen Namen hatte Nele Madame gegenüber erwähnt, als es um den wahren Besitzer des Wagens ging?

Schnell liefen wir hinter Monsieur und Janni her, die unsere Abwesenheit gerade erst bemerkt hatten. Was relativ normal war, man sonderte sich gerne mal ab. Irgendwann fiel Janni dann ein, dass auch wir dabei waren. Bei mir war das ganz anders, da ich im Rudel für die Nachhut verantwortlich zeichnete. Blieb jemand zurück, musste ich denjenigen auflesen und vorantreiben, wie es ein perfekter Hütehund tat. Und was das Einsammeln anging, kannte ich kein Erbarmen. Trödelte Monsieur etwa und quatschte in den Schnackapparat? Superjulchen war sofort zur Stelle, um ihn auf den rechten Weg zurückzubringen. Hatte sich Jannimann rechts oder links des Weges verfranzt? Ha! In diesem Fall stöberte ich erst ein bisschen herum, denn gewiss hatte er gute Gründe für seine Untersuchungen. Also taten wir uns für gemeinsame Recherchen zusammen. Was wiederum Madame und Monsieur nicht zusagte, weil diese Langweiler immer stur geradeaus gehen mussten. Kurzerhand machte ich Janni zur Schnecke, weil er immer und überall die Wurzel allen Übels war, und brachte ihn zurück zum Rudel. Beim perfekten Hütehund war höchste Flexibilität gefragt.

Wir erreichten die Blechhöhle und traten den Heimweg an. Wie mir der Magen knurrte! Doch es kam zu einer kleinen Verzögerung, die Janni als Wächter der Zeit sofort mit wilden Wuffs quittierte. Wir hielten quasi mitten auf der Straße. Monsieur hatte Nele entdeckt, die anscheinend zum Bahnhof von Sankt Buddel trottete. Nichts ahnend bot er ihr an mitzufahren. Sie winkte zunächst ab, da sie eh mit der Bahn weiter nach Heide musste.

»Kann Finn dich nicht bei uns abholen?«, schlug Monsieur am heruntergekurbelten Fenster vor.

Überredet! Nele überlegte nicht mehr und stieg flott ein, zumal hinter uns einer hupte.

»Wir sind hier in Nordfriesland«, bellte Janni den Störenfried an. Recht hatte er. Bei uns stand man manchmal auf der Straße herum und unterhielt sich von Blechhöhle zu Blechhöhle. Klar, man neigte auch zur Raserei, doch wenn man schnacken musste, schnackte man eben.

Nele telefonierte kurz mit ihrem Freund und orderte ihn nach Eiderstedt. »Er ist eh mit dem Hund unterwegs«, meinte sie erleichtert zu uns. Die Anspannung wich aus ihrem Gesicht, sie strahlte mich an, denn sie saß direkt neben mir. Ich leckte mir über die Lippen, vielleicht hatte sie ja ein Leckerli dabei. Da kicherte sie und kramte in ihren Jackentaschen.

»Tut mir leid, Süße!« Überflüssigerweise sah sie sich genötigt, Madame und Monsieur über unsere stumme Unterhaltung aufzuklären. Als hätten wir so ein kleines Geheimnis nicht für uns behalten können! Das konnte Nele schließlich bei anderer Gelegenheit auch ganz gut. Oder überschätzte ich sie? Während der Fahrt unterhielt man sich über nichtssagende Lutscherthemen, Dithmarschen und Nordfriesland. Ich merkte da keine großen

Unterschiede, außer in puncto Kohl. Denn bei unseren Nachbarn knabberten die Schafe auf den Fennen nicht nur Gras, sondern auch Gemüse. Ich hatte keinerlei empirische Untersuchungen machen können, wie sich dieser Unterschied auf die Schafgesundheit, das Klima oder Dithmarschen im Allgemeinen auswirkte. Ansonsten ähnelten sich die beiden Regionen wie ein Ei dem anderen. Lutscher sprachen von historischen Dingen, aber wirkte das in einer globalisierten Welt noch nach? Fest stand: Kuchen konnten sie auf beiden Seiten der Eider. Und Sahne auch. Das Meer war dasselbe, und der Wattwurm fühlte sich hüben wie drüben wohl. So what, liebe Lutscher?

Als wir zurück in der Bude waren, machte Madame gleich Kaffee für den Gast, statt sich um das Wohl ihrer besten Freunde zu kümmern. Janni konnte nicht umhin, sie dezent auf unser ausstehendes Mittagsleckerli hinzuweisen. Dazu hatte er folgende, in der Regel recht bewährte Taktik entwickelt: Er stand irgendwo mittig im Raum, wählte die Position so, dass man ihn nicht übersehen konnte, und wich auch bei hohem Betrieb keinen Schritt zur Seite. Dabei winselte er wie ein verlassenes Seehundbaby nach der Muttermilch. Normalerweise waren mir derartige Verhaltensweisen mega-peinlich, aber gerade schob auch ich Kohldampf. Kam das Wort etwa aus Dithmarschen?

Monsieur verzog sich in den Garten, er musste nach den Hühnern sehen, sein Handy-Schnack war wohl verschoben worden. Doch Madame reagierte prompt und rückte endlich das verdiente Leckerli raus. Als ich mich auf mein Sofa zurückgezogen hatte und laut krachend das köstliche Teil bearbeitete, setzte Madame sich mit Nele zusammen. Meine Lauscher waren gespitzt, wenngleich die Lutscherinnen wegen des Snacks gerade nicht meine volle Aufmerksamkeit hatten. Während Jannimann sein Fressen regelrecht verschlang, genoss ich es, ich widmete mich jedem Bissen.

Gleichzeitig hoffte ich, dass die beiden Hübschen keine kriminaltechnischen Details besprachen, solange ich kaute. Gerade hörte ich »Kekse« heraus, also gut. Madame sollte sich möglichst langsam an diese delikate Angelegenheit herantasten, um nicht wieder so eine Abfuhr zu kassieren wie bei Finn. Dieser hatte einfach dichtgemacht! Wobei ich ihm zutraute, dass er nichts wusste. So lange war er noch nicht mit Nele zusammen, und wer konnte schon ahnen, wie gut die beiden sich kannten. Mir schwante, dass es so eine Geschichte aus Leidenschaft gewesen war, und ich musste wieder an Popeye denken. Schließlich hatte ich ihn nur ein Mal auf der Fähre gesehen, doch ich war bereit gewesen, mit dem Halb-Chilenen nach Lüneburg oder Südamerika zu düsen. Ja, bis ans Ende der Welt.

Plüsch drüber, das waren alte Geschichten, und ich musste mich konzentrieren. Die letzten Brösel knirschten zwischen den Zähnen, ich leckte noch die Stelle auf dem Sofa ab, wo das knusprige Teil gelegen hatte.

Da sämtliche Krach- und Knackgeräusche nun ausgeblendet waren, konnte ich mich ganz auf die Unterhaltung konzentrieren. Madame erkundigte sich nach Lazlo, das war ebenso naheliegend wie unverfänglich. Nele war froh, dass sich ihr Neuer so gut mit dem Hund verstand und die beiden von Finns Urlaub profitierten.

»Woher wusstest du, wo du den Hund finden konntest?«, ging Madame nun aufs Ganze. Geschickt übergeleitet, das musste man ihr lassen! Ich beschloss, sie ein wenig zu unterstützen und ihr ein Bussi auf die Hand zu geben. Dann strahlte ich Nele mit meinen Honig- bis Bernsteinaugen an. Ich wusste, mit diesem Blick kriegte ich sie alle! Nele lächelte versonnen, sie schien sich wohlzufühlen. Zufrieden legte ich mich neben Madame ab. Die Stimmung war gut, unser Gast hatte Vertrauen gefasst. Sie konnte, nein, sie musste uns nun alles erzählen. Jedes kleinste Detail!

»Ich kenne doch meinen Hund. Der hat es immer geliebt, zusammen mit Thule aufs Feld zu gehen. Und sich bei Regen dort in der Hütte im Stroh zu verkriechen.« In ihrer Stimme klang die Freude an die schönen Erinnerungen mit. »Aber ich verstehe wirklich nicht, warum Lazlo so auf den Wagen reagiert hat. Zum Glück geht es ihm jetzt wieder besser.« Nele seufzte erleichtert und nahm einen Keks.

Madame schenkte noch etwas Kaffee nach und fragte, ob Nele ein Eierlikörchen brauchte. Dann stand sie auf und holte zwei Gläser. Sollte das hier etwa eine Party werden? Unsere Ermittlungen liefen auf Hochtouren, und nun frönte man diesem Eierzeugs. Ich schnaubte. Wenn unsere Hühner wüssten, wie man ihre kostbaren Produkte verschwendete! Erneut wurde auf den Toten getrunken. Dann erzählte Nele von den alten Zeiten. Und wie es mit der Liebe bergab gegangen war, obwohl Thule ihr immer noch recht attraktiv erschienen war. Im Laufe der Jahre hatten sie sich auseinandergelebt. Dann war Finn in ihr Leben getreten, viel zu jung eigentlich und mit dieser Leichtigkeit, die sie ganz schwindelig machte. Nein, sie bereute nichts. Aber als sie dann von Thules Tod gehört hatte, war etwas in ihr zerbrochen.

»Und ich bin überzeugt, dass er sich nicht umgebracht hat. Niemals«, wiederholte sie wie ein Mantra.

Der Leichnam war nun in der Gerichtsmedizin, sie wartete auf das Ergebnis. Madame wollte sich anscheinend nicht immer dieselben Sätze anhören und preschte vor: »Wieso hast du den Pick-up in Sankt Peter gelassen?«

Neles Stimmung schien zu kippen, als sie an die Szenen von heute Mittag dachte. An diesen Mann. Jedenfalls sprach sie mit brüchiger Stimme: »Ich habe einen Halbbruder, davon wissen die wenigsten. Es wäre toll, wenn du es für dich behalten würdest. Eigentlich haben wir beide es selbst erst vor einiger Zeit entdeckt. Wir hatten denselben Vater, mein Bruder hat ihn leider nie kennengelernt. Seine Mutter ist kürzlich gestorben und hat ihm ihr größtes Geheimnis anvertraut. Dann stand er irgendwann vor unserer Tür und hat es mir weitergegeben. Ich konnte es erst nicht glauben. Wir sind uns kein bisschen ähnlich. Doch manchmal sehe ich meinen Vater in ihm. In seiner Art, auch in seinen Zügen ist etwas von Papa. Das ist wie ein Geschenk.« Sie berichtete, dass ihr Bruder älter als sie sei und irgendwo in Dithmarschen ehrenamtlich als Bürgermeister fungiere. Womit er sein Geld verdiente, sagte sie nicht. Da war noch etwas Seltsames mit diesem angeblichen Bruder: Aus irgendeinem Grund wollte er sie immer nur draußen treffen, nie bei sich zu Hause. Das erschien Nele zwar ungewöhnlich, doch sie nahm an, er wollte sich schützen, schließlich kannten sie sich kaum. Vermutlich wollte er erst mal sehen, wie es mit ihnen lief.

Höchst suspekt, dachte ich nur. Diesen Knaben musste ich mal genauer unter die Lupe nehmen. Nele schien zu gut für diese Welt zu sein. Und zu gutgläubig. Immerhin hatte er ihr den Pick-up geliehen, den sie ihm heute hatte zurückgeben müssen. Und als sie ihm dann gesteckt hatte, wie extrem Lazlo auf den Wagen reagiert hätte, war er frech geworden und hatte ihren Hund beschimpft. Was sie denn auf das Gebelle eines Köters gebe. Knurrend erhob ich mich. Ich verstand Lazlos Abneigung voll und ganz. Neles Bruder war eindeutig als Nichtlutscher einzustufen. Es gab diese Leute, die Angst vor unsereins hatten und das durch aggressive Verhaltensmuster kompensierten, sprach die geniale Psychoanalytikerin Mademoiselle Julie in mir. Auch bei Rüden hatte ich bereits etwas Derartiges feststellen müssen. Bestes Beispiel: Janni und der Postbote. Keiner wusste, warum die Schlumpfbacke Angst vor ihm hatte. Keiner wusste, ob das Paket mit Sägespänen schuld war, das mal einer der Paketzulieferer unsanft neben dem Riesenwelpen hatte fallen lassen. Oder ob es einfach nur um das gängige Territorialgedöns ging. Janni hatte sich selbst den Titel Chief Security Officer, kurz CSO, verpasst und nahm die Sache sehr ernst. Der Beginn der Schlumpfokratie, eindeutig! Sämtliche zuständigen Post- und Paketlutscher wurden wegen Hausfriedensbruch und beinahe täglicher Grenzüberschreitungen angeklagt. Madame und Monsieur waren natürlich nicht gerade begeistert. Janni hingegen brüllte wutentbrannt, wenn er nur eine Blechhöhle sichtete, die von ähnlicher Form wie ein Postauto war. Eine Polizeisirene war ein Witz dagegen. Manchmal wirkte der Schlumpf fast klischeehaft in seinen Verhaltensweisen. Doch Madame machte sich lustig und meinte mal zu mir: »Du würdest ja sogar einen Einbrecher zum Kaffee einladen.« Ja Himmelschafundmeer! Seltene Exemplare von Nichtlutschern konnte ich sehr wohl identifizieren. Wozu hat der Hund seine Nase? In dieser Beziehung unterschätzten uns die werten Zweibeiner gern. Vermutlich weil sie es mit ihrem anthropozentrischen Weltbild immer wieder vergaßen.

»Aufwachen, ihr Lutscher dieser Welt!«, wollte ich nicht selten laut herausrufen. Doch wer verstand mich schon? Mir blieb nur eins: Ich musste besser, schlauer und schneller sein. Ich musste alle Minderheiten dieser Welt vereinigen, gemeinsame Sache mit Walen, Affen und so weiter machen, um eine Revolution des Denkens auszulösen. Diese sollte dazu dienen, dass alle Lebewesen auf dem Planeten Erde in respektvollem Umgang nebeneinander lebten. Es ging um eine Koexistenz jenseits des Nutztierdenkens. Größere Auslaufflächen für unsereins und Hundewälder an allen Ecken mussten ebenfalls drin sein. Doch wie gehabt: Bevor ich mit der Rettung des gespaltenen und heruntergewirtschafteten Planeten beginnen konnte, musste ich diesen kniffligen Fall lösen. Und ich war happy, mit Madame eine kompetente Assistentin an meiner Seite zu wissen.

Kaum dass Nele von Finn abgeholt worden war, setzte sich Madame an den Flimmerschirm, den sie zum Arbeiten benutzte, und googelte sich durch Dithmarschens Bürgermeister. Schließlich hatten wir den Typen gesehen und würden ihn auf einem Foto identifizieren können. Nele hatte sie unsere kleine Detektivnummer natürlich verschwiegen.

»Bingo!«, rief sie voller Freude. Übrigens ein beliebtes Spiel in Nordfriesland. Madame hatte den rundlichen Typen entdeckt und kannte nun seinen vollen Namen. Es würde ein Leichtes sein, mehr über ihn zu erfahren. Das Internet war schließlich ein nie versiegender Quell des Wissens.

»Da, er ist Immobilienmakler. Hinnerk heißt er«, informierte sie mich binnen Sekunden. In meinem Kopf ratterten sämtliche Rädchen auf einmal: Hatte er ein Motiv, Thule zu töten? War er scharf auf dessen Grundstück? Hatte er Pläne für den Hof? Doch er musste damit rechnen, dass Thule Nele aufgrund der Situation enterbt hatte. Außerdem wollte eigentlich dieser eine Sohn den Hof übernehmen … Ich sah ein, dass ich nichts wusste. Waren meine Vermutungen so sehr von gängigen Vorurteilen geprägt, dass ich einem Vertreter dieser Spezies einen Mord zutraute? Nein. Vor allem das Verhalten von Lazlo spielte in meine Überlegungen hinein, ich sah ihn als Hauptzeugen an. Allerdings durften Madame und ich uns nicht in die erstbeste Theorie verrennen und dabei alles andere außer Acht lassen. Wir mussten weiterhin in alle Richtungen denken.

16. NELES BRUDER

Immerhin beschloss Madame, sich diesen ominösen Halbbruder einmal näher anzusehen. Kurz entschlossen rief sie ihn an und machte eine Besichtigung aus. Es ging um einen Resthof in Dithmarschen, für den wir uns angeblich interessierten. Natürlich begleitete ich Madame in dieser diffizilen Mission als kompetente Beraterin. Madame hatte etwas Druck gemacht, sodass wir schon am nächsten Tag einen Termin bekamen. Es ging um ein Anwesen in Alleinlage unweit vom Deich – ideal für ein größeres Rudel. Wir taten so, als würden wir unter die Hobby-Schäferinnen gehen wollen, was mit mir als Hütehund ausgesprochen glaubhaft rüberkommen musste. Auch wenn ich mir in der Realität keinen zusätzlichen Stress durch einen Haufen chaotischer Wollknäuel zumuten wollte. Aber das musste ich diesem Typen ja nicht unter die Nase reiben.

Der Herr Bürgermeister musterte mich mit zusammengekniffenen Augen, wohl abschätzend, ob ich eine potenzielle Gefahr für ihn darstellte.

»Du hast keine Ahnung, wie brandgefährlich wir für dich werden können«, dachte ich laut und setzte meine freundlichste Sonntagsgassimiene auf. Brav wie ein Lämmchen blieb ich an der Seite von Madame, konnte mir jedoch hier und dort ein fachhündisches Schnüffeln nicht verkneifen. Dachte der gute Mann wirklich, dass er uns diesen halb vermoderten Hof für den angegebenen Preis verticken konnte? Heilige Ackergülle! Hier hatte seit Jahren keiner mehr gelebt. Oder der letzte Eigentümer hatte schon lange nicht mehr investiert. Irgendwie schien der Makler nicht gerade interessiert, uns das Anwesen wirklich schmackhaft zu machen. An der Sache war etwas faul, ich roch das immer deutlicher.

Mit einem Mal entdeckte ich in der Nähe der Stallungen einen vertrauten Geruch ... Nein, das konnte nicht sein! Während Madame mit diesem Hinnerk sprach, machte ich mich selbstständig. Präziser Kopfschwenker, weg mit dem Halsband und los! Es war zu vermuten, dass zumindest Madame von meiner Aktion etwas am Handgelenk gespürt hatte, doch sie stand so, dass ihr Gegenüber mich nicht sehen konnte. Das nannte ich Vertrauen und Teamwork at its best! Zielstrebig lief ich zu den Stallungen, durchforstete Zentimeter um Zentimeter, immer der Spur nach. In einer Ecke fand ich frisches Stroh auf dem Boden und Reste einer Hundemahlzeit. Jetzt war ich mir ganz sicher. Lazlo war hier gewesen. Entführt von diesem Nichtlutscher? Aber warum?

In diesem Moment hörte ich Madames Stimme lauter werden. Dabei verlor sie nur selten die Contenance, da musste es schon richtig dicke kommen. Wie ein geölter

Blitz schoss ich nach draußen, wünschte mir ausnahmsweise mal den Chief Security Officer an meiner Seite, damit wir gemeinsam einen Madame-Rettungsplan entwickeln konnten. Bei Janni hätte der Typ wirklich nichts mehr zu lachen gehabt, wenn er Madame auch nur schief angesehen hätte. Nun war ich ganz auf mich allein gestellt, um meine Beste aus den Fängen des potenziellen Monsters zu retten. Doch als ich die beiden erreichte, lachte Madame. Ich bellte sie an. Wir hatten unseren derzeitigen Hauptverdächtigen vor uns, vermutlich war das Verbrechen an einen Entführungsfall gekoppelt, bei dem es sich um unseren Kronzeugen handelte. Und sie amüsierte sich. Dass ich mir zudem Sorgen machte, wenn sie laut wurde, ging ihr nicht in den Kopf? So konnte ich nicht arbeiten. Lächelnd zog Madame mir wieder das Geschmeide um den zarten Hals und verabschiedete sich von dem Makler. Ich erwartete ihren ausführlichen Bericht in der Blechhöhle.

Aber Himmelschafundmeer, während der Rückfahrt blieb sie stumm wie ein Fisch! Ich blickte auf die Eidermündung zur Rechten, bevor uns der Tunnel des Sperrwerks verschluckte und wieder ausspuckte. Der Abend legte sich über Dithmarschen und Nordfriesland. Das Wasser des kleinen Hafens an der Eidermündung spiegelte die Abendröte wider. Fast war mir, als könnte ich die Schreie der Watvögel hören, wenn sie nicht gerade dem ablaufenden Wasser hinterherstakten und im Schlick nach Nahrung stocherten. Auch die Eider kannte Ebbe und Flut, wo sie auf das Meer traf. Durch das Sperrwerk wurde ihr Rendezvous zwar erschwert, doch vermischten sich die Wasser mit jeder Schleusenöffnung. Etwa wenn ein Tönninger Krabbenfischer von seinem Parkplatz hinterm Sperrwerk aufs Meer hinauszog. Der Abend schien allerdings ausschließlich den Piepmätzen zu gehören. Ich mochte diese ruhigen Momente im Watt.

Natürlich liebte ich als Kind des Nordens auch den Wind, wenn er mir unablässig durchs Fell fuhr. Es gab keine bessere Methode, frische Energie zu tanken. »Du bist ein Windhund«, hatte Grandmonsieur seinerzeit zu mir gesagt. Und er hatte nicht ganz unrecht. Bei Wind drehte ich erst so richtig auf. Damals war ich als pfiffige Welpine durch die Gegend gedüst und hatte eines Morgens seine Unterhose geklaut. Es war Ostern, und da versteckten die Lutscher traditionell Eier im Garten. Da ich kein Huhn war, blieb mir in diesem Moment nur eine Alternative. Die Hose lag quasi griffbereit auf einem Stuhl, ich schnappte zu und rannte mit der Beute hinaus. Im Garten hatte ich tags zuvor diverse Löcher gebuddelt. Ergo musste ich nur eines davon auswählen und den Schatz verbuddeln. Leider hatte ich die Rechnung ohne Monsieur gemacht, der in der Zwischenzeit mein emsiges Werk zerstört hatte. Unverrichteter Dinge stand ich mitten im Garten und suchte nach Alternativen. Da erschien Monsieur auf der Bildfläche und entwendete mir den Lappen geschickt. Als Osterhase hatte ich mich in jenem Frühjahr nicht etablieren können. So wusste ich auch nicht zu verhindern, dass erneut eine der Fellkartoffeln die begehrte Auszeichnung erhielt. Zwischenzeitlich waren sowohl Grandmonsieur als auch die Meerschweinchen in die ewigen Jagdgründe gegangen. Friede ihrer Seelen! Vielleicht sah man sich mal wieder. In Zwischenräumen oder in einem anderen Leben. Als Hund glaubte ich an Wiedergeburt. Ich war fest davon überzeugt, schon einmal als Hummel, Hase und Lutscher gelebt zu haben. Für all das gab es diverse Anzeichen, denn ich fühlte mich diesen Wesen nah und schien ihr Naturell zu begreifen. Nur zwei Beispiele: Ich konnte Haken schlagen wie ein Löffelträger und ich verstand Menschisch. Irgendetwas von den früheren Leben haftete in einem Winkel der alten Seele. Und wenn es nur ein Detail war. Es machte einen offener und weiser. Wenn die nordfriesischen Seemänner von »rüm hart, klaar kiming« – weites Herz, klarer Horizont – sprachen, mussten sie genau das meinen. Vielleicht hatten sie Erfahrungen aus möglichen Vorleben durch ihren Blick aufs Meer rekapituliert, wer wusste das schon. Oder es waren einfach nur der ständige Blick zum Horizont und ihre Reisetätigkeit, die sie offen machten.

Draußen diese friedliche Stimmung, in der Blechhöhle eine recht nachdenkliche Madame. Ich hoffte nur, dass ihr keine großen Zweifel an unserem Hauptverdächtigen gekommen waren. Es wäre zu schade, diese frische Hypothese gleich wieder aufzugeben. Es passte alles zusammen wie das Futter in den Napf.

Was es dann Zuhause auch gab. Zum Glück. Mit einem latenten Hungergefühl konnte schließlich kein Hund klar denken. Janni war natürlich als Erster fertig und schien sich nun für meinen Napf zu interessieren. Ich gab Warnschüsse ab, was Madame und Monsieur als akustische Belästigung empfanden. Sollten sie ihren Super-Rüden mal zu mehr Respekt erziehen, ich konnte nicht mehr.

Kurz darauf versuchte Janni es natürlich auch am Tisch, als Madame und Monsieur ihr verdientes Dinner einnahmen. Grandmadame hatte ihn irgendwie zu dieser Bettelei erzogen, da sie vom Frühstück ständig etwas für uns abzweigte. Das war zwar auf der einen Seite schön für uns, aber die Schlumpfbacke überspannte den Bogen mal wieder. Jannimann kannte keine Grenzen, hatte null Ahnung von nichts, es mangelte ihm grundsätzlich an Pfotenspitzengefühl. Natürlich forderte auch ich ab und an mein Glück heraus. Etwa wenn es Spaghetti Bolo oder eine meiner diversen Leibspeisen gab. Es ging einfach nichts über liebevoll zubereitetes Lutscherfood. Ich legte mich unweit des Tisches ab, um im Falle des Falles sofort handlungsbereit zu sein. Janni zuvorzukommen hatte höchste Priorität. Zwar wusste ich, dass die Sache anders laufen und Madame mir nichts vom Tisch geben würde. Aber manchmal hatte ich Erfolg beim Putzen des Bodens. Zumindest bei krümelnden Speisen.

Jedenfalls unterhielten sich meine beiden Hübschen in aller Seelenruhe; Jannimann wurde einfach ignoriert. Madame setzte Monsieur über unseren aktuellen Ermittlungsstand in Kenntnis. Zwar war dieser nicht sonderlich angetan von unseren Alleingängen, lauschte jedoch mit offenem Mund, sofern er sich nicht etwas in ebenjenen schob. Ich neigte zu der These, dass, was die Futtergeschwindigkeit anging, Monsieur gleich an zweiter Stelle nach Janni kam.

»Dieser Hinnerk wirkt relativ unbedarft«, meinte Madame jetzt. Ich traute wohl meinen Lauschern nicht! Auch hätte er keine großen Verkaufsabsichten gehegt, und das Anwesen stünde schon länger leer. Obwohl es doch, zumindest was die Lage betraf, als Filetstückchen durchgehen konnte.

»Du weißt nicht, was dahintersteckt«, gab Monsieur zu bedenken.

Eben! Vielleicht drehte Mister Makler irgendein krummes Ding. Und entführte manchmal Hunde. Ich gab ein schnaubendes Geräusch von mir, das Madame aufhorchen ließ.

»Julchen hatte sich zwischenzeitlich aus dem Staub gemacht. Keine Ahnung, was im Stall so interessant gewesen ist.« Monsieur schlug nun vor, sich das Ganze mal auf eigene Faust anzusehen – ohne diesen Makler. Ich hätte ihn küssen können, begnügte mich aber mit einem kurzen, zustimmenden Wuff. »Du willst tatsächlich …?« Madame wirkte hin- und hergerissen zwischen moralischem Kompass und akuter Neugierde, obwohl die Sache rudelseitens quasi beschlossen war. Mehrheitlich demokratisch. Seitens Jannimann jedenfalls keinerlei Einwände. Wobei ich meine Zweifel hatte, dass er sich des ganzen Ausmaßes dieses Extra-Gassis bewusst war. Für den Schlumpf war Rudelzeit grundsätzlich das Allerbeste. Bereits am nächsten Tag wollten wir losziehen, je nachdem wie Madames und Monsieurs Arbeitsplanung es zuließ.

17. ALLES WEISS

Es war März, und wir hatten den Winter abgeschrieben, den Frühling schon gerochen. Allerdings solltest du in Nordfriesland nie die Rechnung ohne das Wetter machen. Es gab Stürme im Sommer und Schnee im Vorfrühling. Der Wind pfiff unablässig ums Haus. Mitten in der Nacht stellte Madame sich ans Fenster und murmelte fasziniert: »Wir sind eingeschneit.« Irgendwie nahm ich ihre Worte wahr und nickte gleich wieder ein. Wenn sich Schnee niederließ, würde er auch am Morgen noch dort sein. Sagen wir, am späten Morgen. Die Nachtruhe war heilig.

Ein paar Stunden später juckte es mich unter den Pfoten. Bevor Madame und Monsieur betriebsbereit waren, positionierte ich mich vor der Gartentür und baute Druck auf. Meine Erfolgsmethode: kurze, entschiedene Wuffs, deren Taktierung ich steigerte. Bei Bedarf regulierte ich die Lautstärke hoch, dieses Mal musste ich nicht zu diesem letzten Mittel greifen. Durch die Türritze konnte ich ihn förmlich riechen: frischen Schnee – es gab kaum etwas Schöneres! Endlich kam auch die Lutscherwelt in die Pötte, halleluja! Man taumelte schlaftrunken die Treppe hinab und entließ mich in die weiße Wunderwelt. Ich erinnerte mich an meine erste Erfahrung mit der Wahnsinnsmaterie, als wäre es gestern gewesen. Wie ich aus der Tür trat, und plötzlich war der Boden futsch! Die Kieselsteine, das Grau des Marschbodens, das Holz, der Stall, sogar das erste zarte Pflanzengrün – alles geklaut! Monsieur hatte mich in den Garten abschieben wollen, doch ich war skeptisch gewesen. Was höchst selten vorkam. Denn wie es aussah, also ohne Boden unter den Pfoten, würde ich vermutlich im Nirwana landen. Als Junghund erschien mir das noch zu früh. Schließlich vertraute ich Monsieur und überwand meine Scheu. Es war der Himmel auf Erden! Die reinste Fluffigkeit unter den Pfoten. Und was für ein Gefühl, seine Schnauze in den Schnee zu stecken und davon zu kosten! Man musste sich wirklich zusammenreißen, um nicht gleich alles wegzufuttern. Die Erkenntnisse meiner ersten Schnee-Expedition: Das weiße Wunder hielt alle interessanten Düfte unter sich verborgen. Schnee machte aus allem und jedem ein großes Geheimnis. Eine Herausforderung für jede ernsthafte Forscherin. Damals war mir zu Plüschohren gekommen, dass sie in Grönland zwischen vierzig verschiedenen Sorten von Schnee unterschieden. Oder waren es hundert? Egal, die Grönländer kannten sich einfach aus. Sie hatten genug von der Materie und das über längere Zeit. Bestimmt wussten sie auch das Wichtigste: Schnee veränderte alles. Doch mit der Leichtfüßigkeit eines Hasen veränderte ich ihn. Alles ist möglich, wenn du ein Schneehase bist. Seit dieser Zeit spielte ich mit dem Gedanken, die grönländische Staatsbürgerschaft zu beantragen. Doch Madame, diese Klugscheißerin, hatte mich gleich aufgeklärt. Es gäbe gar keine, meinte sie. Aber mit der dänischen wäre ich dabei. Ja, Himmelschafundmeer! Natürlich liebte ich die Dänenlutscher, allein wegen der großzügigen Verteilung von Hundewäldern im ganzen Land. Aber Grönland war Grönland.

Ich lebte für die raren Schneemomente im nordfriesischen Winter. Etwa alle drei Jahre beehrte uns das Wunderweiß gemeinsam mit der Schneestille, die ich so liebte. Also nix wie raus bei diesem Idealwetter für Plüschomaten! Noch bevor wir die Fenne erreicht hatten, hatte ich das weiße Gold kiloweise weggefressen. Ein zartes Knirschen zwischen den Beißerchen, so schmeckte nur feinster Neuschnee. Während uns der Wind um die Ohren pfiff, tanzten Janni und ich ein wildes Tänzchen, einen quasi schwerelosen Vorderpfotentaps. Madame filmte, schoss Fotos, ihre fellfreien Finger wurden rot vor Kälte. Bevor diese ganz starr wurden, bediente die Super-Reporterin ihre sogenannten sozialen Medien und zwitscherte: Schnee, Schnee, Schnee. Alles andere erschien ihr sinnlos, wie sie zum Besten gab. Und wir waren uns einig, ausnahmsweise. Denn in Nordfriesland war man sich der Besonderheit dieses wundersamen Ereignisses bewusst genug, um es zu feiern. Auch wenn alle auf den Frühling warteten, verstanden sie Frau Holles Botschaft: Der Winter gab seine Abschiedsvorstellung, es war sein verdammtes Recht, noch einmal richtig aufzutrumpfen.

Auch der Wind ließ sich nicht lumpen, er fegte Tag und Nacht, Nacht und Tag. Straßen verschwanden, Blechhöhlen machten sich rar. Es war der Idealzustand. Einer meiner neuen Freunde, ein gewisses Fräulein Rotkehlchen, zwitscherte um mich herum. Sie ließ beste Grüße von der gesamten Belegschaft ausrichten, die Haferflocken schienen zu munden. Madame und Monsieur war nämlich das Vogelfutter ausgegangen, aber diese Piepmätze nahmen auch mit Gourmet-Bio-Haferflocken vorlieb. Einer badete quasi im Müsli und wollte gar nicht mehr raus aus dem Häuschen.

In der Schneestille ließ sich jedes zarte Geräusch, jede einzelne Vogelstimme identifizieren. Der Wind toste jetzt auf der anderen Seite des Deichs. Madame meinte, einen Specht zu vernehmen, doch es war nur das Ächzen einer Baumkrone. Alles gemeinsam zu machen, das nannte ich Rudelsinn. Dieser Tag war ein Geschenk. Die Blechhöhle blieb stehen, keine Pläne, kein Alltag. Zu viert widmeten wir uns der weißen Materie. Madame und Monsieur schienen endlich vernünftig zu werden. Zwar aßen sie diese Delikatesse nicht, dagegen wälzten sie sich im Schnee, vermutlich inspiriert von unserer hellen Freude daran. Sie saßen und lagen im Schnee, spürten ihn so nah wie wir. Als schwebte man auf Wolken. Aber was war das? Sie griffen nach dem weißen Gold und beschmissen sich damit? Und dann lachten sie auch noch, was bei Janni jedes Mal den Schwesternmodus auslöste. Vor allem wenn Madames glockenhelles Lachen erklang, begann er sich Sorgen zu machen. Mich entzückte es normalerweise – aber wie konnte man so achtlos mit dieser raren Materie umgehen? Plötzlich ließen sie sich nieder und pappten Schneemassen zusammen. Neugierig betrachteten Janni und ich, was da entstand. Vermutlich sollten diese neuen Gebilde extrem kreativ sein. Schneehasenschwein nannte Madame ihre Skulptur. Mal schauen, was die Hühner dazu sagten. Seitdem Janni und ich uns im Garten tummelten, hatten sie sich in ihre Gemächer zurückgezogen oder suchten ihr erklärtes Heiligtum, den Kompostierer, auf. Schnee schien sie nicht im gleichen Maße zu beglücken wie uns.

Die Gräben trugen eine dünne Eisschicht, darüber lag der Schnee und offenbarte eine Unmenge an frischen Spuren. Vor allem von Hasen! Es schien fast so, als hätten sie wilde Partys gefeiert, wären hin und her gelaufen, ohne Plan. Ich wollte ihnen folgen, brach jedoch gleich am Rand des Grabens mit den Vorderpfoten ein. Monsieur hätte mich eh zurückgerufen, damit ich nicht die Fenne des Nachbarn betrat. Typisch Lutscher mit ihren Denkkategorien von »Mein« und »Dein«. In Skandinavien gab es wenigstens das Jedermannsrecht. Plüsch drüber, bei Neuschnee vergaß ich alle Konflikte der Welt. Janni und ich tobten durch die Gegend, bis sich Eisbällchen an unseren Pfoten bildeten. Die Landschaft um uns herum änderte sich von Minute zu Minute. Mal schien die Sonne, im nächsten Moment konnte man die Pfoten nicht vor Augen sehen. Alle waren zusammen. Ganz im Hier und Jetzt. Ein grandioser, perfekter Tag.

Ausnahmsweise hatte ich keinen Gedanken an meinen brisanten Fall verschwendet. Für ein Arbeitstier wie mich völlig untypisch. Madame schien den Aufschub auszukosten, nicht nur wegen des Schnees. Sie war immer noch nicht davon überzeugt, auf eigene Faust den Hof zu »besichtigen«. Wäre das nicht Hausfriedensbruch? Ich wollte zu bedenken geben, dass offensichtlich schon länger niemand mehr in dem Haus wohnte, man also auch keinen Frieden gefährden würde. Doch wie so oft konnte Madame meinen Ausführungen nicht folgen.

18. DER GEISTERHOF

Die Temperaturen stiegen, das Wunderweiß war so schnell verschwunden, wie es gekommen war. Allerdings schnackte Monsieur stundenlang am Telefon, sodass unsere Undercover-Aktion erneut aufgeschoben wurde. Inzwischen grübelte ich darüber nach, welches Resultat die gerichtsmedizinische Untersuchung gebracht hatte. Und warum Nele uns noch nicht darüber in Kenntnis gesetzt hatte. Auch die Sache mit den Stiefeln erschien mir mehr als seltsam. Weshalb hatte Nele sie eigentlich bei uns herumliegen lassen? Schließlich musste eine sauber arbeitende Spurensicherung auch diese Stiefel analysieren. Möglicherweise konnten Reste von DNA zum Täter führen. Auch Finn schien seine Stiefel nicht sonderlich zu vermissen. Ich war mir nicht im Klaren, wer da wen deckte. Und vor allem: warum!

Der gestrige Urlaubstag hatte mir jedenfalls gutgetan, mit etwas Abstand sah ich die Dinge klarer. Immer noch durfte ich niemanden als Täter ausschließen – nicht mal den reizenden Finn. Da Lazlo ihn mochte, nahm Neles

Neuer eher einen der letzten Plätze im Täter-Ranking ein. Wer war ich, nicht dem Instinkt von Thules Hund zu folgen! Und weil Lazlo Neles Bruder nicht mochte, rangierte dieser weiter oben. Natürlich konnte Lazlos Aversion auch andere Gründe haben, siehe die Spuren im verlassenen Hof. Trotzdem. Irgendetwas war faul an dieser Brudergeschichte. So faul, dass man es kilometerweit roch. Quasi von Dithmarschen bis nach Nordfriesland.

Blaue Stunde. Ich hing im Garten ab und wartete. Da öffnete sich endlich die Tür, die Lutscherwelt war bereit. Janni bellte Madame und Monsieur freudig an. Aus meiner Sicht vergriff er sich dabei stets im Tonfall. Damit er mir nicht direkt in die Ohren tutete, hielt ich ausreichend Abstand und kam immer erst als Letzte zur Blechhöhle. Bei einbrechender Dämmerung starteten wir die Operation »Top Secret« und düsten in unsere Nachbarregion. Monsieur hatte vorsorglich Taschenlampen eingesteckt, konspirativer ging es nicht! Ich spürte Madames Aufregung und beschloss, unterwegs für Ordnung zu sorgen: Überholende Blechhöhlen mussten scharf zurechtgewiesen werden.

»Wir fallen zu sehr auf«, meinte Madame jetzt grinsend.

»Mit Julchen fällst du immer auf«, entgegnete Monsieur. »Das ist die beste Tarnung.«

Sehr witzig, meine besten Freunde. Wie war das in der Geburtshütte noch gleich gewesen? Hatte ich diese Schlaumeier tatsächlich ausgesucht? Jeder konnte sich mal irren! Aber Madames Finger hatten so gut geschmeckt, und als Welpe mochte ich ihr Quieken, wenn ich bei den ersten Besuchen die Konsistenz ihrer Klamotten und die ihrer Haut checkte. Damals hatte ich gleich das Gefühl, dass Madame und Monsieur meine Zuneigung teilten. Um nicht zu sagen: Sie wirkten schwer verliebt. Und ich hatte so eine Ahnung, im neuen Heim alles nach meinen Wünschen arrangieren zu können. Dabei waren wir sehr häufig nicht einer Meinung, aber das fiel mir erst nach und nach auf. Die größten Probleme begannen, als Jannimann sich anderthalb Jahre später dazugesellte. Ein komplett beratungsresistenter Welpe, der alle Lutscher mit seiner Tollpatschigkeit und seinem Nugatblick um die Pfote wickelte. Und an wem blieb die ganze Erziehungsarbeit hängen? Richtig, an Superjulchen. Mein härtester Job überhaupt, lieber hätte ich eine riesige Herde Wollknäuel gehütet. Aktuell hoffte ich, dass Monsieur nicht nur die Taschenlampen, sondern auch ein paar Leckerlis eingesteckt hatte, wenn wir bei dieser Nacht-und-Nebel-Aktion schon die korrekte Dinnerzeit verpassten. Besonders Janni machte sich große Sorgen, er wirkte leicht unruhig. Oder die allgemeine Nervosität war auf ihn übergesprungen. Natürlich hatte die Schlumpfbacke keinen Schimmer davon, dass sich diese Geschichte nicht als ganz normales Gassi entpuppen würde.

Madame und Monsieur beschlossen, etwas abseits zu parken, damit es im Falle eines Falles nach einem Spaziergang aussah. Wir ließen die Blechhöhle am Deich zurück und steuerten von dort auf den Hof zu, der zwischen den kahlen Bäumen nur mäßig versteckt lag. Inzwischen war es dunkel geworden, doch Janni und mich beeinträchtigte das nicht. Schließlich sahen wir im Dunkeln genauso gut wie im Hellen. Zwischendurch blieb ich mal stehen, um die kulinarische Versorgungslage zu überprüfen.

»Erpresserin!«, schalt Madame mich, rückte etwas heraus und dirigierte uns weiter zum Hof. Weit und breit kein Lutscher und kaum ein Tier zu sehen. Da! Etwas von der Größe einer Katze querte rasch die schmale Straße.

»Ein Nerz?«, wunderte sich Monsieur. Angeblich waren sie fast ausgestorben, doch das galt eher für die Europäischen, während sich die Amerikanischen auch hier verbreitet hatten. Keine Ahnung, bei welcher Gelegenheit sich Monsieur dieses Wissen angeeignet hatte. Vermutlich im Zusammenhang mit einem Hühnerraubmord, dessen Ursache nie ganz geklärt worden war. Habicht oder Bodenräuber? Björk, die Gute, hatte uns frühzeitig verlassen, Friede ihrer Seele.

Ein paar Schafe blökten in die Dunkelheit. Konspirativ schauten unsere Detektivlutscher in alle Richtungen, dann bogen wir in die Einfahrt des Hofes ein. Janni schnupperte wie verrückt herum, doch ich zog Madame zielstrebig zur Scheune, um ihr meine brisante Entdeckung zu zeigen. Ich hoffte natürlich, dass sie es kapieren würden. Bei Lutschern konnte man nie ganz sicher sein. In der Scheune knipste Madame die Taschenlampe an und sah sich sehr genau um. Zumindest wollte sie das, aber ich wies ihr die Richtung, zog und zog. Endlich standen wir in besagter Box, hier hatte ich den Geruch von Lazlo wahrgenommen. Madame hob die leere Futterdose hoch und roch daran. »Seltsam!« Dann fing sie an, im Stroh herumzuwühlen und fand tatsächlich ein Halsband.

Genau in diesem Moment hörten wir das Geräusch einer fahrenden Blechhöhle. Schnell schaltete Madame ihre Lampe aus, steckte das Band ein und bedeutete mir, ruhig zu sein. Man konnte ihr Herz schlagen hören, und meines pochte mindestens genauso wild. Madame verließ sich beim Zurückgehen auf mich, sie wirkte fast nachtblind. Ihr Blick fiel durch ein Stallfenster, da zischte sie einen Fluch durch die Zähne. Leise, aber ich hatte es genau vernommen!

Hinnerk, der Immobilienfuzzi! Und er war nicht allein! Heilige Ackergülle, wo mochten sich Janni und Monsieur gerade befinden? Ich hörte an den Schritten, dass sich der Trupp draußen genau in unsere Richtung bewegte. Madame und mir blieb nur ein Hechtsprung in die nächste Box, allerdings gab es keine Tür. Wir mussten uns hinter die halbhohe, torähnliche Absperrung ducken. Ich hechelte und fürchtete, dass sie es hören würden.

»Ihr könnt alles hierher stellen!«, befahl Hinnerk in barschem Ton. Während wir weiter in der Box hockten, begannen die Männer, diverse Kisten zu stapeln. Immer wieder flackerten Lichter auf. Ich wollte raus aus dem Versteck, denn mein Magen knurrte verräterisch. Doch zum Glück machten die Lakaien von Hinnerk beim Einräumen genug Lärm.

Als sie endlich fertig waren und wieder in die Blechhöhlen stiegen, vernahm ich ein merkwürdiges Bellen. Wie abgewürgt klang es. Janni? Hatten sie ihn gekidnappt? Und Monsieur gleich mit? Wieso gab er keinen Ton von sich? Hatten sie ihm eins übergebraten? Von draußen drangen diverse Stimmen bis zu uns. Da beschloss Madame, unser sicheres Versteck zu verlassen und einen Blick durch das Fenster zu riskieren. Vorsichtig tapsten wir vorwärts, doch Madame fiel über irgendetwas und legte sich der Länge nach hin. Den Schrei konnte sie gerade noch unterdrücken. Ich beschnüffelte sie, alles schien okay zu sein. Draußen herrschte immer noch Aufregung. Dann hörten wir die Blechhöhlen abziehen und atmeten tief durch. Wir zählten bis zehn, anschließend warf Madame erneut einen Blick durch das Fenster, ihre Augen schienen sich inzwischen an die Dunkelheit gewöhnt zu haben. Sie traute sich nicht, die Taschenlampe wieder anzuknipsen, solange sie nicht sicher war, dass sich kein Fremder mehr auf dem Gelände befand. Das Ganze konnte schließlich eine Falle sein, da waren wir einer Meinung. In Zeitlupe drückte sie die Klinke der Stalltüre hinunter. Sie war tatsächlich abgeschlossen. Wir vernahmen Schritte auf dem Hof und suchten verzweifelt nach Deckung. Nur die Kisten blieben uns noch, dann rappelte es an der Tür. Stille. Wir hörten unseren eigenen Atem. Madames Blick fiel auf die Kisten. »Feuerwerkskörper?«

Schmuggelware, wollte ich vorschlagen. Illegal, ganz klar. Und der alte Hof diente als Lager? Raffiniert, aber brandgefährlich! Wieder ein Rappeln an der Tür. Ich beschloss, die Kisten zu markieren, damit wir sie leichter wiederfinden würden, doch Madame stoppte mich rüde. Da ging die Tür auf. Wir hielten den Atem an. Jemand suchte mit grellem Lampenschein die Umgebung ab. Kurz darauf hörte ich ein Schnüffeln. Janni! Monsieur! Wir fielen uns in die Arme, sprangen aneinander hoch, tanzten zwischen den Kisten voller Feuerwerkskörper. Aber nur kurz. Denn die »Schmuggler« konnten ja wiederkommen. Monsieur befestigte das Vorhängeschloss wieder an der Schuppentür und meinte: »Zum Glück war es schon defekt, bevor ich daran gezogen habe!«

Soso. Diese Leute machten sich also gar keine Mühe, den Laden mit potenziellem Diebesgut richtig abzuschließen. Das bedeutete wohl, dass sie sich sehr sicher fühlen mussten. Draußen war es inzwischen stockdunkel, doch Madame und Monsieur zogen es vor, sich zunächst ohne die Lampen vom Hof zu entfernen. Der Mond schien hell, was für ein Segen, und wir lauschten den Geräuschen der Nacht. Dass einige Piepmätze so nachtaktiv waren? Zurück auf dem Weg, verfielen wir alle gleichzeitig in einen Galopp. Nichts wie weg! Madame und Monsieur keuchten hinter uns her. Erst als wir uns in der heiligen Blechhöhle in die Boxen und Sitze fallen ließen, atmeten wir wieder auf.

»Was für eine beschissene Idee«, fluchte Madame, und Janni bellte los. Ich winselte dazu und war einfach nur happy, dass wir alle zusammen waren, getreu dem obersten Motto jedes Hütehunds: »Keiner weniger!«

Auf der Rückfahrt klärte Monsieur uns auf. Er hatte sich mit Jannimann hinterm Haus versteckt, als die Männer antanzten. Dabei musste er ihm das Maul zuhalten, sonst hätte er alles verraten. Typisch Schlumpfbacke! Zwar hatten die Männer sich umgesehen, als sie einen Laut vernommen hatten, dann aber wohl gedacht, das Geräusch käme von weiter weg. Vermutlich war Hinnerk das Herz in die Hose gerutscht bei dem Gedanken, dass irgendwo im Gebüsch ein frei laufender Hund lauerte. Seine Angst könnte unsere geheime Aktion gerettet haben. Ich fühlte mich wie die härteste Spionin unter der Sonne, als wir das Eidersperrwerk überquerten. Selten war ich so happy gewesen, zurück in Nordfriesland zu sein. Zwar liebte ich unsere Nachbarregion, doch dieses Mal war es mir dort eine Spur zu aufregend gewesen. Selbst ein Superjulchen verspürte bisweilen ein gewisses Ruhebedürfnis. »Friede, Freude, Eierkuchen«, nannten die Lutscher diesen Zustand. Im Hundejargon sagten wir, »wenn die Schnitzel vom Himmel fielen«. Das taten sie quasi, wenn Grandmadame uns beehrte. Sonnige Nachmittage im Deichvorland und einen anschließenden Kuchenstopp bei unserem Lieblingscafé in Wesselburenerkoog zog ich gefährlichen Aktionen bei Dämmerung eindeutig vor. Ich war quasi unter Kuchentischen aufgewachsen.

19. DAS GROSSE WARTEN

Immer noch keine Nachricht von Nele. Madame sorgte sich langsam um sie. Auch ging Thules Ex nicht an ihren mobilen Schnackapparat. Was das wohl zu bedeuten hatte? Machte sie etwa gemeinsame Sache mit ihrem zwielichtigen Bruder und mied uns, weil wir unangenehme Fragen stellten? Am Nachmittag des nächsten Tages beschlossen Madame und ich, den Dithmarschern einen spontanen Besuch abzustatten. Zwar steckte uns immer noch das Erlebnis des letzten Abends in den Knochen, doch die ganze Sache ließ uns keine Ruhe. Ich spürte, dass Madame und ich dasselbe empfanden. Es war nicht nur die Neugierde, die uns antrieb. Auch kein Nervenkitzel. Wir wollten Gerechtigkeit. Denn Thule war einer der nettesten Bauern von ganz Eiderstedt gewesen. Wir mussten herausfinden, was passiert war. Die ganze Wahrheit.

Die Sache mit den Feuerwerkskörpern im Schuppen wollten wir zunächst für uns behalten, wenn sie nichts mit Thule zu tun hatte. Zwar war ich strikt gegen das Abfackeln dieses perversen Lutscherspielzeugs aus der Hölle, das nicht nur mich, sondern auch die gesamte Wildtierwelt in Angst und Schrecken versetzte. Doch war uns noch nicht ganz klar, ob diese Kisten etwas mit unserem Fall zu tun hatten. Vielleicht hatte Hinnerk den explosiven Kram für die Gemeinde dort deponieren lassen, wo er keinen allzu großen Schaden anrichten konnte? Ganz legal erschien uns das nicht. Außer es wäre in Absprache mit den Besitzern des Hofes geschehen, wie Madame zu bedenken gegeben hatte. Auch wollten wir unsere Tarnung nicht aufgeben. Ein anonymer Hinweis hätte es zwar auch getan, aber das konnten wir immer noch in Erwägung ziehen.

Erst einmal fragten wir uns: Wie gut kannte Nele ihren Bruder? Glücklicherweise hatte Madame mit ihrem multifunktionalen Schnackapparat ein Foto von den Kisten gemacht, sodass wir einen Beweis in der Hand hielten. Sie war sich jedoch nicht im Klaren darüber, ob wir Nele das Foto überhaupt zeigen sollten. Vermutlich würde sie uns dann schief ansehen, da wir mal wieder eine Grenze überschritten hatten und uns in Dinge einmischten, die uns nichts angingen. Auch wollten wir uns nicht zwischen die Geschwister drängen, die sich gerade erst kennengelernt hatten. Ich sah das ähnlich wie Madame. Abwarten und Tee trinken. Beziehungsweise Würstchen fressen. Und für das Hervorziehen des Halsbands, das vermutlich Lazlo gehörte, würde sich schon eine Gelegenheit ergeben.

Madame las die regionale Zeitung im Netz, doch ich drängte zum Aufbruch. Da pfiff sie durch die Zähne.

»Das glaubst du nicht!«

Ich baute mich vor ihr auf und sah sie aufmerksam an. »In Kiel wurde ein Lager für Feuerwerkskörper leer geräumt. Die Diebe sind mit etlichen Kilogramm von dem Mistzeugs über alle Berge. Na, wenn davon nicht ein Teil in einem leer stehenden Hof gelandet ist!«

Allein bei dem Gedanken, dass etwas davon hochgehen könnte, wurde mir übel. Lieber verkroch ich mich prophylaktisch unter dem Tisch. Jetzt musste Madame grinsen.

»Na, Sherlock Plüsch-Holmes? Was machen wir da?«

Sie hatte ja recht. Wenn ich diesen komplexen Fall lösen wollte, durfte ich mir nicht von irgendwelchen Horrorvorstellungen das Hirn vernebeln lassen. Ich musste handeln. Jetzt. Mit einem entschiedenen Wuff blies ich zum Aufbruch. Ab in die Blechhöhle und auf nach Dithmarschen.

Dieses Mal landeten wir vor einem leeren Haus. Weder Finn noch Nele waren dort, und kein Lazlo antwortete auf mein Bellen. Madame und ich sahen uns fragend an. Schließlich einigten wir uns darauf, eine Runde durchs Dorf zu drehen und die nähere Umgebung zu inspizieren. Zwar kannten wir uns in der Gegend nicht aus, aber so etwas war für mich kein Problem. Ich liebte Entdeckungen, hatte direkt eine Idee und lief munter drauflos. Irgendwelchen coolen Gerüchen hinterher. Mal schauen, ob ein paar Kollegen unterwegs waren. Vielleicht sogar Lazlo? Das Dorf, in dem Finn und Nele lebten, war recht übersichtlich. Man konnte es eher als eine Ansammlung von Häusern bezeichnen. Zunächst trafen wir auf den Postboten, und ich war froh, dass Jannimann uns nicht begleitete. Er hatte sein eigenes Programm mit Monsieur. So gingen wir uns weniger auf die Nerven und freuten uns beim Wiedersehen ein bisschen. Sagen wir, fünf Sekunden lang. Jeder von uns zweieinhalb. Dass der Junge bei

Blechhöhlen, die denen von Postautos auch nur annähernd ähnlich sahen, völlig am Rad drehte, machte Gassis auf Straßen mit Janni schwierig. Als Dorf- oder Stadthunde konnten wir beide nicht durchgehen. Zumindest ich hatte erste prägende Erfahrungen in Husum gemacht und das Ambiente dort zu schätzen gelernt. Die Abwechslung, die hohe Wahrscheinlichkeit, nette Lutscher oder Kollegen zu treffen. Von den Dingen am Boden ganz zu schweigen, kulinarische Spezialitäten sondergleichen! Zum Beispiel Kaugummis. In Dörfern sah das anders aus. Dörfer waren in dieser Hinsicht zurückhaltender. Auch war nicht annähernd so viel los. Es wurden keine ganzen Busladungen von Schulkindern ausgespuckt, die mich wie ein Haufen von Fans umringten und tausend Fragen stellten. Damals in Husum gefiel mir das sehr, ich fühlte mich wie ein Filmstar oder Supermodel. »Können wir keine Autogrammkarten drucken lassen?«, dachte ich da noch. Dagegen zog ich heute die Ruhe des Landlebens vor.

Ich lenkte Madame auf einem schmalen Weg hinaus aus dem Ort. Zurückfinden würde ich immer, da brauchte sie sich keine Sorgen zu machen. Ich würde die Blechhöhle schon aufspüren, und wenn es eine fremde wäre.

Der Tag war grau, trotzdem konnte ich erneut die Boten des nahenden Frühlings wahrnehmen. Ich fühlte mich jung und voller Energie. Da! Ich blieb wie angewurzelt stehen und stierte auf das Reh. In einiger Entfernung knabberte es unbehelligt an den frischen Trieben eines Knicks, der wie ein Graben zur Kulturlandschaft im Norden zählte. Knicks wurden von kleinen Bäumen und Hecken geformt, und ich fand sie ganz praktisch, weil sie den Wind ausbremsten und Tieren eine Art Kuschelecke boten. Ganz ehrlich, ohne Knicks wäre das Flachland ein wenig öde. Vor allem wenn es nur aus Ackerland bestünde. Das Reh hatte mich jedenfalls noch nicht gehört oder gewittert, der Wind stand zu meinen Gunsten. Ich wollte lospreschen, doch Madame roch den Braten und stoppte mich. War das ein Schuss? Das Reh entfloh, ich war ebenso stinksauer wie erschrocken. Madame suchte mit prüfenden Blicken die Gegend nach der Ursache ab. Da die Jagdzeit vorbei war, musste es sich um etwas anderes handeln. Egal, ich wollte zurück zur Blechhöhle, aber subito! Die sichere Burg bei allen Gefahren. Manchmal unterstellte Madame mir, ich würde Autos mehr lieben als die Lutscher. Natürlich sah ich die Sache anders. Für mich waren Blechhöhlen keine Statussymbole, der Status war mir komplett wurscht. Auf mich wirkten die Dinger vor allem höhlenartig, bequem und kuschelig. Man konnte damit nach Dänemark reisen. Nach Norwegen, Schweden. Haben wir ja alles schon gemacht, Madame und ich.

Madame hatte beschlossen, mich wegen des Schrecks abzulenken, und zog die Leckerlitüte aus der Tasche. Die Fang- und Suchspielchen munterten mich auf. Ich achtete nicht mehr auf die Richtung, plötzlich fanden wir uns in einem Wald wieder. Ansammlungen von Bäumen waren nicht gerade typisch für Nordfriesland, und auch die Dithmarscher schienen nach meinen bisherigen Erfahrungen nicht besser aufgestellt zu sein. Doch dieser Wald machte einen recht passablen, um nicht zu sagen älteren Eindruck. Die Wege waren nicht langweilig schnurgerade, das Gelände fast hügelig, die Bäume hoch, und an jeder Ecke gab es etwas zu schnüffeln. Madame zückte ihren multifunktionalen Schnackapparat und recherchierte »Riesewohld«. Komischer Name für einen Wald. Musste ich auf der Hut sein? Madame meinte plötzlich, sie müsse mal. Wir sahen uns um, weit und breit kein entsprechendes Örtchen für Lutscherbedürfnisse. Also beschloss Madame, hinter dichtem Gestrüpp zu verschwinden, während ich das Gelände sicherte. Es dauerte und dauerte. Weder ein Tier noch ein Lutscher waren in Sicht. Ich langweilte mich ein bisschen, doch vor allem wuchs mit jeder Sekunde meine Sorge, dass Madame etwas zugestoßen sei. Dann hielt ich es nicht mehr länger aus und machte mich auf die Suche. Linste um die Ecke, schnüffelte im Gestrüpp. Nicht mal der Hauch einer Madame. Da! Geräusche, scharrende, surrende. Klick. Madame trat hervor, quicklebendig, doch leicht verändert. Sie war voll von altem Laub, sie war zum Waldschrat mutiert. Nur ihre Augen glänzten. Sie stopfte den multifunktionalen Schnackapparat in die Tasche und schwärmte von einem Eichhörnchen, das sie gefilmt hätte. Ja Himmelschafundmeer! Ich machte mir vor Sorgen fast ins nicht vorhandene Hemd, und Madame stöberte irgendeinem ach so drolligen Nager hinterher, zum Pferdeäpfelpürieren! Die Vögel zwitscherten um uns herum, da erspähten meine Augen etwas Wunderbares. Eine Wolkenlücke zwischen den noch kahlen Baumkronen, die ein paar Strahlen des Sonnenlichts wie eine Verheißung hereinließ. Eben war der Himmel noch durch und durch grau gewesen, jetzt gab es Hoffnung. Angestrahlt in der Mitte dieser Lichtbühne keine Fata Morgana, sondern der schöne Lazlo in Fleisch und Blut nebst Lutscherin. Freudig bellte ich ihnen entgegen, und die Antwort kam postwendend zurück. Ohne Rücksicht auf Madame trabte ich los, ein bisschen Jogging schadete ihr nicht. Dieses sture Schlendern der Lutscher nervte nur. Man musste ab und zu den Rhythmus wechseln. Die etwas ältere Dame an Lazlos Seite begrüßte uns herzlich. Es handelte sich um Finns werte Frau Mama, man konnte auch sagen: Lazlos neue Grandmadame. Mit gewissen Lutschern war es einfach so, man mochte sie sofort. Es waren ihre Stimme, ihr Geruch, die Güte, die sie ausstrahlte. Mein Kumpel Lazlo schien das ähnlich zu sehen, er schaute die Dame geradezu verliebt an.

Madame machte ein wenig Small Talk, bevor sie sich nach Nele und Finn erkundigte.

»Ach herrje!«, rief Lazlos Betreuerin aus. »Nele hatte die Obduktion ihres Exmannes in Auftrag gegeben. Heute ist sie in der Kieler Klinik zusammengebrochen, als sie die Resultate erfuhr. Inzwischen geht es ihr wohl besser. Für alle Fälle hat Finn sich auf den Weg nach Kiel gemacht, er wollte Nele unbedingt abholen.« Madame und ich sahen die Frau bestürzt an. Was die Gerichtsmedizin wohl herausgefunden hatte? Finns Mutter schien auch nicht mehr zu wissen.

Wir gingen den Weg gemeinsam zurück, denn die beiden Hübschen mussten ja genau wie wir zu Finns Haus. Lazlo und ich Schulter an Schulter, manchmal berührten wir uns wie zufällig. Ein angenehmes Gefühl. Er wirkte selbstsicher und ausgeruht. Die Luftveränderung und die neue Lutscherumgebung taten ihm augenscheinlich gut. Auf Eiderstedt hätte ihn nur alles an Thule erinnert. Daher wollte ich ihn für weitere Schnüffeleien nicht einplanen. Irgendwie würde ich die Wahrheit schon herauskriegen. Und was die Obduktion betraf, konnte ich eins und eins zusammenzählen.

20. DIE BEERDIGUNG

Zu Hause wollte ich Jannimann von unserer Neuentdeckung erzählen, diesem Riesewohld im schönen Dithmarschen, doch es ging mal wieder alles drunter und drüber. Zunächst kollidierte unser Eintreffen mit der Zeit unseres Abendessens, sodass Janni nervös wie ein aufgescheuchtes Huhn herumlief und allen im Weg stand. Also wies ich ihn mehrfach scharf zurecht. Monsieur bereitete unsere Mahlzeit vor und rief irgendetwas aus dem hinteren Raum, das keiner verstehen konnte. Madame beschloss, dass auch eine Lutschermahlzeit nicht schaden würde und rumpelte für meine Begriffe zu laut mit den Kochtöpfen herum.

Endlich Dinner! Monsieur servierte zunächst mir als der Älteren und der Chefin des Ensembles, wie es die Etikette verlangte, während Janni ungeschickt um ihn herumtänzelte. Noch ein letzter Anschiss in Richtung Tollpatsch, dann ließ ich es mir schmecken und entspannte wieder. Mein Mitbewohner schlang alles hinunter, als hätte er seit Tagen nichts mehr zu fressen gekriegt. Seine vage Hoffnung: Wenn er schnell fertig wäre, müsste es Nachschlag geben. »Träum weiter, Baby!«, dachte ich nur und leckte den Napf bis zum letzten Krümel sauber.

»Wir haben eine Einladung zur Beerdigung bekommen«, hörte ich Monsieur nun sagen. Ich wuffte und schaute ihn herausfordernd an.

»Keine Ahnung, ob Hunde mitkommen dürfen.«

Manchmal verstand Monsieur mich ganz gut. Natürlich waren Hunde willkommen. Ich wettete einen vollen Napf, dass Lazlo auf der Trauerfeier sein würde. Ergo musste ich ihm beistehen. Auch wenn wir uns früher eher von Weitem unterhalten hatten, war er mir in diesen ebenso tragischen wie turbulenten Tagen ans Herz gewachsen. Ich fühlte mit ihm und wollte mir gar nicht erst vorstellen, eines Tages Madame zu verlieren. In diesem Moment beschloss ich, noch besser auf sie aufzupassen.

»Aber es soll doch eine Seebestattung werden, oder? Das hatte Nele gesagt. So viel Platz wird auf dem Boot nicht sein«, gab meine Beste zum Besten.

Ich pfiff auf viel Platz. Aber etwas Kleineres als ein Schiff wollte ich nur im äußersten Notfall betreten. Vorbei die Zeit, als ich mit meinem Ex-Verlobten Emil und dem Boot seines Rudels nach Grönland schippern wollte. Das war weit vor meinen Norwegen-Erfahrungen gewesen. Dort hatte man mich quasi überrumpelt und genötigt, ein mit Luft gefülltes Schlauchboot zu betreten, schlimmer als jeder IC »Wackelpudding« nach Sylt! Natürlich hatte ich Madame nicht allein lassen können, also rauf aufs Boot und ran an den Skipper, der mir vertrauenswürdig erschien. In Momenten wie diesen brauchte man einen Fels in der Brandung, und der Mann hatte die Ruhe weg. Tatsächlich waren mir während der Fahrt Seebeine gewachsen. Auf dem Rückweg am nächsten Tag stand ich wie eine Eins im Boot und musste mit niemandem mehr Pfötchen halten. Aber im Großen und Ganzen zog ich normale Schiffe vor. Vor allem Flirtfähren wie die nach Pellworm oder Amrum. Zur richtigen Zeit war einiges los an Bord und man traf nette Lutscher und Kollegen.

»Wenn ich es richtig verstanden habe, findet der Beerdigungskaffee im Dorf-Krog statt. Von Boot steht hier nichts, sie fahren vermutlich im kleinen Kreis hinaus.« Monsieur hatte die Sache also geklärt. Ich rechnete nicht mehr damit, an der Seebestattung teilnehmen zu können, das schien ein reines Lutscherding zu werden. Aber was war mit dem Kaffee?

»Ich werde Nele mal anrufen«, sagte Madame und setzte die Sache gleich in die Tat um. Dieses Mal telefonierten die beiden nur kurz.

»Sie hat Stress. Aber Julchen darf mitkommen in den Krog.« Das war ein Wort! Aufgeregt lief ich hin und her. Monsieur freute sich nicht mit mir? Er war wohl beleidigt, weil die Einladung nicht für Janni galt. Ich blaffte ihn kurz an: Schließlich war ich eine gute Freundin von Lazlo. Er brauchte mich. Janni würde sich nur aufregen und alles durcheinanderbringen. Sich seinem Rüdenkram widmen. Völlig unpassend, würde es die Trauergesellschaft doch wütend stimmen. Aber klar, die Männer hielten mal wieder zusammen. Gut, dann machten Madame und ich uns eben allein auf den Weg.

*

Die Tage zogen sich wie Kaugummi. Nicht selten hatte ich eine derartige Köstlichkeit auf städtischem Boden entdeckt und war dann nur noch schwer von besagter Stelle wegzubringen gewesen. Vor allem an die Husumer Kaugummis hatte ich nur die besten Erinnerungen. Grundsätzlich merkte ich mir auch jede Location, in der es einmal ein Leckerli für mich gegeben hatte. So etwas vergaß mein Elefantengedächtnis nie. Im Gegenteil. Madame durfte damit rechnen, dass ich sie bei entsprechender Gelegenheit in die richtige Richtung manövrierte, um mein Glück erneut zu versuchen. Wir Mädels hatten nun mal ähnliche Interessen, das wusste auch so manche Boutique-Besitzerin. Und bei der Kleiderwahl war ich gern behilflich, notfalls kam ich mit in die Kabine. Hatte Madame überhaupt etwas anzuziehen für die Beerdigung, oder mussten wir noch mal kurz nach Husum gurken?

Endlich war der Moment gekommen. Madame trug Schwarz und steckte mir die dunkelste Schleife ins Haar, die sie finden konnte. Lila, aber nun gut. Wir Hunde haben es eh nicht so mit Farben. Wahrscheinlich würden wieder einige kleine und große Lutscher schwärmen: »Wie süß, die Schleife!«

Aber so ein Accessoire trugen Plüschomaten wie wir aus rein praktischen Gründen, denn irgendwie musste man die zahlreich vorhandenen Stirnfransen aus dem Sichtfeld halten. Dass das nie jemand kapierte. Ein Hütehund ist keine Modepuppe. Unsereins wollte schließlich ernst genommen werden. Nur wenn es ordentlich stürmte und der Wind einem die Haare glatt strich, hatten wir auch ohne Hilfsmittel freie Sicht bis zum Horizont.

Als wir den Dorf-Krog erreichten, wimmelte es nur so von Lutschern. Thule war eben beliebt gewesen. »Der half, ohne nachzufragen«, hatte Madame gesagt. Ein Sonnenschein außerdem. Außer Lazlo war ich der einzige anwesende Hund und stark bemüht, niemandem auf die Füße zu treten. Nur Madame stand ich manchmal mit einer Pfote auf einem Fuß, als Zeichen unserer Verbundenheit. Mir gab das auch ein Gefühl von Sicherheit. Und Madame hatte sich abgewöhnt, dabei aufzumucken. So schwer war ich schließlich mit meinen dreiundzwanzig Kilo nicht.

Einen Trauerkaffee hatte ich in den letzten zehn Jahren noch nie erlebt. Lazlo kam wedelnd angelaufen, er freute sich wie ein Lamm im Frühling, mich zu sehen. Wir überlegten schon, uns eine kleine Auszeit vom Gewimmel auf dem Hof des Lokals zu gönnen. Da wurde es plötzlich ganz ruhig, alle Lutscher nahmen Platz, und Nele fing an zu reden. Es fiel ihr schwer, immer wieder schluchzte sie auf. Ich ließ meinen Blick schweifen: Soweit ich es überschauen konnte, war ihr Bruder nicht anwesend. Natürlich nicht, er hatte Thule ja kaum gekannt. Die Söhne waren da, überhaupt die ganze Verwandtschaft, viele Kollegen und Freunde. Tamme schloss als Thules bester Freund mit seiner Rede an, auch ihm kamen die Worte nicht leicht über die Lippen.

Dann schwiegen plötzlich alle, eine Stille zum Zerreißen. Ein Musikstück mit bewegendem Gefiedel erfüllte den Raum. Wo kam das her? Ich sah niemanden spielen. Egal. Ich konnte nicht anders und fiel ein: »Aauuuuuuuuhhhh!« Inbrünstig und endlos klagte ich, wie die Vorfahren in den schottischen Hochlanden es getan haben mussten, den ewigen Kreislauf von Leben und Tod thematisierend. Warum jaulte niemand mit, um das Gemeinschaftsgefühl zu stärken? Als ich mein Lied beendet hatte, ruhten alle Lutscheraugen auf mir. Und … die Trauernden lächelten mich an. Am liebsten wäre ich zu jedem Einzelnen gelaufen, um tröstende Bussis zu verteilen. Lutscher konnten so süß sein. Ich freute mich, dass sie meine Kunst verstanden. Auch Madame schien erleichtert, ich hatte eine latente Unruhe bei ihr gespürt, als ich losgelegt hatte.

Ich sah mich erneut um, als alle wieder in ihre Gespräche vertieft waren. Finn war nirgendwo zu entdecken, aber das wunderte mich nicht. Thules Söhne kannte ich kaum, so stand ich wartend daneben, als Madame sich nach dem Kaffeeklatsch mit ihnen unterhielt. Anscheinend hatten sich die Pläne des Landwirtschaftsstudenten geändert, er wollte Thules Hof nicht übernehmen. Das zu erfahren, musste ein Schock für den Vater gewesen sein. Der junge Mann war nun mal frisch verliebt und wollte nicht zurückkommen auf unsere schöne Halbinsel. Er stieg wohl im Hof der Eltern seiner Flamme ein. Endlich kamen wir bei Nele an, die ziemlich durch den Wind war. Madame umarmte sie. Ich gab Nele ein Bussi auf die Nase, als sie sich zu mir hinabbeugte. Man konnte ihre Erschöpfung riechen.

»Ich muss dir so viel erzählen«, kündigte sie Madame mit heiserer Stimme an. »Aber heute und jetzt geht das nicht.« Madame nickte verständnisvoll. Kündigte sich da eine Erkältung bei Nele an? Kein Wunder, bei dem ganzen Stress. Und jetzt hatte sie auch noch den Hof am Hals, sollte die Jungs wohl ausbezahlen. Aber wie? Den Hof musste sie erst einmal verkaufen. Solange sie ihren Bruder nicht damit beauftragte, sah ich keine Probleme auf sie zukommen. Nur… was wurde aus den Rindviechern und Hühnern? Nele verschwand in Richtung Toilette, dafür gesellte Tamme sich seufzend zu uns.

»Schnaps?«, fragte er Madame.

»Eierlikör«, antwortete sie.

Lutscherkommunikation in Nordfriesland hatte etwas stark Ritualisiertes. Man trank erneut auf den Toten. Ich ließ die beiden Hübschen mal lieber allein mit ihren Erinnerungen und machte mich auf die Suche nach Lazlo. Glücklicherweise hatte Madame auf unser Verbindungsband verzichtet, und ich konnte mich frei im Raum bewegen. Nur dass weit und breit kein Lazlo auszumachen war. Wo steckte der Kerl wieder? Als die Tür zum Hof aufging, schummelte ich mich hinaus, schnüffelte hier und dort, fand ihn aber nicht.

Mit einem Mal sah ich den hellen Pick-up, er parkte weiter hinten. Nele stand daneben und redete mit ihrem Bruder, so viel konnte ich erkennen. Unbemerkt schlich ich mich an.

»Deine Freundin spioniert mir nach.« Hinnerk wirkte recht ungehalten. Überhaupt erschien er mir wie ein Choleriker.

»Bist du verrückt? Wen meinst du?« Nele hatte wirklich nur Probleme mit diesem neuen Familienmitglied.

»Na die, die dich gerade drinnen umarmt hat. Sie hat sich einen Hof in Dithmarschen hinterm Deich angesehen.« Hinnerk hatte etwas Drohendes im Ton.

»Ich habe viele Leute umarmt, du Depp! Du leidest ja unter Verfolgungswahn.« Wenn sie wütend war, gefiel mir Nele noch besser. Sie wirkte jetzt so resolut. Keine Spur mehr von der stillen, fast schüchternen Frau, die ich einst bei Thule kennengelernt hatte. Wie die Umstände einen Lutscher verändern konnten.

»Wie redest du mit mir? Ist das der Dank dafür, dass ich dir meinen Wagen geliehen habe?« Also dieser Hinnerk ging mir immer mehr auf die Nugatnase!

»Verschwinde einfach! Du hast hier nichts zu suchen. Was willst du überhaupt auf dieser Beerdigung? Den Hof verticken und dir die Provision einstecken?« Jetzt hatte Nele es sich endgültig mit dem Typen verscherzt. Hinnerk schnaubte, stieg ins Auto und warf Nele ein drohendes »Du wirst von mir hören!« an den Kopf, bevor er die Autotür zuschmiss.

Mit hochrotem Kopf lief Nele zurück ins Restaurant. Und wumms! Die Tür war zu. Wie sollte ich nun zurück zu Madame kommen? Wo trieb Lazlo sich herum? Und wie sollte ich Madame beim hoffentlich baldigen Wiedersehen klarmachen, dass unsere Tarnung aufgeflogen war? Mir knurrte der Magen.

21. LOVE IS IN THE AIR

Zum Glück ließ Madame mich nicht lange vor der Tür warten. Als hätte sie ein Gespür für ihre beste Freundin. Oder sie hatte sich einfach Sorgen gemacht. Typisch!

»Hier bist du!«, rief sie mir entgegen, als sie zur Tür herauskam.

Vorwurfsvoll blickte ich sie an: »Wir sind schon längst über die Dinnerzeit!«

Wenn Madame einmal am Schnacken war, konnte man sie nur schwer von den Gesprächspartnern loseisen.

»Lazlo hat dich ebenfalls gesucht.«

Aha! Dann musste ich jetzt schnell noch mal in die Bude, um mich gebührend von ihm zu verabschieden. Doch in diesem Moment ging die Tür erneut auf, und Nele kam mit Lazlo heraus. Freudig sprangen wir aufeinander zu und entschieden uns für ein spontanes Tänzchen. Lazlo hatte den Vorderpfotentaps voll drauf. Geschmeidige Bewegungen und dieses Rhythmusgefühl.

»Es ist wundervoll, den Hund wieder so happy zu sehen!« Neles Augen leuchteten das erste Mal an diesem

Tag, zumindest seit ich sie heute erlebt hatte. Plötzlich kam mir ein Verdacht: Hatte Lazlo sich etwa in mich verliebt? Nach einigen wilden Geschichten war ich wieder Single und ganz glücklich damit. Natürlich war Lazlo ein gut gebauter Typ mit glänzendem Fell und schönen Augen. Zärtlich, zuverlässig und temperamentvoll. Aber ich wollte auf keinen Fall eine Beziehung! Und enttäuschen wollte ich auch niemanden. Vor allem nicht ihn. Und vor allem nicht jetzt, nachdem er seinen Monsieur verloren hatte.

»Love is in the air …« Jetzt sang Madame auch noch! Hatte sie zu viel Eierlikör intus? Konnte sie überhaupt noch mit der Blechhöhle fahren? Zum Glück hatten wir es nicht weit, also ließen wir die Karre kurzerhand stehen und latschten zu Fuß nach Hause. Mein Magen hing bis zu den Knien, daher war ich erleichtert, als Madame noch ein paar Leckerlis in der Tasche fand, quasi ein Gruß aus der Küche. Und Monsieur, der beste aller Messieurs, stand schon mit meiner Portion in der Tür. Jannimann hatte natürlich nicht warten können, sein Napf war leer. Nun war er auf mein Dinner scharf, dieser Egoist. Dem geigte ich vielleicht die Meinung! Puh, wie ich mich wieder aufregte.

»Du kriegst irgendwann einen Herzinfarkt, Süße!« Madame versuchte, die Wogen zu glätten, bevor sie sich selbst auf ihr Futter stürzte, als hätte es bei der Beerdigung keine Massen von Kuchen gegeben. Gemeinsam schmatzten wir vor uns hin. Nachdem ich den Napf gesäubert hatte, schaute ich mal bei Madame vorbei. Vielleicht fiel ja noch was ab? Aber was mussten meine

Honig- bis Bernsteinaugen sehen? Jannimann hatte sich neben ihr platziert und schob seinen Kopf unter ihren Arm. Himmelschafundmeer, wie konnte er sie so belästigen?

»Kann man nicht einmal in Ruhe essen?«, wollte Madame wissen und aß gemütlich weiter, während um sie herum der Rudelkrieg tobte. Dann ging jeder auf ein Sofa und hielt Siesta. Ich döste weg, verfolgte Hinnerk im Traum, der zu Thules leerem Hof lief. Immer wieder sah er sich um, Entsetzen im Blick, als würde eine Bestie hinter ihm herrennen, kein schnuckliger Plüschomat mit wehendem Fell. Die Angst war sein ständiger Begleiter, sie fraß an ihm. Mehr als es ein Hund jemals tun könnte. Plötzlich verschwand Hinnerk in meinem Traum, als hätte sich der Boden unter ihm aufgetan und ihn verschluckt. Ich stand noch eine Weile an der Stelle, doch es war nichts zu sehen. Lazlo kam mir entgegen, und wir gaben uns ein zärtliches Bussi.

Als ich aufwachte, streichelte Madame mir über den Kopf und meinte: »Du hast seltsame Geräusche gemacht.«

Ich wollte einfach nur wieder einschlafen und an der Stelle mit dem Bussi weiterträumen. Hatte ich mich etwa verliebt? Unter diesen Umständen war das schwer zu beurteilen. Lazlo und ich mussten warten, bis der potenzielle Mord aufgeklärt war, bis Thules Seele Frieden fand und wir beide den Kopf für etwas Neues, Schönes, Überwältigendes frei hatten. Ich sah auch kein Problem darin, dass Lazlo nun in Dithmarschen wohnte. Das war nicht zu nah und auch nicht zu weit weg. Ich liebte die Deiche dort und den Hundewald in Christianslust. Und nun hatten wir auch noch den Wald der Wälder entdeckt, diesen Riesewohld.

Während Madame und Janni einträchtig nebeneinander vor dem Wunderkasten hockten und sie ihn ausgiebig kraulte, schlief ich wieder ein. Dieses Mal sah ich den Verstorbenen umringt von seinen Kühen auf der Fenne. Die Harke steckte in einem Heuballen, die Kühe tanzten Boogie. Wild und ungestüm. Die Kühe tanzten? Plötzlich traf eine von ihnen Thule, der ausrutschte und … ich bellte entsetzt.

»Was ist denn los?« Madame schien sich ernsthaft Sorgen um mich zu machen. »Beerdigungen bekommen dir anscheinend nicht.«

Ich verließ mein schickes neues Sofa, das Grandmadame und Madame mir zum Geburtstag geschenkt hatten, und legte mich vor der Haustür ab. Hier herrschte Dunkelheit, und ich konnte so viel träumen, wie ich wollte. Vielleicht konnte ich ja im Traum alle möglichen Konstellationen durchspielen. Vielleicht kam mir eine Erleuchtung. Was hatten die Rindviecher mir bei unserem letzten Meeting sagen wollen, und warum verschwand Hinnerk in einem Loch? Ich verstand nur Ackergülle.

*

Die Gummistiefel! Am nächsten Morgen schlenderte ich durch den Garten und fiel fast über sie. Ich war immer noch der Meinung, jemand wollte Finn die Schuld in die Schuhe schieben. Und mit jeder Minute, in der ich diesen Halbbruder von Nele näher kennenlernte, wuchs die

Gewissheit, dass er dahintersteckte. Wie Nele gestern schon ganz richtig bemerkt hatte: Er wollte sich den Hof unter den Nagel reißen! Beziehungsweise als Lager für heiße Ware nutzen, während er angeblich versuchte, das Haus zu verkaufen. Davon ahnte die Gute ja noch gar nichts. Sie wähnte sich in der Gewissheit, ein neues Familienmitglied gewonnen zu haben, jemanden, auf den sie sich verlassen konnte. Alles Tarnung! Ein ehrenamtlicher Bürgermeister, der Feuerwerkskörper hortete. Vermutlich arbeitete er mit Halunken zusammen, versteckte Diebesgut, war außerdem immer schlecht gelaunt, und auch der Job als Makler schien nur eine Fassade zu sein. Zurzeit war Hinnerk aus meiner Sicht der Einzige, der überhaupt ein Motiv vorwies. Der die nötige Skrupellosigkeit für eine derartige Tat besaß. Das meinte jedenfalls die gewiefte Psychoanalytikerin Mademoiselle Julie.

Für alle anderen brachte Thules Tod nur Leid. Vor allem für Lazlo! Ich war so froh, dass es ihm bei Finn und Nele gut ging. Konnten die beiden nicht auch die Rindviecher adoptieren? Zwar kümmerte sich Thules Freund immer noch um sie, doch der hatte seinen eigenen Hof und spürte die Doppelbelastung bereits in den Knochen, wie er Madame verklickert hatte. Seine Frau versuchte zwar, ihm unter die Arme zu greifen, hatte aber selbst genug am Hals.

Plötzlich kam mir eine geniale Idee: Wie wäre es denn, wenn Nele zurückziehen und zusammen mit Finn auf dem Hof leben würde? Dann wären auch die Rindviecher versorgt, denen es bei Finn im Garten bestimmt viel zu eng sein würde. Ich lief zu Madame und sah sie an.

»Sollen wir Gassi gehen?« Madame dachte an das Naheliegende, mit der Telepathie funktionierte es noch nicht so richtig zwischen uns. Ich intensivierte den Blick.

»Alles okay?«

Madame kapierte es einfach nicht. Dass Lutscher immer so sprachfixiert waren. Immerhin setzten wir uns in Bewegung, und Madame meinte: »Heute probieren wir mal was Neues aus!«

Sie parkte die Blechhöhle in der Nähe eines Sees, der Teil des Entwässerungssystems in der Marsch war. Zahlreiche Piepmätze hatten sich hier zum Rasten niedergelassen oder das Wasser als permanenten Aufenthaltsort ausgesucht. Allerdings verschwand der See auch schon mal, wenn der Sommer warm und trocken war. Derzeit musste sich kein Vogel darüber den Kopf zerbrechen, denn der Winter hatte mehr als genug Feuchtigkeit gebracht, das Becken war randvoll. In großem Bogen liefen wir um den See und entdeckten einen zweiten, etwas kleineren.

»Rehe!«, meinte Madame mehr zu sich selbst und zählte bis sieben. Das schien mir ein Riesenrudel zu sein. Sonst sah man sie doch meist zu zweit oder zu dritt. Der Wind stand so ungünstig, dass ich sie nicht riechen konnte.

Wenn wir jetzt ein Stück westwärts laufen würden … Vorsichtig versuchte ich, Madame zu der Stelle zu lotsen, wo ich Lazlo gefunden hatte, ich konnte das halb offene Strohlager schon sehen. Madame dachte vielleicht mit, jedenfalls lief sie brav hinterher.

In diesem Augenblick donnerte ein Tiefflieger über unsere Köpfe hinweg, er flog so niedrig, dass Madame ihn fast hätte berühren können. Jedenfalls wirkte das aus meiner Perspektive so. Wie ich diese Dinger hasste! Einmal pro Woche hatte dieser Tiefflieger wohl Ausgang, oder hieß es dann Ausflug? Und immer suchte er sich unsere schöne Halbinsel zum Lärmen aus. Wie der Donnergott höchstpersönlich! Daran gewöhnte ich mich nie.

»Militär«, murmelte Madame vor sich hin.

Ja Himmelschafundmeer, waren wir denn im Krieg? Plötzlich hatte ich keine Lust mehr weiterzulaufen, doch Madame bestand darauf, den Kurs beizubehalten. Vermutlich hatte sie die Hintergedanken einer Ermittlerin und wollte sich alles noch mal genau ansehen. Das hieße, wir würden im Anschluss auch noch einmal zum potenziellen Tatort laufen. Zum Glück hatte sich der Lärm da oben gelegt, ich konnte aufatmen.

Im Nu hatten wir die Hütte erreicht. Aber was war das? Keine Absperrung, kein Polizeiband an der Hütte? Schritt für Schritt trauten wir uns hinein. Nichts schien sich geändert zu haben, jeder Stroh- und Heuballen befand sich an seinem Ort. Wir kletterten in Lazlos Versteck. Klar, die Harke war weg. Madame hatte die glorreiche Idee, das Material umzuschichten, warum auch immer. Allerdings für eine einzelne Lutscherin nicht ganz einfach.

In diesem Moment hörten wir eine Blechhöhle vorfahren. Ich hatte ein Déjà-vu und sah Madame fragend an. Sie bedeutete mir, ruhig zu sein und mich mit ihr zu verstecken. Also quetschten wir uns zwischen die Ballen, während Madame versuchte, einen Blick auf das Geschehen zu erhaschen. Doch es gelang ihr nicht. Im Gegenteil, sie musste den Kopf etwas einziehen, um nicht entdeckt zu werden.

Wir hörten Schritte, ein Rascheln. Jemand machte sich am Heu zu schaffen. Wir hielten den Atem an, mehr oder weniger. Ein Halm kitzelte mir in der Nase, heilige Ackergülle! Die andere Person kam näher und näher. Schob der Eindringling etwa die Heuballen zurecht, hinter denen wir steckten?

Puh! Zum Glück entfernten sich die Geräusche wieder. Da durchbrach ein blechern klingendes Lied die Stille. Der Ruf eines multifunktionalen Schnackapparats!

»Ja, Liebes! Ich bin schon auf dem Weg.« Es war die Stimme von Finn. Ausgerechnet! Was suchte der Mann hier?

»Habe ich gefunden, keine Sorge.« Die Sache klang immer mysteriöser. Finn sollte Nele etwas mitbringen? Hier aus dem Schuppen? Okay, der war ja von ihrem Ex beziehungsweise von ihr. Aber was hatten sie hier so Wichtiges verloren oder versteckt?

Nach und nach keimte in mir ein Verdacht: Und wenn nun alle unter einer Decke steckten? Ein Komplott in der Marsch. Wer versteckte schon wertvolle Dinge in einer halb offenen Hütte, in der einst Tatgegenstände abgelegt worden waren und die noch nicht mal durch Polizeiband gesichert war? Diese ganze Geheimniskrämerei ging mir als gewissenhafter Ermittlerin auf die Nerven. Wer deckte wen, und warum?

Wir rührten uns nicht. Erst als Finn den Motor startete, kletterten Madame und ich hinter unserer Deckung hervor und lugten vorsichtig nach draußen. Finn düste davon. Neben ihm saß Lazlo und schaute zu mir.

22. DER MISTKERL

Ein paar Tage später stand Nele vor unserer Tür, leider ohne Lazlo. Dunkle Ringe unter roten Augen, hängende Schultern, das Haar vom Wind zerzaust.

»Nun setz dich erst mal«, meinte Madame, die anscheinend denselben Eindruck hatte wie ich. Nele ging es nicht gut, das war offensichtlich. Janni hatte sich zwar aufgeregt, als der Besuch durch den Garten spaziert war, doch einmal im Innern der Bude, machte der Typ eine 180-Grad-Drehung und begann, Nele zu trösten. Das war unser Janni im Schwesternmodus, wie man ihn schätzte. Und während die Schlumpfbacke sich von ihr kraulen ließ – Schwester Jannis Konzept hieß »Geben und Nehmen« –, löste sich ein Teil von Neles Anspannung in Tränen auf. Madame legte ihr eine Hand auf die Schulter, ich gab ihr ein Bussi auf die freie Hand. Wenn das keine optimale Betreuung war!

»Hinnerk ist so ein Mistkerl!« Nele ließ zuerst das heraus, was am schwersten wog, vermutete ich. Madame hielt sich aus psychologischen Gründen mit gezielten Fragen zurück, ich kannte sie inzwischen besser als mich selbst. Nach und nach erzählte Nele, wie Hinnerk sie unter Druck setzte, was den Hof anging. Dass sie sich nur noch stritten. Dabei kannte sie ihn doch erst seit ein paar Wochen.

»Sollte man nicht erst eine Vertrauensbasis aufbauen, bevor man mit Forderungen um die Ecke kommt?«

Es war eine rhetorische Frage, wir stimmten alle zu. Das heißt, Madame nickte, und wir Vierbeiner schenkten Nele einen Blick aus treuesten Augen. Alle hingen an ihren Lippen. Außer Monsieur, der war gerade im Garten unterwegs. Schließlich produzierte das Gackervieh nicht nur Eier.

Neles Sorgen waren vorprogrammiert. Ihr Bruder, der sich wie ein Kuckucksei in ihrem Leben einnistete, schien von ihrer aktuellen Situation profitieren zu wollen.

Erzählte Madame nun, was wir entdeckt hatten? Ich sah sie an, doch sie schüttelte kaum wahrnehmbar den Kopf. Ich schnaubte. Die Wahrheit musste auf den Tisch! Ich ging ein paar Schritte hin und her und wiederholte das Ganze mehrfach.

»Was hat sie denn?« Nele schien sich Sorgen um mich zu machen, recht so!

»Die ganze Situation wühlt sie auf. Julchen wirkt zwar manchmal recht robust, doch sie ist eine äußerst sensible Natur.«

Himmelschafundmeer, was redete Madame da? Würde sie bitte endlich die wichtigen Dinge thematisieren? Ich erwog kurz die Möglichkeit, dass Madame sich nicht outen wollte, schließlich hatten wir bei der Aktion eine Grenze überschritten. Hausfriedensbruch und so.

»Sag mal, kennst du Hinnerk persönlich? Er meinte doch tatsächlich zu mir, du hättest dir zusammen mit einem Hund einen Hof in Dithmarschen angeguckt.« Nele schaute Madame mit großen Augen an.

Auch wenn der Mistkerl nur Mist redete, wollte sie doch wissen, ob an dieser Geschichte etwas dran war. »Ja, das war wohl Zufall«, antwortete Madame. »Wir überlegen, uns zu vergrößern. Da fiel mein Blick auf einen Resthof in Deichnähe mit etwas Land drum herum. Vielleicht adoptieren wir ein paar Schafe …«

Ich protestierte lautstark gegen Madames Vorschlag. Wollknäuel adoptieren! War sie jetzt von allen guten Geistern verlassen? Wenn in dem Statement auch nur ein Funken Wahrheit steckte! Ich wusste noch nicht, was ich dann machen würde, aber ich war mir sicher, dass mir etwas einfallen würde. Etwas Furchtbares. Da konnte sogar der Mistkerl einpacken! Eine Revolution am Deich. Der Aufstand der besten Freunde. Janni musste ich natürlich vorher auf meine Seite ziehen.

»Aber Nele, nimmt Hinnerk den Job als Makler ernst? Ich hatte nicht den Eindruck, dass er irgendetwas verkaufen wollte. Und besagter Hof wirkte so, als stünde er schon eine ganze Weile leer.«

Nele nickte und schniefte leicht. »Das vermute ich auch. Schlimmer noch! Hinnerk hat irgendwelche krummen Dinger am Laufen. Ich weiß nicht genau, worum es geht, aber ich bin mir sicher, dass ihm irgendwann der ganze Mist um die Ohren fliegt.«

Konkret wollte sie ihn wohl aus ihrem Leben verbannen, wusste aber noch nicht, wie.

»Ich habe ihm gesagt, dass es mir aus gegebenem Anlass nicht so gut geht und ich in der nächsten Zeit etwas Ruhe brauche. Ich habe ihm auch gesagt, dass er mich mit diesem ganzen Mist ärgert. Am Ende habe ich ihn angeschrien, er soll zur Hölle fahren! Kannst du dir das vorstellen? Er bringt mich völlig aus dem Konzept. Ich vergesse mich selbst, wenn er vor mir steht und lauter dämliches Zeugs daherredet. Inzwischen sehne ich mich manchmal nach der Zeit, in der ich keinen neuen Bruder hatte.«

Die Tränen rollten Nele nur so über die Wangen, als würden sie gleich einen Fluss bilden, wie ein Wasserfall hinabstürzen und alles mit sich reißen, was auf dem Weg lag. Das große Faszinosum Lutschertränen! Nein, so hatte ich diese ansonsten ruhige, besonnene Frau noch nie erlebt. Selbst Janni schien schockiert und nahm etwas Abstand.

»Das ist ja schon Stalking«, gab Madame nun zum Besten. Ich war mir sicher, dass es ungeachtet dieser wertvollen Einschätzung noch kein Fall für die Lutscherpolizei sei. Die hatten bei Bauer Thule ja auch erst reagiert, als es schon zu spät war. Statt aktiv Verbrechen zu verhindern.

»Jedenfalls scheint ihm ein gewisses Taktgefühl abhandengekommen zu sein«, schob Madame hinterher. Von Lutschermoral ganz zu schweigen. Darauf hielten sie ja große Stücke, diese Zweibeiner. Meistens jedenfalls. Und versuchten, ihre komplexen Vorstellungen zu exportieren, auf andere Lebensformen zu übertragen. Als Hund verstehst du oft nur Ackergülle. Vor allem wenn der Mensch seinen eigenen Ansprüchen untreu wird, sie über den Haufen wirft, weil etwas anderes hervortritt, und die sogenannte Moral erfolgreich verdrängt. Darüber konnte man stundenlang philosophieren.

Aber wir hatten gerade keine Zeit für Hobbys. Der Fall war immer noch nicht aufgeklärt, und Madame könnte langsam mal fragen, wie denn die Obduktion gelaufen war.

Stattdessen setzte sie Nele gerade einen selbst gemachten Eierlikör vor, die Hühner ließen grüßen.

»Ist der lecker!« Nele schien es etwas besser zu gehen. Sie schniefte noch einmal, trocknete sich die Tränen und atmete tief ein.

»Noch einen?« War das jetzt Madames Taktik? Betrunken machen und so zum Reden bringen?

»Nein danke, ich muss ja noch fahren.« Gut, dass Nele nicht leichtsinnig war. Nicht selten hatte ich torkelnde Blechhöhlen auf Nordfrieslands Straßen mitansehen müssen. Beim ersten Mal hatte ich noch gedacht, der Fahrlutscher mache sich ein Späßchen. Aber Monsieur klärte mich auf, indem er vor sich hin fluchte.

»Was hat eigentlich die Obduktion ergeben?«

Endlich! Madame konnte einen ganz schön auf die Folter spannen. Selbst bei den Gassis mussten wir häufiger auf die Gnädigste warten. Dann fiel ihr dieses und jenes ein, während wir Hunde schon fix und fertig in unseren Boxen hockten und langsam anschimmelten. Irgendwann beschloss sie zu kommen, und es konnte endlich losgehen. Slow Life nannte sie das. Ich hatte eher den Eindruck von Slow Motion. Aber Plüsch drüber. Es konnte nicht jeder so auf Zack sein wie Superjulchen.

»Ich bin so froh, dass ich die Obduktion in Auftrag gegeben habe.« Nele umfasste das Eierlikörglas und starrte ins Leere. Hauptsache, sie fiel uns nicht in Ohnmacht. Wieder sah ich mich genötigt, eine Runde um den Tisch zu drehen. Die Aufregung wuchs mit jeder Sekunde.

»Obwohl alles ganz furchtbar ist!« Jetzt schniefte sie wieder.

Madame ließ sie reden, aus psychologischer Sicht sehr löblich. Aber man konnte fast verrückt dabei werden.

»Der arme Thule, Gott hab ihn selig! Er ist nicht ertrunken, er ist erstickt.« Erneut flossen die Tränen.

Erstickt? Also nicht mit der Harke erstochen? Oder hatte sie sich versprochen?

»Erstickt?«, fragte nun auch Madame und reichte Nele ein Taschentuch. Laut schnäuzend saß die Arme am Tisch.

»Hast du bitte ein Glas Wasser?«

Ja Himmelschafundmeer! Wo es gerade so spannend war! Und dann ging auch noch ihr Schnackapparat, Finn hatte wohl keinerlei Gespür für den richtigen Zeitpunkt! Konnte sie nicht später mit ihm reden?

»Ja, ich bin schon unterwegs.«

Nein, Nele, bloß nicht abhauen jetzt!

»Mehr kann ich euch auch nicht sagen. Jedenfalls hat er sich nicht umgebracht. Er hatte Einstichspuren der Harke an der Schulter, die ihr im Schuppen gefunden habt. Quetschungen am Körper. Kuhmist an den Klamotten. Und er wurde nach seinem Tod ins Wasser gelegt.« Den letzten Satz sagte sie so leise, dass man ihn kaum verstand.

Was musste ich da heraushören? Hatte sie einen Verdacht? Doch Nele stand auf und zog sich die Jacke über, ohne uns mehr zu verraten. Mit Sicherheit konnten wir nur sagen, dass es kein Selbstmord gewesen war. Auch wenn sich das nun bewahrheitet hatte, überkam mich das Gefühl, vor einem Scherbenhaufen zu stehen. Was auch daran lag, dass es Nele so schlecht ging. Irgendwann würde sie sich der Wahrheit stellen müssen. Mein Verdacht ging dahin, dass die Wahrheit für Nele sehr unangenehm war. Würde sie ihr neues Leben zerstören?

23. FRÜHJAHRSPUTZ

Das Gackervieh wurde immer dreister. Seit einem Jahr liefen die drei nun schon kreuz und quer durch mein Areal. Kulinarisch ein Gewinn, denn ihre Hinterlassenschaften mundeten ebenso wie ihr Körnerzeug. Doch welch gefiederte Impertinenz musste man dafür ertragen! Dabei galt das »Don't touch!«-Gebot der ersten Stunde. Scheuchten wir auch nur eine Henne ansatzweise auf, konnten Madame und Monsieur ziemlich grantig werden. Was die Lutscher nicht in ihre Köpfe bekamen: Um die Hennen effektiv gegen Angriffe von außen abschirmen zu können, mussten Janni und ich sie trainieren. Das Federvieh musste lernen, schneller zu werden. Als ein Greifvogel sich der guten Björk bemächtigt hatte – Friede ihrer Seele in den ewigen Grasgründen –, waren sie zu viert gewesen. Aber dennoch machtlos. Fortan beschloss ich, den Hühnern etwas Beine zu machen und den Luftraum besser abzusichern. Jannimann sollte mir dabei professionell zur Pfote gehen, also wechselten wir uns beim Außendienst ab. Zur Sicherheit verbellten wir alles, was flog und größer als eine

Meise war. Zwar beschwerten sich Madame und Monsieur über dieses Gießkannenprinzip, doch hier ging es um Schnelligkeit! Schließlich konnten wir uns nicht vor einen von diesen Flimmerschirmen oder multifunktionalen Schnackapparaten hocken, den potenziellen Angreifer bestimmen und nach genauen Analysen eine Verbell-Entscheidung treffen. Es ging um Sekundenbruchteile! Es ging ums nackte Überleben – fürs Gackervieh! Außerdem konnten wir in unserem Job nicht auf alle Befindlichkeiten Rücksicht nehmen.

Und dann geschah ein Wunder. Zunächst versuchte Monsieur, uns zu verklickern, dass Greifvögel relativ riesig waren und beim Anflug kreischende Laute von sich gaben. Mir erschien beides eher unpraktisch, da der Angreifer das potenzielle Opfer warnte. Tatsächlich hatte Janni sich alles gemerkt, auch weil Monsieur immer wie von der Tarantel gestochen zu den Hühnern lief, wenn er jenen schrillen Sound vernahm. Unser selbst ernannter Chief Security Officer bellte fortan Alarm, wenn er das Kreischen vernahm. Innerlich seufzte ich. Vielleicht hatten die harten Jahre meiner Erziehungsarbeit ja etwas gebracht. Dass mein Mitbewohner einen ausgeprägten Rudelsinn besaß, hatte ich eh nie bezweifelt. Nun überlegte ich ernsthaft, wie ich den Schlumpf mit seinen Skills optimal in mein Ermittlungsteam integrieren konnte.

Madame und Monsieur hatten sich eine Woche freigenommen. Der Frühjahrsputz im Garten stand an, eine ziemlich große Sache aus Lutschersicht. Wenigstens konnten wir die Woche auch als Quality time im Rudel nutzen, bevor die Lutscher erneut ihre langweiligen Schreibtische umarmten. Ich musste ein enormes Missverhältnis zwischen Schreibtisch- und Hundezeit zu Protokoll geben. Da Madame schon vor Längerem zum Schreiben in die erste Etage gezogen war, hatte sie sich meinem Zugriff entzogen. Ich hatte so meine Tricks drauf, wenn ich den Braten aka die Überstunden roch, und wusste, wie man Lutscher und Schreibtische auseinanderdividierte. Aber Himmelschafundmeer, diese Super-Reporterin wollte unbedingt oben arbeiten – wie sollte man da noch ergebnisorientiert agieren?

Zu Ehren der Frühjahrsgartenputzwoche hatte Madame den Schreibtisch gegen den Marschboden ausgetauscht und hackte wie eine Verrückte darauf herum. Gartenarbeit nannte sie dieses verzweifelte Herumgeeiere. Oder sollte es Buddeln sein? Diesbezüglich hatte sie keinerlei Rücksprache mit meiner Psychoanalytikerin Mademoiselle Julie gehalten. Madame schlug einfach drauflos und faselte etwas von einer Lounge-Ecke. Letzteres klang irgendwie vielversprechend für mich. Insider wussten, dass unsereins das Chillen auf einem zünftigen Sofa als artgerechte Haltung ansah. Hinzu kam, dass die neue Obergärtnerin dafür unsere Lieblingsecke ausgesucht hatte. Dort, wo Madame und ich uns an lauschigen Sommerabenden gern niederließen und nachdenklich aufs Grabenwasser schauten, bis ein Bisam fröhlich um die Ecke schwamm. Wenn überhaupt Wasser im Graben war. Die letzten Sommer hatten ja mit mediterraner Trockenheit geglänzt. Mit dem Klima ging es den Bach hinunter, das war klar wie Kloßbrühe.

Trockene Gräben wurden von den reiselustigen Hennen natürlich als Einladung angesehen, die nähere Umgebung zu erkunden. Madame und Monsieur? Amüsierten sich. Spazierte hingegen unsereins durch den Graben aufs Nachbargrundstück, herrschte rudelseitens ein Gezeter wie im Legenest, wenn sich zwei Hennen in die Quere kamen. Ich wartete nur noch darauf, dass Madame und Monsieur mir »Fennenfriedensbruch« vorwarfen oder etwas ähnlich Abstruses. Da kochte die Ackergülle vor Ungerechtigkeit! Auch bei Madames neuer, frenetischer Gartenliebe konnte sich das Gackervieh anscheinend profilieren: Man »half« beim Pflügen, scharrte hier, pickte dort, naschte einen Wurm, und Madame sprach zärtlich von ihrem »Team«. Ja Himmelhuhnundmeer! Was taten die Hennen schon? Fressen, fressen, fressen! Egal, was ihnen vor den Schnabel kam. Käfer, Schnecken, Froschschenkel. Und dann störten sie Madame natürlich massiv mit ihrer unbekümmerten Pickerei. Diese sah das Unglück nicht kommen. Madame konnte oder wollte sich nicht durchsetzen gegenüber so viel Unverfrorenheit. Um einen optimalen Workflow zu garantieren, pflanzte ich mich direkt neben Madame und griff bei Bedarf ein. Das Gackervieh war schon alarmiert, wenn es mich erblickte. Recht so. Doch die drei Superhennen agierten taktisch, pirschten sich durch das trockene Schilf an, die übliche Gackerei unterdrückend.

Und schwuppdiwupp stand die Dreisteste von allen, Hafrún, direkt neben der Hacke. Eine fast selbstmörderische Aktion. Als verantwortlicher Hütehund musste ich sofort eingreifen, sonst würde A) die Lounge-Ecke nie fertig werden und B) alsbald Blut an Madames Werkzeug kleben.

Schlimm genug, dass sie beim Hacken bereits auf die Knochen einer alten Bisamleiche gestoßen war. Doch die beste Schnüfflerin Nordfrieslands, ergo moi, konnte sich um diesen Cold Case nicht auch noch kümmern, solange es Leben zu retten gab. So werden wir nie erfahren, ob die Nutria eines natürlichen Todes gestorben war oder was hinter dem Fund steckte. Meine Bodyguard-Aktion zog Konsequenzen nach sich: Madame schaffte jetzt so viel auf einmal, dass sie über Schulterschmerzen zu klagen begann.

Da beschlossen wir spontan, den Hühnern das Feld zu überlassen. Madame legte ihr gefährliches Werkzeug beiseite, und wir nahmen uns Zeit für Selfies. Die erschöpfte Obergärtnerin ließ sich auf dem einzigen verfügbaren Stuhl nieder, ich immer dicht bei ihr.

Jannimann lag lang und breit unter dem Apfelbaum. Er meditierte neuerdings gerne. Auch versaute er mir weniger oft die Tour, wenn ich flirten wollte. Letzteres lag unter anderem an Monsieurs effektiven Maßnahmen, Janni von der Flirtbühne fernzuhalten. Außergewöhnliche Leckerlis halfen dabei. Zuletzt hatte ich einen wirklich schicken portugiesischen Wasserhund im Wald von Sankt Buddel getroffen und ihn in höchsten Tönen angequiekt. Er stand total drauf! Und ich hatte die Abwechslung gebraucht, um neue Kraft zu tanken für neue Ideen, denn meine Ermittlungen hingen fest. Auch den etwas oberflächlichen Bericht Neles von der Obduktion konnte ich nicht so recht einordnen. Sie verschwieg uns die Hälfte, das war so offensichtlich wie Jannis Postbotenallergie. Zwischenzeitlich hatte ich sogar überlegt, ob sie gar nicht die Wahrheit gesagt hatte. Aber warum sollte sie uns anlügen? Sie war nicht der Typ dafür. Und es genügte, dass sie uns etwas verheimlichte. Zudem hatte Nele uns an jenem Nachmittag ausreichend klargemacht, dass sie etwas Abstand und Ruhe brauche. Zwar hatte sie fast die ganze Zeit über diesen unmöglichen Halbbruder gesprochen, doch hatten wir die Message verstanden. Madame und ich würden uns mit überfallartigen Besuchen in Dithmarschen zurückhalten. Fürs Erste.

Aber man konnte doch ganz unverfänglich im Riesewohld spazieren gehen. Ich vermisste Lazlo und wollte wenigstens wissen, ob es ihm gut ging. Und da uns der Zufall zuletzt so häufig zusammengeführt hatte, konnte er gerne in diesem Stil weitermachen. Natürlich musste man ein bisschen nachhelfen. Es wurmte mich sehr, dass der Fall quasi auf Eis lag. Dass der Mörder noch frei herumlief. Oder die Mörder?

Madame machte für heute Schluss mit dem Hacken, da ihr die Schulter wohl zu wehtat. Sie war halt keine professionellen Buddelarbeiten gewohnt. Die Hühner suchten noch emsig nach Snacks im aufgelockerten Boden, während ich mich in ihrer Nähe ablegte und ihnen eine Weile zusah. Madame und Monsieur hatten diesem Gackervieh doch tatsächlich isländische Namen gegeben. Angeblich, weil sie kurz vor der Adoption, die Hennen kamen aus der Nähe der dänischen Grenze, einen isländischen Film geguckt hatten. Über eine schillernde Persönlichkeit, eine starke Frau, die sich im Kampf für die Umwelt unkonventionell engagierte. Was sollte das wohl für die Hennen bedeuten? Egal, es hatte funktioniert. Sämtliche Hühner in unserem Garten waren selbstbewusst bis dreist.

Außer Gudny vielleicht, die hielt sich immer ein bisschen im Schatten von Hafrún und Brynja. Als ich so über die Hennen nachdachte, kam mir zwar nicht die ganz große Erleuchtung, aber ich sah ein schwaches Licht am Horizont. Der Schlüssel zu allem war Nele.

24. IM RIESEWOHLD

Das heilige Wochenende brach an, und rudelseitens wurde ein Ausflug nach Wesselburenerkoog beschlossen. Erst an den Deich, dann ins Café, lautete der Plan. Frühlingslaune, Sonnenschein, und alle waren sichtlich bemüht, das Geschehene von sich zu schieben.

»Der Stress verleitet Mensch und Tier zu Übersprunghandlungen«, mischte jetzt auch noch Mademoiselle Julie mit. Soso. Dann konnte ich mich ja ein wenig abreagieren. Es war an der Zeit, Frühjahrsputz auf den Straßen zu betreiben und sämtliche Auffälligkeiten zu verbellen. Höllenmaschinen sowieso, aber auch andere Ärgernisse auf dem Weg zum Eidersperrwerk. Mich wurmte der Stillstand in Sachen Mord.

Gestern noch hatte Madame einen Vorstoß gewagt und um ein Statement zum Fall Thule bei der Kripo gebeten – zwecks journalistischer Recherche. Viel hatte sie dabei nicht herausgefunden. Verdächtige hatte man ihr nicht nennen können. Ja, ein paar Ungereimtheiten weise der Fall schon auf. Aber so wie es aussah, würde die Sache bald ad acta gelegt werden. Es war frustrierend.

Mein Instinkt sagte mir, dass auch die Lutscherpolizei mehr wusste. Dass irgendjemand gedeckt wurde. Jemand, der großen Einfluss zu haben schien. Ein Bürgermeister? Und wieso hatte Nele die Fährte zu Hinnerk gelegt? Sie vertuschte doch etwas.

Als uns ein silberner Pick-up überholte, flippte ich aus. Madame, die hinterm Steuer saß, reagierte ähnlich. Zwar gab sie keinen Mucks von sich, hängte sich aber an den Wagen dran, der für meine Begriffe viel zu schnell fuhr. Monsieur blickte von seinem multifunktionalen Schnackapparat auf und meinte: »Was ist denn nun los?«

»Hinnerk!«, antwortete Madame einsilbig.

»Nimmt das denn nie ein Ende?« Monsieur schien die Lust an der Aufklärungsarbeit vergangen zu sein. Wir bogen in einen Seitenweg ab, als Hinnerk seine Fahrt unerwartet verlangsamte. Abrupt kam sein Wagen zum Stehen, er stieg aus und stellte sich uns in den Weg.

Madame wirkte wütend. Sie parkte hinter ihm am Seitenstreifen, öffnete die Tür und begab sich auf den Weg, während ich wie eine Irre hinter ihr herrief: »Geh nicht allein! Monsieur, tu etwas! Schnell, hinterher!« Doch dieser rührte sich nicht.

Da Madame die Tür aufgelassen hatte, verstummte ich, als die beiden anfingen zu plaudern. Ich wollte keine Silbe verpassen. Das war allerdings nicht sonderlich schwer.

»Was wollt ihr von mir?«, herrschte Hinnerk sie im üblichen rauen Tonfall an.

Madame zuckte mit den Schultern, stellte sich naiv. »Warum? Weil wir denselben Weg haben wie du? Wir wollen nur zum Deich.« Sie sagte das relativ ruhig, um sich nicht auf Hinnerks Niveau zu begeben. Vermutlich bemerkte nur ich das leichte Zittern in ihrer Stimme. Diese äußerliche Ruhe schien sie einiges an Kraft zu kosten.

»Schaut ihr euch wieder ein Grundstück an?« Hinnerk hatte sich ein paar Oktaven heruntergeschraubt. Immerhin.

»Nein, wie gesagt, wir wollen spazieren gehen. Warum? Hättest du etwas für uns?« Sie war geschickt, meine Madame.

»Der Hof hinterm Deich ist nichts für euch. Zu verfallen. Zur Zeit benutze ich den als Lager.«

Aha! Er gab es also zu. War das eine Art Taktik? Hinnerk fuhr fort: »Demnächst bekomme ich etwas Interessanteres herein. Ein alter Schäfer, der seinen Hof verlassen und seinen Lebensabend in der Stadt verbringen soll. Der will natürlich nicht weg vom Deich. Wenn er Glück hat, überlassen ihm die Käufer die kleine Einliegerwohnung. Wäre das ein Deal für euch? Ihr könntet es euch einmal ansehen. Ein paar Schafe sind auch noch da.« Hinnerk legte jetzt einen geradezu geschäftlichen Ton auf. Seine Gesichtszüge entspannten sich. Er klang fast fürsorglich, was diesen Schäfer anging. Verkehrte Welt, dachte ich und traute meinen Plüschohren nicht, als Madame ihm tatsächlich zusagte: »Ja, das klingt schön, melde dich bitte. Wir schauen uns das gerne einmal an.«

Die beiden verabschiedeten sich voneinander, und Madame ließ sich wieder in den Sitz fallen. Sie strahlte irgendwie.

»Der ist gar nicht so schlimm, wie alle denken.«

Obschon ich mein Urteil über diesen cholerischen Hundehasser nicht so schnell revidieren würde, war ich doch erstaunt, wie sich das Blatt wenden konnte. Hatten wir uns völlig verrannt? Vielleicht war es wirklich gar nicht so schlecht, sich diesen Hof mal anzuschauen und ein bisschen mit Hinnerk zu schnacken. Ganz unauffällig. Das überließ ich getrost meiner Assistentin und Oberdiplomatin Madame. Wenn wir schon sonst nirgendwo weiterkamen, mussten wir eben diese Chance nutzen. Hauptsache, Madame und Monsieur wollten nicht wirklich nach Dithmarschen ziehen. Gegen einen Hof hinterm Deich hätte ich ja nichts einzuwenden. Aber sie mussten nicht denken, dass sie mir nervige Wollknäuel vor die Nase setzen konnten. Himmelschafundmeer!

*

Nachdem wir unser Programm erfolgreich absolviert hatten und Monsieur sich den letzten Bissen Kuchen in den Mund gestopft hatte, ohne mir etwas abgegeben zu haben, ließ er vernehmen: »Was ist denn eigentlich mit diesem Riesewohld? Habt ihr Lust, noch etwas zu machen?«

Und alle so: »Jaaaaaaa!«

Janni und ich natürlich in Form kurzer, zustimmender Wuffs. Die Schlumpfbacke legte Monsieur eine seiner Pranken auf die Hand, der verzweifelte Versuch eines coolen High five. Ich schnaubte. Immerhin sah es ganz so aus, als würden unsere Zweibeiner ausnahmsweise den ganzen Tag in Quality time mit ihren besten Freunden investieren. Mir konnte es nur recht sein. Außerdem bestand ja die winzige Chance, Lazlo zu treffen.

Leider verfranste sich Madame bei der Anfahrt, und wir landeten an einer ganz anderen Stelle als letztes Mal. Es gab einen Parkplatz, doch die Gegend kam uns gänzlich unbekannt vor. Aber so groß konnte selbst ein Wald mit dem Namen Riesewohld an der kahlen Westküste nicht sein. Madame hatte zwischenzeitlich recherchiert und klärte uns auf: Riesewohld hatte nichts mit Riesen zu tun. Vielmehr steckte das niederdeutsche Wort »ries« darin, also Reisig. Auch meinte sie, dass der Wald sagenumwoben sei. Das gefiel mir nicht. Ich hatte schon genug Probleme mit Lebewesen aus Fleisch und Blut, da konnte ich auf Übernatürliches komplett verzichten. Waldwesen etwa? Die waren nur willkommen, wenn sie Liebende zueinanderbrachten. Im Riesewohld, wo die Herzen zweier Hunde sich fanden, die füreinander bestimmt waren ... Kitsch as Kitsch can! Manchmal überrollte mich die Romantik wie das Rot den Abendhimmel an hübschen Tagen. Aber mein Bauchgefühl sagte mir, dass wir im Riesewohld auf dem richtigen Weg waren. Endlich. Irgendetwas würde an diesem Tag noch passieren.

Der Wald erschien mir noch aufregender als beim letzten Besuch. Die Eiszeit hatte ihr Design hinterlassen, Materie hin- und hergeschoben, und über die Hügelchen freuten wir Flachländer uns wie die Lämmer im Frühling. Spazierlutscher und Kollegen kamen uns entgegen, nur weit und breit keine Lichtung und vor allem kein Lazlo. Es roch verheißungsvoll. Zarte Knospen hier und dort, aber noch lag der Wald im Winterschlaf, sah man mal von den immergrünen Nadelbäumen ab. Wir schlenderten über das Laub der letzten Wirbelblätterzeit, und wir Plüschomaten des Rudels nahmen einiges davon im Wuschelfell mit. Vor allem Jannimann entpuppte sich als oberster Reisigsammler, er putzte den Wald wie kein Zweiter.

Wir bestaunten die Fünffingerlinde, zu der jeder pilgert, der einmal auf den Riesewohld gekommen ist. Natürlich gab es auch eine seltsame Geschichte dazu, von einem zu Unrecht verurteilten Lutscher, der seine fünf Finger zum Schwur erhoben hatte. Wenn die Natur einmal die Lutscherfantasie anregte, kamen oft die abstrusesten Geschichten dabei heraus. Fünf Stämme an einer Linde, na und? Eine unserer Weiden hatte sechs wunderbar dicke Arme. Bestimmt hätte sie noch mehr, wenn sie wegen der Straßenlage nicht beschnitten worden wäre. Die Natur hatte eben einiges drauf, aber das nahmen Lutscher in ihrem einseitigen Weltbild ja viel zu selten wahr. Jedenfalls erschien diese Linde allen ziemlich beeindruckend, noch nicht mal der Schlumpf traute sich, sie zu markieren.

Schmuckreisig in Form von Mini-Nadelbäumen säumte die schmalen Wege. Janni und ich waren voll auf Schnüffelkurs, als ich plötzlich ein bekanntes Bellen vernahm, das wie Musik in meinen Ohren klang. Lazlo! Wo war er? Kurzerhand zog ich Madame in die Richtung des geliebten Sounds. Da stand er vor mir, gut aussehend wie eh und je. Ich kam kaum dazu, ihn anzuquieken. Schon tanzten wir einen Vorderpfotentaps, der uns auf Wolke sieben katapultierte. Und so schwebten wir mitten im Riesewohld dem Fußvolk davon. Bis wir irgendwo gegen die Baumkrone krachten und mit Wumms wieder auf den Boden der Tatsachen zurückfanden. Derweil schnackten die Lutscher ganz unverfänglich. Über das Wetter, die Luft, die

Liebe. Vermutlich hatte man bemerkt, was mit Lazlo und mir passierte. Jannimann war außer sich, dieser nimmermüde Aufpasser. Er raffte einfach nie, wann er das Maul zu halten hatte. Niemals. Kein Pfotenspitzengefühl. Sagte ich bereits, oder? Lazlo und ich wären am liebsten ab durch die Mitte, weit weg von Rudeln, Problemen und der Chief Security. Einfach nur zu zweit allein sein. Wenn dieser ganzen furchtbaren Geschichte etwas Gutes abzugewinnen war, dann die Entdeckung unserer Gefühle füreinander. Früher hatten wir uns ja nur über die Entfernung zugebellt. Nie wäre ich dabei auf die Idee gekommen, wer hinter dieser Stimme stecken könnte. Natürlich hatte ich Lazlo ein paar Mal gesehen, als wir am Hof vorbeiliefen oder mit der Blechhöhle vorbeifuhren. Aber da war er jedes verdammte Mal mit Territorialgedöns beschäftigt gewesen. Rüdenkram eben.

Plötzlich horchte ich auf. Die Lutscher sabbelten nicht nur unverfängliches Zeugs, sondern kamen zum Punkt. Lazlos Begleitung hieß an diesem Tag nämlich Finn. Er und Lazlo schienen nun dicke Freunde geworden zu sein. Und Finn war wie immer super drauf. Er scherzte, strahlte und durchschaute, was mit Lazlo und mir passiert war.

»Love is in the air«, sang nun auch er.

Himmelschafundmeer! Fiel den Lutschern nichts Besseres ein? Manchmal erschien es mir fast so, als wäre Liebe etwas leicht Peinliches für sie, das sie am liebsten gleich in ein Klischee packen würden. Und mir war, als würden sie für unsereins erröten, nur weil man ein bisschen flirtete, diese Verklemmten! Hauptsache, sie konnten ihre Witze reißen.

»Wie geht es Nele?«, tastete Madame sich nun langsam vor, nachdem die Basics geklärt und die Hunde belächelt worden waren.

»Solange sie ihren Bruder nicht sieht, geht es ihr einigermaßen gut. Ihr wisst, was er sich ihr gegenüber alles herausgenommen hat?« Finns Laune schien sich augenblicklich zu verschlechtern.

Madame nickte. Doch eigentlich hatten wir alle keine Lust mehr auf diese Geschichte. Was wir brauchten, waren Zusammenhänge, mindestens ein Motiv und den genauen Ablauf der Tat. Was ich von Finn wissen wollte, war vor allem: »Wie kamen deine Gummistiefel an den Fundort?« Ich sah diesen Smartie lange an. So lange, bis er sich fragte, was das sollte. Aha! Wurde es ihm ein wenig ungemütlich? Meldete sich das menschliche Gewissen? Immerhin hatte er eins. Das konnte man nun nicht von jedem Lutscher behaupten.

»Konntet ihr die Sache mit den Gummistiefeln klären?«, wagte sich Madame nun vor.

Halleluja, ausnahmsweise hatte sie meinen Blick richtig gedeutet. Natürlich hatte sie mein Anliegen etwas diplomatischer formuliert.

Aber was musste ich da sehen? Finn errötete leicht. Ich beobachtete, wie er sich an den Kopf fasste, über die Stirn strich, einatmete, ausatmete. »Es ist ihm peinlich«, meldete sich Mademoiselle Julie.

»Das ist in der Tat eine äußerst seltsame Geschichte«, gab Finn nach einer gefühlten Ewigkeit zum Besten.

Mehr fiel ihm dazu nicht ein? Madame, Zeit zu insistieren! Bitte nachhaken, jetzt! Diese Sekunden des Schweigens drückten auf die perfekte Stimmung. Bald würde Finn mit Lazlo das Weite suchen, um vor unseren Fragen zu flüchten, das war klar wie Kloßbrühe. Also musste ich Schlimmeres abwenden. Kurzerhand forderte ich meinen Schwarm noch einmal zu einem Tänzchen auf. Lazlo ließ sich nicht lang lumpen, und wir drehten uns im Kreis.

Derweil hatte Finn die Fassung wiedergefunden. Unsere kleine Show schien er als willkommene Ablenkung zu empfinden. Er lächelte.

»Ein Herz und eine Seele.« Madame setzte auf positive Vibes. Langsam schlenderten wir gemeinsam zurück, bis Finn einen anderen Weg einschlug.

»Nele wird sich sicher demnächst bei dir melden«, meinte er noch zu Madame, als diese liebe Grüße ausrichten ließ.

»Ich weiß, wie sehr euch das alles beschäftigt und wie sehr ihr mitgelitten habt. Ihr habt ein Recht, mehr zu erfahren. Aber glaubt mir, es ist kompliziert. Eine wahre Tragödie. Nele hat es noch nicht verdaut, sie braucht ihre Zeit dafür. Bitte habt etwas Geduld.«

Puh! Das war für Finns Verhältnisse geradezu eine Rede gewesen. Rätselhaft und doch irgendwie hoffnungsvoll. Oder wie sollte man diese Sätze interpretieren, wenn man sich die beste Schnüfflerin Nordfrieslands nannte? Irgendetwas hatte ich übersehen. Madame und ich sollten noch einmal alles durchgehen und den kompletten Weg vom Hof bis zum Hafen ablaufen. Kurz bei den Kühen vorbeischauen. Ja, was wurde eigentlich aus den Rindviechern?

25. MADEMOISELLE JULIE

Ich musste dringend ans Meer. Wäldern haftete immer etwas Geheimnisvolles an, während der Wind am Strand alle Gedanken und Sorgen forttrug. Man hatte Platz. Überall. Fühlte sich frei. Eine Art Reset, wären wir multifunktionale Schnackapparate. Das jedenfalls riet Monsieur Madame immer, wenn ein Problem mit dem kleinen Ding auftrat. Ein Gerät, das den Lutschern quasi angewachsen war, als Verlängerung der Hand. Das ihr Leben bestimmte. Vor allem durch seine Multifunktionalität. Sie nahmen es überallhin mit und tippten in jeder Lebenslage darauf herum. Und wenn es nur war, um Fotos oder Videos damit zu machen. Ständig hielten sie alles bildlich fest. Für wen, fragte sich der Durchschnittshund da. Fremde, Freunde, die Nachwelt? Wer speicherte den ganzen Kram? Und warum? Ich war überzeugt, dass der multifunktionale Schnackapparat mehr über jeden Lutscher und sein Leben wusste als der Zweibeiner selbst. Hatte man eigentlich das Handy von Thule jemals gefunden, geschweige denn ausgewertet?

Ich musste dringend nachforschen, doch Mademoiselle Julie riet mir, mal abzuschalten und in Sankt Buddel alles herauszulassen, wenn wir erst dort waren. Bis Australien sollte ich buddeln. Keine Ahnung, ob es von hier aus gesehen wirklich auf der anderen Erdseite lag. Auf jeden Fall erschien mir Australien weit genug weg.

Als wir endlich losdüsten, kamen wir keine drei Meter weit. Himmelschafundmeer, da rannte doch tatsächlich ein Mutterschaf mit zwei Lämmern kreuz und quer über die Straße! Während ich mit voller Lautstärke auf das Geschehen aufmerksam machte, stoppten sämtliche Rad- und Blechhöhlenfahrer in sicherer Entfernung. Madame versuchte, einen zuständigen Lutscher via Schnackapparat zu erreichen. Gerade als sie hinauslaufen und die Schafe in Sicherheit bringen wollte – keine Ahnung, wie sie das ohne eine professionelle Hüterin schaffen wollte –, kam eine Blechhöhle mit Hänger angedüst und lud die Ausreißerinnen ein. In Momenten wie diesen hörte ich den Ruf der Vorfahren in mir, die selbstständig in den Weiten Schottlands agiert hatten. Es kribbelte mir unter den Pfoten, mein Puls schlug schneller. In Nullkommanix hätte ich diese Familie in Sicherheit gebracht.

Was für ein Glück die Wollknäuel gehabt hatten! Die meisten Blechhöhlen rasten auf Landstraßen wie die Verrückten. Doch wenn Rindviecher oder Schafe unterwegs waren, konnten sie anhalten. Katzen hingegen wurden gnadenlos überfahren.

Nachdem die Aufregung um das Mutterschaf mit den Lämmern etwas abgeklungen war, konnten wir endlich weiterfahren. Aber heilige Ackergülle, was war nun wieder los? Madame stoppte abrupt an Thules Hof. Wir sahen die Kühe in der Mitte versammelt, vermutlich wollte Tamme sie gerade auf die Fenne lassen. Madames Fenster sauste wie von Geisterhand betrieben herunter.

»Moin!«

Tamme blickte auf und winkte uns zu. Er wirkte gestresst, insofern ich das durch die Fensterscheibe beurteilen konnte. Madame stieg aus und ging zu ihm hin. Ich bellte, schließlich konnte sie mich nicht einfach am Straßenrand zurück lassen! Immerhin war ihr Fenster geöffnet, vielleicht konnte ich etwas von dem Gespräch verstehen.

Madame stoppte auf der anderen Straßenseite. Ausnahmsweise kam mir zugute, dass die Straßen Eiderstedts schmal waren. Und der Wind stand günstig, er trug Madames Worte zu mir herüber: »Was passiert denn nun mit den Kühen?«

Tamme blickte in die Runde der ihn umgebenden Damen und dann auf Madame, leichte Verzweiflung im Blick. »Wüsste ich auch gerne. Aber Nele kann sich ja nicht entscheiden.«

Madame nickte, und ich ließ ein »Wuff« aus der Blechhöhle ertönen. Was war denn so schwierig daran, gemeinsam mit Finn auf den Hof zurückzukehren? Er würde auch auf Eiderstedt, oder gerade hier, genug Kunden haben. Nicht selten sah man Handwerkslutscher aus Dithmarschen oder sogar aus dem fernen Pinneberg hier herumwerkeln. Es gab immer etwas zu tun, Eiderstedt erfreute sich großer Beliebtheit. Um nicht zu sagen, zu großer. An allen Ecken und Enden der Halbinsel verschwanden

Grünflächen, ragten Kräne empor und neue Häuser wuchsen in Höhe und Breite.

»Sag mir Bescheid, wenn du Hilfe brauchst.«

Hörte ich richtig? Seit wann kannte Madame sich mit Rindviechern aus?

Tamme machte eine ablehnende Geste und meinte nur: »Macht euch keine Sorgen, ich komme zurecht. Wat mutt, dat mutt!«

Und so trennte man sich wieder.

Wir setzten unsere Fahrt nach Sankt Buddel fort, wo ich durchatmen und über die Wüste fliegen konnte. Ich jagte den Möwen am Himmel hinterher, den dreistesten des Universums. Warf mich in den Sand, wälzte mich hin und her und grub wie eine Besessene. Aber dieses Australien ließ sich nicht blicken. Der Wind fuhr mir durch den Plüsch, energetisierte mich, und selbst Madame schien sich eine Scheibe von meiner plötzlichen Unbeschwertheit abzuschneiden. Oder hatte sie ebenfalls Mademoiselle Julie konsultiert? Jedenfalls ließ meine Beste sich in den Sand fallen, streckte alle viere von sich und schaute in den Drama-Himmel, eine absolute Spezialität an der Küste. Lautstark forderte ich sie zum Spielen auf. Ich wälzte mich erneut im Sand und schüttelte mich danach – ein Genuss!

Madame quiekte komisch. Was? Ich hätte ihr Sand ins Auge gespritzt? Kann passieren im Long-Hair-Self-Clean-Modus.

Anscheinend konnte sie nun wieder sehen, und wir legten uns gemütlich nebeneinander. Wolken segelten über unsere Köpfe hinweg. Wolken, wie es sie nur an der Nordsee gab. Madame murmelte etwas vor sich hin. Hatte ich da »Idee« herausgehört? Auf diesen Geistesblitz war ich gespannt wie ein Jannimännchen aufs heilige Dinner.

26. DER SCHÄFER

Madame wollte allein nach Dithmarschen fahren? Das ließ ich nicht zu. Als oberste Hüterin des Rudels baute ich mich vor ihr auf. Sie konnte nicht allen Ernstes ohne Eskorte diesem Hinnerk gegenübertreten, einem Unbekannten, sowie dessen Schafen in nicht absehbarer Zahl.

»Nur über meine Leiche.« Mein Bellen klang laut und bestimmt.

»Warum nimmst du sie nicht mit?«, mischte sich nun auch Monsieur ein. Dankbar blickte ich ihn an, schwenkte aber gleich wieder um zu Madame, damit der bis dato aufgebaute Druck nicht abflaute. Jetzt fing Janni an zu winseln. Recht so!

Madame warf einen Blick in die versammelte Runde, wählte ihre beste Freundin aus und meinte: »Na komm, bevor ich es mir anders überlege.«

Puh! Erhobenen Hauptes schritt ich hinter ihr her und sprang ohne zu zögern in die Blechhöhle.

»Dithmarschen, wir kommen!«, trompetete ich hinter der verzweifelten Madame, mindestens eine Viertelstunde lang. So war das eben mit uns Vierbeinern. Wir galten als stolz, stur, engagiert und emotional. Wem das nicht passte, der musste sich ja nicht mit uns anfreunden. Wer das bereits vor Jahren getan hatte und dies in manchen Augenblicken bedauerte, dem konnte ich auch nicht helfen. Selbst schuld. Am Ende des Tages war es schwer, jemanden zu finden, der so loyal war wie unsereins.

Natürlich konnte ich mir an allen vier Pfoten abzählen, warum Madame unbedingt allein zu diesem Resthof fahren wollte: die Schafe! Sie befürchtete, dass ich Chaos anstiften würde. Dabei mochte ich Wollknäuel im Allgemeinen und wusste sie auf die richtige Art und Weise zu dirigieren. Das lag mir im Blut. Als denkender, selbstständig agierender Hund pfiff ich auf jegliche Ausbildung und Supervision. Genau das schien Madame zu beunruhigen. Ich nannte es Mangel an Vertrauen.

Nach einer halben Stunde hatten wir unser Ziel erreicht. Aber was war das? Madame stieg aus und ließ mich in dieser Bruthöhle sitzen? Mein Hirn würde in der Sonne schmelzen. Nein, zum Glück kam sie zurück. Klar, erst mal artig fragen, ob der Hund auch raus darf. Ein Wunder, dass dieser Hinnerk so was überhaupt zuließ. Aber anscheinend hatte sich sein älterer Kumpel durchgesetzt, dieser vermeintliche Schäfer. Der wollte natürlich sämtliche Interessenten kennenlernen, um abschätzen zu können, ob ihm die Konstellation passte. Ha! Da fehlten noch zwei plus drei für eine etwas außergewöhnliche Immobilienbesichtigung. Ich sah schon das Gackervieh hier über den Hof marschieren und alles kommentieren. Das Wort »Diva« musste eine Henne erfunden haben. Mich hingegen konnte man ruhig »flexibel« nennen. Artig trabte ich neben Madame her, schenkte dem Schäfer einen sanften, wissenden Blick aus meinen Honig- bis Bernsteinaugen und schaute mich immer mal wieder gewieft um.

»Kluger Hund«, meinte der Alte zu Madame, die sich natürlich über das Kompliment freute. Ich wiederum befand den Mann für klug, dass er mich und meine Fähigkeiten so rasch einzuschätzen wusste. Manche Lutscher verfügten über diese Gabe. Natürlich musste der Schäfer lange Zeit selbst einen Hund gehabt haben. Oder immer noch haben? Ich schaute mich wieder um, hing meine Schnauze in den Wind. Bellte kurz. Kein Echo. Wenn der Schäfer in mir die Nachfolge seines treuen Freundes sah, schmeichelte mir das natürlich sehr. Mit jeder Minute auf diesem Hof wuchs meine Bereitschaft zu verhandeln. Natürlich wollte ich zunächst einen Blick auf die Schafe werfen, bevor ich mich endgültig entschied. Wie viele würden es sein, und handelte es sich um die an der Küste übliche Sorte von der Occupy-Bewegung?

»Noch etwas von Nele gehört?«, wollte Hinnerk nun ganz privat von Madame wissen.

Diese drehte den Spieß einfach um und begann ihre kleine Fragestunde. Wenn Madame etwas konnte, dann Fragen stellen. Déformation professionnelle auch bei Super-Reporterinnen. Manchmal konnte man das gar nicht so gut gebrauchen, aber hier und heute machte es Sinn.

Siehe da, Hinnerk öffnete sich! Wie hatte Madame das nun wieder hingekriegt? Während er die ganze Story aus seiner Sicht erzählte, guckte der Schäfer etwas enttäuscht aus der Wäsche. Waren wir nicht wegen des Hofs und ihm dort? Ich musste ihn trösten, schnell und unbürokratisch. Lenkte seine Aufmerksamkeit auf mich, bedeutete ihm, den Stall aufzusuchen. Falls die Schafe dort waren.

Stattdessen blieben wir im Pulk vor dem Haupthaus stehen, und diese beiden Quasselstrippen sabbelten über Familienprobleme, Streit und das liebe Erbe. An dem Hinnerk natürlich nicht beteiligt war. Angeblich interessierte ihn die Sache nur peripher, so als treu sorgender Bruder. Den Bären konnte er jemand anderem aufbinden! Und dann beschwerte er sich auch noch über die angeblichen Launen von Nele und ihre haltlosen Anschuldigungen ihm gegenüber. Doch mit einem Mal hielt er inne in seiner Tirade und riss die Augen auf.

»Sie ist schwanger«, platzte es aus ihm heraus. Madame und ich schauten ihn mit runden Augen an.

»Na, von diesem Finn.«

Alles andere hätte uns auch gewundert.

»Wollt ihr jetzt den Hof anschauen oder weiter über Familiendinge tratschen?« Der Schäfer wurde langsam ungeduldig.

Daher rissen sich die beiden Dösbaddel endlich am Riemen, und wir taten alle so, als wären wir wegen des Hofs und nur wegen des Hofs hier. Allerdings hatte der Schäfer schon Lunte gerochen und wirkte immer noch frustriert, weil er nicht im Vordergrund der investigativen Fragen Madames stand. Sünde! Ich mochte den alten Mann eigentlich – nicht nur wegen des Kompliments.

Der Hof lag ruhig, abseits größerer Straßen und nicht weit vom Außendeich entfernt. Tatsächlich schaffte ich es, den Schäfer zum Stall zu dirigieren. Außer mir schien ja gerade niemand an einer Besichtigung interessiert. Aber weit und breit keine Schafe. Im Stall standen einige Gerätschaften herum, Stroh und Heu wurden gelagert. Die Wollknäuel trieben sich wohl auf irgendeiner Fenne herum.

»Es sind nur noch fünf Auen und drei Lämmer. Viel zu wenig.« Der Schäfer war froh, in mir eine gute Zuhörerin gefunden zu haben. Er tätschelte mir den Kopf, kraulte ganz passabel hinter den Ohren. Auf dem Deich hätte er kein Land mehr gepachtet, das lohne sich bei den wenigen Tieren nicht.

»Wollt ihr denn eine größere Herde?«, fragte er nun Madame. Stimmt, die war ja auch noch da.

Sie schüttelte den Kopf, Himmelschafundmeer! Natürlich wollten wir eine größere Herde. Sonst lohnte sich die ganze Chose doch gar nicht. Und ich hatte bereits Erfahrung mit größeren Herden. Außerdem sollten die Wollknäuel Monsieur beim Rasenmähen unter die Arme greifen. Nur eine Handvoll Schafe würde das ganze Gras rundherum kaum bewältigen können.

»Wir haben uns noch keine Gedanken gemacht, ob wir züchten wollen. Es geht mehr um das Zusammenleben. Allerdings haben unsere beiden Hunde keinerlei Hüteausbildung.«

Was quasselte sie denn jetzt? Ausbildung, papperlapapp! Ein halbwegs intelligenter Bearded Collie machte automatisch das Richtige. Das hatte jeder von uns im Blut. Erinnerte sie sich etwa nicht an das Beispiel meiner Hütekunst, das sie bereits live hatte miterleben dürfen? Das war eine richtige Herde gewesen. Am Ende waren sämtliche Schafe wie eine Eins gestanden. Und wer hatte applaudiert? Niemand. Stattdessen hatte ich Madame im Anschluss suchen müssen und war vor verschlossenen Türen gelandet. Ein essenzieller Moment im Leben ihrer besten Freundin, und Madame hatte ihn wohl wissend verpasst. Zum Pferdeäpfelpürieren!

»Die brauchen die Beardies nicht unbedingt.« Also dieser Schäfer war schon eine Wucht. Und es war an der Zeit, unsere Beziehung zu vertiefen und ihm ein Bussi auf die Hand zu geben. Jetzt blühte er regelrecht auf.

»Klar, so ein paar Begriffe lernen die Hunde von uns, das kommt mit der Zeit und mit ein bisschen Training. Letztendlich ist es auch eine Frage der Souveränität. Ich hab nämlich schon ausgebildete Hütehunde gesehen, die nervös waren. Unsicher. Plötzlich landete ein Lamm im Graben, und die Herde teilte sich beim einfachen Zusammentreiben. Alles ging kreuz und quer.«

Da bekam man als Hütehund so richtig Lust, dem Schäfer eine Demonstration des eigenen Könnens zu geben. Konnten wir nicht einen kleinen Ausflug zu besagter Fenne machen?

Nein, sie wollten sich jetzt das Haupthaus von innen ansehen. Unterwegs erzählte der Schäfer, dass er zwar verkaufen, sich aber ein Recht herausnehmen wolle, bis zum Lebensende im Anbau wohnen zu können. »Oder halt so lange, wie das bei mir möglich ist.«

Madame nickte zustimmend und klopfte ihm auf die Schulter. Na bitte. Die beiden schienen sich ebenfalls nicht unsympathisch zu sein. Wenn wir dann noch Grandmadame auf den Hof holen würden, könnten sie und der

Schäfer vielleicht gemeinsam den Lebensabend genießen. Oder was auch immer! Die ganze Konstellation hatte Potenzial.

Ich schnupperte hier und da. Wie ich Madame kannte, plante sie gedanklich bereits umfangreiche Renovierungen. Letztendlich hing die Sache auch ein bisschen vom Preis ab, das war uns allen klar. Als der Schäfer diesen nannte, zuckte Madame leicht zusammen. Es gehörte wohl reichlich Land dazu, einer größeren Schafherde stand also nichts im Wege. Wir mussten zugreifen! Ich sah mich schon als Hüterin eines Riesenrudels. Statt ständig Verweise an rasende Blechhöhlen zu verteilen, könnte meine Zukunft rosiger aussehen. Ich würde mich meinen Vorfahren näher fühlen, meinetwegen sogar einen kleinen Hütekurs belegen. Wenn es denn unbedingt sein musste. Ich war bereit für die Zukunft.

Schließlich verabschiedeten wir uns vom Schäfer. Dabei wäre ich gern ein wenig länger geblieben, hätte mir das Land angeschaut, die Schafe kennengelernt und mit dem Schäfer weiter so angenehm geplaudert. Doch Madame und Hinnerk mussten ja unbedingt zurück zu den Blechhöhlen schlendern und das alte Thema wieder aufgreifen. Hinnerk schien viel daran zu liegen. Vielleicht hatten wir ihn alle unterschätzt.

»Ich glaube, die Schwangerschaft überfordert Nele. Sie weiß es erst seit Kurzem. Da hat sie jahrelang mit Thule versucht, ein Kind zu bekommen, und nichts hat funktioniert. Dass sie in ihrem Alter überhaupt noch mal schwanger geworden ist, grenzt schon an ein Wunder.«

Wieso war ihr Bruder, der Nele anscheinend aufregte

und den sie noch gar nicht so lange kannte, überhaupt so gut informiert?

»Wie lange kennt ihr euch eigentlich schon?«, wollte nun auch Madame wissen.

»Du meinst, etwas näher? Seit einem halben Jahr ungefähr. Thule hingegen kenne ich schon seit Jahren, der war einer von den Guten. Bei allen beliebt. Thule wollte sich langsam vom Hofleben zurückziehen und einem seiner Söhne alles überlassen. Hier und dort mal aushelfen. Die Söhne sind ja aus Thules erster Ehe, mochten Nele aber gerne. Wobei sie eher so etwas wie eine Freundin für sie ist als ein Muttterersatz. Okay, altersmäßig steht sie wohl genau zwischen dem Vater und den Söhnen.«

Inzwischen hatte man die Blechhöhlen erreicht, allerdings war kein Ende dieser Sabbelei in Sicht. War das überhaupt relevant für den Fall? Wer wie alt war und wessen Kind?

»Und die erste Frau Thules?« Madame schien nun wirklich alles wissen zu wollen.

»Leider früh gestorben. Krebs. War 'ne furchtbare Zeit für Thule damals. Allein mit den Halbwüchsigen. Ich kenne ihn schon so lange, weil unsere Mannschaften manchmal miteinander boßeln. Natürlich konnte ich nicht ahnen, ausgerechnet mit Nele verwandt zu sein. Meine Mutter ist quasi im letzten Moment damit herausgerückt.«

Das wussten wir nun also auch. Was kam als Nächstes?

»Habt ihr euch zerstritten, Nele und du?« Madame kam langsam zurück zu den Kernfragen.

Hinnerk schüttelte den spärlich behaarten Kopf. »Eine Zeit lang hatte sie mich doch tatsächlich in Verdacht, Thule etwas angetan zu haben. Absoluter Humbug! Man konnte kaum mit ihr reden, so sehr hatte sie sich in die Sache verrannt. Und dann dachte ich, ihr spioniert mir in ihrem Auftrag nach. Tut mir echt leid, dass ich euch letztens so vor den Bug gefahren bin.«

Hinnerk als Täter, hm, konnte ich die Sache tatsächlich abschreiben? So wie der heute sabbelte, wurden Madame und er noch dicke Freunde. Das ging mir entschieden zu weit. Die Entführung Lazlos stand schließlich immer noch im Raum.

»Einmal hat Nele mich gefragt, ob ich nach Lazlo schauen könnte. Nur ein paar Stunden. Dabei weiß sie genau, wie ich zu Hunden stehe. Was das von mir abverlangt. Außerdem hatte ich zu tun, musste Dinge aus dem Lager holen, verladen und wegbringen. Trotzdem hab ich zugesagt: Wenn es ein Notfall ist, nehme ich den Hund mit. Ich hab es für Nele getan. Die ist ja nicht nur mit sechsundvierzig schwanger geworden, sondern sie hat auch einen schweren Verlust zu verkraften. Und was ist der Dank für meine Hilfe? Nele lädt mich noch nicht mal zur Beerdigung ein.«

Nun, das wussten wir ja bereits. Und dieser Hinnerk, keinen Draht zu nix, konnte der jetzt Gedanken lesen? Ich wuffte kurz. Beide Quasselstrippen schauten mich an. Grinsten sie etwa? Meinen bevorzugten Tatverdächtigen konnte ich wohl von der Liste streichen beziehungsweise ganz nach unten befördern. Und ob es nun mit den Schafen und mir klappte, war mehr als ungewiss.

27. DIE ZEUGIN

Auf dem Rückweg schwiegen wir. Too much information, das alles wollte verdaut werden. Hatte Nele versucht, den Verdacht auf ihren Bruder zu lenken? Oder war es umgekehrt? Letzten Endes hatte ich Hinnerk aufgrund seines zunächst auffälligen Verhaltens zu schnell als Nichtlutscher einsortiert. Okay, er mochte unsereins nicht. Aber das kam vor. Und Lazlo schien er ja im Auftrag betreut zu haben. Über die Qualität dieser Betreuung konnte man streiten. Hinnerk hatte ihn mitgenommen und ihm das Dinner im Stall des verkommenen Resthofes serviert. Freunde waren die beiden dabei nicht geworden, so viel stand fest. Und Lazlo hatte aus irgendeinem Grund eine Aversion gegen Hinnerks Blechhöhle entwickelt.

Aber etwas stimmte nicht im Zeitablauf. Schließlich kümmerte sich Nele erst seit Thules Verschwinden um Lazlo. Dessen Aversion musste folglich aus einer früheren Begegnung mit der Blechhöhle stammen. Die Frage war nun: Wie lange hatte Nele sich den Pick-up ausgeliehen? War Hinnerk früher schon mal bei Thule vorgefahren? Hatte es dabei einen Zwischenfall gegeben? Oder existierten ähnliche Exemplare in der Gegend? Last, but not least konnte es sich auch um einen kombinierten Ort-Blechhöhlen-Hass handeln, wie mir Mademoiselle Julie glaubhaft verklickerte. Was wiederum bedeuten könnte, dass Lazlo alles wusste. Dass er den kompletten Tathergang kannte, oder zumindest essenzielle Teile davon. Und dass Hinnerks Blechhöhle oder ein vergleichbares Modell dabei mitgemischt hatte. Zusätzliches Wissen verkomplizierte die ganze Sache, so mein Eindruck. Hinnerk hätte sich als Täter doch ausgezeichnet gemacht. Die Ehre, ihn rehabilitiert zu haben, gebührte allein Madame. Aber nun waren wir an einem Punkt angelangt, der sich wie eine Sackgasse anfühlte.

Unser Schweigen im Auto hatte noch einen anderen Grund. Denn sowohl Madame als auch ich wollten die ganze Sache nicht zu Ende denken. Langsam geriet jemand unter Verdacht, den wir beide mochten, sehr mochten. Hinzu kamen die Anspielungen von Finn. Die Sache mit den Gummistiefeln.

In den nächsten Tagen verkroch sich Madame im Garten. Da der April nahte, glaubte sie, Gas geben zu müssen. Der Wettlauf mit dem übermächtigen Reet auf dem Grundstück war noch nicht entschieden. Eine einzelne Lutscherin gegen eine Armee aus vertrocknetem Schilfrohr. Sie meinte allerdings, der sichtbare Teil des Reets sei nicht das Problem. Es ginge mehr um die penetranten Partien, das Wurzelwerk, das unser Grundstück großflächig erobert hatte. Madame sprach von einer feindlichen Übernahme.

»Rhizome, hinweg mit euch!« Mit diesem Schlachtruf und einer gezückten Wiedehopfhaue machte sie sich ans Werk. Ich ahnte Fürchterliches und beschloss, in ihrer Nähe zu bleiben. So konnte ich bei einer Niederlage sofort Alarm bellen. Und natürlich musste ich das Gackervieh lauthals warnen, diese verrückten Hennen mit ihren waghalsigen Manövern. Die Wiedehopfhaue wirkte ziemlich schwer für eine zarte Lutscherin. Sicherheitshalber hielt auch ich etwas Abstand.

Madame hatte Visionen. Eine komplette Umgestaltung großer Gartenpartien, die sie aufgrund von nur zwei Armen über die kommenden Jahren verteilt plante. Wo Reet war, sollten Blümchen einziehen. Für die Bienchen. Vielleicht auch weitere Bäumchen. Für das Klima, gegen die Krise.

Janni freute sich über alles, was er gießen durfte. Monsieur war skeptisch, er hatte keine Lust, noch mehr Rasenfläche zu mähen. Aber Madame beruhigte ihn, denn sie dachte nie an Gras: »Spießerkram!« Außer wenn man genug Schafe hatte.

Nur rund um die Gräben durfte das Reet bleiben.

Während ich mit Blick aufs Grabenwasser in der Frühlingssonne chillte, hörte ich Madame rufen. Meinte sie mich? Da entdeckte ich am Straßenrand stehend Bente, die ewige Radfahrerin. Sie liebte es, kreuz und quer über die Halbinsel zu radeln. Egal bei welchem Wetter. Ihr galt die Achtung des gesamten Rudels, denn sie fuhr nicht nur bei steifer Brise durch die Gegend, sondern zeigte auch keinerlei Furcht vor rasenden Blechhöhlen und vorbeizischenden Höllenmaschinen auf den schmalen Straßen Eiderstedts.

Nun sah ich die unerschrockene Bente nebst heiligem Rad dort stehen und mit Madame schnacken. Aus Höflichkeit rannte ich zu den beiden, Gastfreundschaft war mir heilig. Zum Glück war Jannimann gerade mit Monsieur unterwegs, er hätte die nette Bente sonst gnadenlos verbellt.

Als ich mich mit ein paar freundlichen Wuffs näherte, begrüßte mich Bente allerliebst: »Julchen, gut siehst du aus!«

Geschmeichelt legte ich mich neben Madame ab. Wer wusste schon, was dieser Schnack an interessanten Neuigkeiten ergab. Klassischer Flurfunk eben, der sonst nur durch den Postlutscher zu toppen war. Denn dieser kam ja überall hin und wusste alles. Bente fiel in eine ähnliche Kategorie, denn sie war jeden Tag mit ihrem Drahtesel unterwegs und schnappte so einiges auf.

Die Lutscherinnen nahmen ihr Gespräch wieder auf, das durch mein Auftauchen kurz unterbrochen worden war. Fast konspirativ standen die beiden zusammen. Auch Bente war in Redelaune, das musste mit dem Frühling, der Sonne und der guten Luft zusammenhängen. Dennoch blieb Thules Tod das vorherrschende Thema auf der Halbinsel.

»Weißt du, ich habe nachgedacht. Ich muss eine der Letzten gewesen sein, die Thule lebendig gesehen haben.«

Als Madame diese aufschlussreichen Worte vernahm, fiel ihr fast die Kinnlade herunter. Himmelschafundmeer! Nach Zeugen hatten wir Ermittlerinnen nie Ausschau gehalten. Was nicht heißen musste, dass es keine gab. Ich war mir sicher, dass Bente etwas gesehen hatte. Hecheld stand ich auf, was nicht an den Frühjahrstemperaturen lag. Madame und ich waren gespannt wie Flitzebögen.

»Wo hast du ihn zuletzt gesehen?« Madame hielt diese spannenden Sekunden des Schweigens, diese Kunstpause von Bente, nicht länger aus. Doch schien die Radfahrerin quasi auf ein Stichwort zu warten.

»Kurz vor seinem Verschwinden und dem ganzen Chaos auf dem Hof, du weißt schon. Die Kühe auf der Straße …«

»Jajajaja!« Madame zappelte wie ein Fisch an Land.

»Also … Ich fuhr an seinem Hof vorbei, dann rechts in Richtung Deich. Da sah ich ihn übers Feld laufen. Arbeitsanzug, die neue Brille auf der Nase, Gummistiefel, Harke in der Hand. Lazlo begleitete ihn und sprang um ihn herum. Der war gut drauf.«

»Er trug eine Brille?« Madame stutzte.

»Ja, ich bin mir hundertprozentig sicher. Die Brille war neu, er trug sie erst seit zwei, drei Tagen. Hat man die nicht gefunden?«

»Nicht dass ich wüsste. Wohl hat man Gummistiefel gefunden, aber nicht seine eigenen.« Madames graue Zellen arbeiteten auf Hochtouren.

»Bizarr!« Auch Bente hing nun ihren Gedanken nach. Doch dann legte sie wieder los: »Aber da war noch etwas, es fiel mir letztens alles wieder ein. Weißt du, ich komme manchmal mit den Tagen durcheinander, bin ja auch nicht mehr die Jüngste. Auf dem Rückweg, Thule war jetzt weit entfernt, ich konnte seine Gestalt aber noch schemenhaft auf der Weide erkennen, da fuhr ein silbergrauer Pick-up auf dem schmalen Weg von der Fenne weg. Er musste geradewegs von Thule gekommen sein.«

»Nein! Aber Thule lebte noch, da bist du sicher?« Madame schaute Bente wie einen Guru an, der eine der ultimativen Weisheiten verkündet hatte.

»Ja, schon. Er war ziemlich weit entfernt, doch ich habe ihn an diesem blauen Anzug identifiziert. Er schien Heu für die Kühe zu verteilen. Die Weiden sind noch so mager.«

»Bente, hast du das alles schon der Polizei gesagt?« Madame kriegte sich kaum ein. Klar, wer auch immer den Pick-up gefahren hatte, war unschuldig, wenn Thule zu jenem Zeitpunkt noch gelebt hatte. Aber schließlich konnte die arme Bente ja nicht ahnen, was wir vermuteten.

»Nein. Meinst du, ich muss das zu Protokoll geben?« Man merkte Bente an, dass sie keine große Lust dazu hatte.

»Ja, bitte. Die ermitteln in dem Fall. Thule hat sich nicht umgebracht.«

Bente erschrak. »Du meinst, es war Mord?«

Madame nickte mit ernster Miene, und ich bellte zustimmend. Bente hatte wirklich keinen blassen Schimmer, dass sie der besten Schnüfflerin Nordfrieslands gegenüberstand.

»Ist noch etwas passiert?« Eine bessere Assistentin als Madame konnte man nicht haben.

»Nein. Oder doch. Als der Pick-up schon abgebogen war, erhob sich ein enormer Schwarm von Zugvögeln von einer Fenne. Vielleicht wegen einer Schreckschussanlage, man weiß das ja nicht. Gehört hatte ich nichts. Aber meine Ohren sind auch nicht mehr so gut. Es fiel mir eigentlich nur auf, weil es so viele waren und sie in meine Richtung zogen. Der Himmel über mir wurde kurzzeitig schwarz.«

»Ja, die terrorisieren Julchen auch manchmal.« Madame blickte mich an. Was denn? Sollte ich jetzt nicken? Dann wandte sie sich wieder Bente zu: »Kam der Pick-up in deine Nähe? Konntest du sehen, wer drin saß?« Madame hatte möglicherweise ihren Job verfehlt. Fragen stellen konnte sie jedenfalls. Ich war enorm zufrieden, sie in meinem Team zu wissen.

»Der war schon noch so gut fünfzig Meter von mir entfernt. Ein Mann saß drin, der hat nicht gegrüßt. Keiner von hier. Ich kann dir jetzt nicht sagen, ob er jung oder alt war, welche Haarfarbe und so. Nee, dor weet ik nix vun. Ging alles so schnell. Wenn ich in dem Moment gewusst hätte, wie wichtig das mal werden könnte.« Bente schüttelte den Kopf und verabschiedete sich. Als sie losradelte, sprach sie noch zu sich selbst. Vermutlich erschrocken von der Tragweite ihrer Beobachtungen. Und von jenem schwerwiegenden Wort. Ein Mord auf unserer ruhigen Halbinsel, Urlauber-Hotspot an der Westküste? Plötzlich dämmerte mir, warum keine Einzelheiten und keine Ermittlungsergebnisse an die Öffentlichkeit drangen. Der Imageschaden wäre nicht auszudenken.

Ich sah Madame an, keine Ahnung, ob sie einen ähnlichen Geistesblitz hatte. Wenn ja, ließ sie es sich nicht anmerken. Aber vielleicht konnte sie mir den mittleren Satz aus Bentes Wortschwall noch übersetzen? Ich war ja schon froh, dass die Gute nicht konsequent Plattdeutsch geschnackt hatte. Obwohl diese traditionelle Sprache in Nordfriesland vom Kindergarten bis zur Supermarktkasse hoch im Kurs stand.

Madame kam zwar nicht von hier, verstand aber trotzdem so einiges. Nun beugte sie sich zu mir herunter, kraulte mich ausgiebig und flüsterte mir ins Ohr: »Zum

Glück hat unsere Schwangere nichts damit zu tun.« Ich wedelte zustimmend mit dem Schwanz und gab ihr ein Bussi auf die Nase. Natürlich freute ich mich, natürlich war auch ich erleichtert. Doch wurde mir wieder mal klar, dass wir eigentlich nichts wussten. Und ich musste diese Brille finden.

28. SEENEBEL

Der Wettergott gab sich launisch, er glänzte mit Sprunghaftigkeit. Als wir am nächsten Morgen aufwachten, befanden wir uns mitten in einer einzigen weißgrauen Suppe. Verschwunden alles, was unsere Welt definierte. Ja, man konnte kaum die Pfote vor Augen sehen. Später lugte die Sonne wieder hervor und strahlte auf die Kühe im Nebel. Doch nach und nach verzog er sich. Als wir gegen Mittag zum Deich gingen, folgten wir dem Nebel. Denn parallel zum Außendeich hatte sich ein dichtes Band entfaltet, ein Wolkenband in blassem Lila. Seenebel.

Wieder tauchten wir in die dichte Materie ein, als wir die Deichkrone überquerten. Zum Glück verfügten wir über ausgezeichnete Ortskenntnis, fanden jede verlassene Schafsbar auch ohne Kompass. Denn das Geheimnisvolle des Nebels konnte unheimlich werden, wenn man nicht wusste, was einen hinter der Wand erwartete. Ich kapierte nicht, warum gleichzeitig ein kühler Wind wehte. Und warum es auf der anderen Seite des Deichs sonnig war. Aber ich vermutete stark, dass die Lutscher mir das bei

Gelegenheit klarmachen würden. Denn sie hatten ja für alles eine Erklärung, für fast alles. Und trotz all dieses Wissens schafften sie es, die Welt in den Ruin zu treiben. Das verstanden noch nicht mal sie selbst.

Ich lief durch den Nebel und fühlte mich irgendwie entleert. Es war wieder kälter geworden. Als ich sah, wie die Feuchtigkeit von Madames Haarspitzen tropfte, merkte ich, dass auch mein Fell klamm war. Natürlich hatte es einen besseren Schutz gegen Nässe als dieses fettlose Lutscherhaar. Doch gegen das Wollwachs der Schafe wirkte es quasi unprofessionell. Bei jedem Wetter standen die Wollknäuel draußen, auch bei stärkstem Regen. Sie trotzten jedem Sturm. Das gab mir zu denken, wo es doch Lutscher gab, die Hütten bauen konnten. Mir war zu Plüschohren gekommen, dass einige Wollknäuel auch schon über geräumige Behausungen verfügten. Ich wollte mich für den Bau so einer Schafsbude einsetzen, falls auch wir unser Rudel vergrößern würden. Ich würde meine Schafe nie im Regen stehen lassen. Zwar hatte ich mich bislang gegen eine derartige Rudelerweiterung gesträubt, aber der Schäfer hatte mir Mut gemacht. Ich konnte das schaffen. Bestimmt würde es leichter werden als mit einem beratungsresistenten Rüden.

Die Leere um mich herum kam mir wie ein Sinnbild für unseren Fall vor. Wir wussten nichts. Wir hatten keinen Verdächtigen. Und uns fehlte ein wichtiges Indiz: Wo zur Ackergülle waren Thules Gummistiefel geblieben? Dafür hatten wir ein Paar Stiefel zu viel, das irgendwie keinen Sinn ergab. Und vielleicht war genau an dieser Stelle der Mord geschehen. Vor oder nach dem Wechseln der Stiefel?

Wenn mich nicht alles täuschte, hatte Bente von den Kühen gesprochen. Sollte Thule etwas auf der Fenne passiert sein? Ja gewiss. Aber wie wären die Kühe dann zurück zum Hof gekommen, ohne dass man sein Ableben bemerkt hätte? Und wer hatte den Toten zum Siel gebracht?

Der Nebel verschluckte alle Geräusche, als gäbe es nur noch die schrillen Schreie der Austernfischer und der ersten Seeschwalben. Irgendwo im Hintergrund das Konzert der Watvögel, die man nicht sah. Ich liebte diese Momente am Deich. Eine überschaubare Welt, die sich wie ein Kokon um einen hüllte. Eine Welt des Vagen, ein Raum der Unklarheit. Fast wünschte man, alles würde so bleiben. Und schon im nächsten Moment würde ich Madame am liebsten bitten, den Scheibenwischer wie in der Blechhöhle anzustellen, um wieder klare Sicht zu haben. Weitsicht.

Aber der Seenebel blieb. Am nächsten Tag strömte er vom Meer aus und verteilte sich über die ganze Halbinsel. Das Wasser befüllte die Luft und tropfte schwer von den Bäumen herab, mitten in die Nebelstille. Wir fühlten uns in unsere eigene kleine Welt zurückgedrängt. Trotzdem machten wir uns auf den Weg, denn ohne Gassi konnten wir nicht sein. Auch wenn draußen nicht viel ging.

»Ich muss den Weg fühlen«, meinte Monsieur, als wir in der Blechhöhle hockten. Das klang aus meiner Sicht wenig vertrauenswürdig. Hatte er seine Brille etwa nicht auf der Nase? Jetzt schoben sie auch noch die Fenster herunter, um eventuellen Verkehr zu hören. Janni bellte aufgeregt. Ich beschloss, gar nicht mehr hinauszuschauen. In meiner Box war es ganz gemütlich, und man musste nicht immer alles wissen. Wieder gab Janni einen Warnschuss ab. Wer weiß, was der Junge dort hinten zu bemängeln hatte. Ich winselte vor mich hin, bereit, jederzeit loszudröhnen und in Jannis Konzert einzufallen.

Madame drehte sich zu mir um, rief ein bezauberndes »Julie« à la française und grinste mich an. Das beruhigte mich wie ein Instantprodukt. Wie ein besonders guter Snack. Sie zückte ihren multifunktionalen Schnackapparat, um zum Thema Seenebel zu recherchieren. Ein schönes Wort mit sattem Klang. Meinetwegen konnte man das einfach so stehen lassen. Nebel als Gruß des Meeres. Ein Stück Meer, das über die Küste waberte und an unseren Haaren abtropfte.

»Es handelt sich um Abkühlungsnebel«, meinte Madame.

Das hätte ich ihr auch so sagen können! Cool, wie sich das Ganze anfühlte.

»Wenn die Wasseroberflächen wesentlich kühler als die des Landes sind und die wärmeren Luftmassen sich über dem Meer abkühlen, entstehen Wassertropfen, sichtbar als Nebel.«

Endlich hatten wir das geklärt. Noch wichtiger war mir, dass Monsieur den Weg zum Deich fand. Ich wollte dort noch an einer Degustation teilnehmen: Hoffentlich roch und schmeckte der Nebel salzig. Und hoffentlich sahen wir deutlicher, wenn es irgendwann wieder aufklären würde.

29. IM MODDER

Es dauerte drei Tage. Am Ende tat sich die Welt wieder auf, und wir konnten uns wie gewohnt bewegen. In der Zwischenzeit hatte ich noch einmal gründlich über unseren Fall nachgedacht. Madame ebenso. Dabei half ihr, ein großes Blatt Papier vollzukritzeln. Während des kreativen Prozesses murmelte sie ab und zu etwas vor sich hin. Am Ende stöhnte sie auf. Warum sie mir bislang das Ergebnis ihrer zeichnerischen Analyse vorenthalten hatte, blieb mir ein Rätsel. Waren wir nun ein Team oder nicht? Vielleicht schämte sie sich für die fehlende künstlerische Qualität ihrer Arbeit. Als würde ich das beurteilen wollen oder können! Vielleicht war sie sich, genau wie ich, auch nicht sicher, wie Thule nun zu Tode gekommen war. Und vielleicht wollte sie die Sache lieber nicht zu Ende denken.

Je länger ich über den Fall sinnierte, desto größer wurde die Gewissheit, dass mehr als ein Lutscher involviert war. Vermutlich kannte daher auch mehr als ein Zweibeiner die Wahrheit. Oder sagen wir, wusste über einen erheblichen Teil der Geschehnisse an jenem verhängnisvollen

Tag Bescheid. Manche hatten früher, andere später davon erfahren. Und wir mussten die Aussagen wie ein Puzzle zusammensetzen. Oder hatte es schon jemand vor uns getan? Es gab ein paar Dinge, die sich widersprachen. Neles echte Bestürzung über den Tod ihres Exmannes, der Auftrag zur Obduktion und nun ihr Schweigen. Sie mied unsere Hütte. Also mussten wir uns auf anderen Wegen der Wahrheit nähern. Auf Gassiwegen zum Beispiel.

Dann die Überraschung: Madame steuerte nicht wie üblich mit mir auf die Blechhöhle zu, sondern lief geradewegs zur offenen Fenne. Über den Graben springen und ab durch die Mitte? Was war mit Madame geschehen? So abenteuerlustig gefiel sie mir natürlich sehr. Ich zeigte ihr, wie man elegant übersetzte, doch sie rutschte wegen der Feuchtigkeit der letzten Tage ab und musste sich mit den Händen abstützen. Dann schimpfte sie über den Dreck an ihren Fingern. Lutscherprobleme vom Feinsten! Dieser Ausflug konnte noch heiter werden. Aber ich war bereit, Madame in die wilde, schmutzige Welt auf der anderen Grabenseite einzuführen. Die Richtung kannte ich sowieso. Also ich wusste, wohin es Madame zog. Auf die Fenne von Thule, dorthin, wo ich die Harke gefunden hatte, und dann zur nächsten Station beim Strohlager. Fundort und Hütte sowie den Weg dazwischen Zentimeter für Zentimeter scannen, das war unser Job. Ich also ganz Nase, und Madame hielt ihre Augen auf, profitierte sie doch von dieser leicht erhöhten Perspektive. Das war mir schon häufiger bei Suchspielchen aufgefallen. Das lief normalerweise so: Madame warf ein Leckerli, rief »Such!«, und ich stürzte hinterher, wie eine Irre schnüffelnd. Vor Aufregung fand ich manchmal nichts, da hielt sie das Leckerli schon wieder in der Hand. Himmelschreiende Ungerechtigkeit! Immerhin verputzte sie es nicht selbst, sondern warf es gleich noch mal. Neue Chance, neues Glück.

Ehe wir den Fundort der Harke erreicht hatten, sahen wir sie: Thules Rindviecher grasten gemütlich auf der Fenne. Ich stoppte und blickte Madame fragend an. Wir entschieden, lieber einen Riesenbogen um die kleine Herde zu machen. Man konnte ja nie wissen. Zwar waren die Mütter mit ihren Kälbern wohl auf einer anderen Weide, von daher waren keine Verteidigungs-Moves zu erwarten. Allerdings wollten wir niemanden anlocken oder gar provozieren. Allein hätte ich natürlich keine Skrupel gehabt, im Gegenteil. Ich hätte mich über ein Meeting mit direktem Austausch gefreut. Doch wollte ich Madame nicht in Gefahr wissen. Zweibeiner hatten eine schlechtere Statik, sie kippten leichter um.

So stapften wir munter ostwärts, bevor wir uns wieder nördlich hielten. Die Kühe hatten uns geflissentlich ignoriert, was ungewöhnlich für derart neugierige Tiere war. So viel passierte nun auf den Fennen auch wieder nicht, als dass man nicht alles im Blick hätte. Immer. Jedenfalls würden wir auf dem Rückweg die Lage erneut checken. Falls Madame wieder für das lustige Querfeldeinwandern zu begeistern wäre. Natürlich rein aus Recherchegründen.

»Aaaahhhhh!« Madame schrie und stolperte. Ich erschrak. »Himmelschafundmeer!«, bellte ich sie an und schimpfte noch ein wenig weiter.

Da lachte sie wie eine Bekloppte. Ich bellte noch mehr. Sie war tatsächlich auf frischem Kuhdung ausgerutscht und hatte sich der Länge nach hingelegt. Zum Glück schien sie unversehrt zu sein. Die reinsten Rutschfallen, diese fetten Fladen! Mir kam eine Idee. Ich schnupperte ein bisschen dran, analysierte die chemische Zusammensetzung und fragte mich, was die Kühe gespeist hatten. Und ob die Konsistenz immer so glitschig war.

Doch Madame wollte weiter. Sie wirkte derangiert und an etlichen Stellen verdreckt. Ich hatte den Eindruck, dass sie relativ schnell nach Hause wollte, um ihren ursprünglichen Zustand wiederherzustellen. Na ja, sie stank auch ein bisschen. Ich hätte sie gerne aufgemuntert, ihr gesagt, dass das wohl die beste Tarnung sei, wenn man über eine Fenne lief. Dabei kam mir die Idee, dass auch ich ein kleines Bad nehmen könnte. Nur zu Tarnzwecken natürlich! Etwas Parfüm konnte nicht schaden. Leider ließ mir Madame keine Zeit fürs professionelle Einsauen. Extrem schade. Sie lief und lief und lief, als wäre ein Rudel Wölfe hinter uns her.

Während ich an die Einzelexemplare von Wölfen dachte, die ab und an auf unserer lauschigen Halbinsel rasteten und sich am reich gedeckten Tisch bedienten, hatten wir fast die halb offene Hütte auf der nächsten Fenne erreicht. Wir spazierten nun auf direkter Linie zwischen Rindviechern und Strohlager. Denn wenn jemand Thule getragen haben sollte, was die anfangs von mir entdeckte Blutspur als logische Schlussfolgerung zuließ, konnten wir hier immer noch Beweise finden. Aber konnte man die Leiche von Thule so weit tragen, wäre das körperlich für einen Lutscher möglich? Und wäre es nicht viel zu auffällig? Sicher, wir waren ein gutes Stück von der Straße entfernt, aber selbst Bente hatte Thule angeblich auf der Weide stehen sehen. Wie glaubwürdig war ihre Aussage, wie gut ihre Augen? Hatte sie ihn vielleicht verwechselt?

Auf der Strecke jedenfalls gab es keine Neuigkeiten, keine Hinweise, nichts. Also begaben wir uns in die Hütte, schoben Heu- und Strohballen hin und her, so gut es ging. Keine leichte Arbeit für eine einzelne Lutscherin. Immerhin feuerte ich Madame nach Leibeskräften an.

»Pssst, Juli! Du rufst noch wer weiß wen auf den Plan!«

So ein Blödsinn! Wer sollte mich hier schon hören.

»Hier ist etwas«, rief sie plötzlich selbst nicht ganz leise. Aufgeregt dackelte ich in ihre Richtung, sprang über einen flachen Heuballen, sah mich um. Doch ich konnte Madame nur hören, so tief war sie in diesem Wust aus Stroh und Heu versteckt. Plötzlich entdeckte ich einen Arm, es musste einer von ihr sein. In der Hand hielt sie triumphierend etwas langes Graubraunes in die Höhe, das so dermaßen mit Dreck verkrustet war, dass es als Stiefel nur vage zu erkennen war. Aber uns konnte keiner was vormachen, noch nicht mal ein läppischer Gummistiefel.

Am Ende ihrer Kräfte, kletterte meine Heldin zurück zu mir und ließ sich auf einen Heuballen fallen. »Puh!«

Madame brauchte ein paar Minuten, um wieder in den Rhythmus zu kommen. Noch immer aus der Puste, fragte sie sich und mich und überhaupt: »Wieso hat die Polizei hier nicht alles abgesucht?« Dann griff sie zum Schnackapparat, um Meldung zu machen. Ich verstand sie. Da half man an allen Ecken und Enden, und was taten die Profis? Übersahen. Übergingen. Ignorierten.

Dieses Mal würden wir uns jedenfalls nicht so leicht wegschicken lassen. Nicht, bis sie hier jeden Zentimeter Materie umgedreht hatten. Wir sahen uns noch ein wenig um, fanden jedoch nichts mehr. Nicht den zweiten Stiefel, nicht die Brille.

Nach der ganzen Anstrengung dösten wir im Heu vor uns hin. Kein schlechter Ort, wenn man die jüngere Geschichte außer Acht ließ. Man könnte doch abends mal vorbeischauen, nach den Sternen gucken und hier übernachten. An einem lauen Sommerabend. Aber ich hörte Madame schon alle meine genialen Ideen in den Wind schlagen. Von wegen, es wäre ja nicht unser Unterstand und so. Das war exakt die Art, wie Lutscher für gewöhnlich das echte Leben verpassten. Vor allem die, die auf ausgetretenen Pfaden und meist geradeaus liefen. So oft hatten wir darüber diskutiert! Lieber redete ich mit einer Wand, die wäre bestimmt auch lieber gebogen statt immer schnurgerade.

Nach einer gefühlten Ewigkeit erschien die Lutscherpolizei auf der Bildfläche und wollte wissen, was wir da im Heu zu suchen hätten. Wie bitte? Ich bellte mich in Rage bei so viel Unverfrorenheit. Selbst keinen Finger rühren und dann ein engagiertes Ermittlerteam anblaffen! Das war zu viel für mich.

»Jetzt nehmen Sie bitte den Hund und lassen Sie uns unseren Job machen.«

Bei solchen Aussagen konnte ich mich erst recht nicht beruhigen. Madame übernahm wie immer die Mittlerrolle, stellte aber gleich klar, wer hier einen Ermittlungserfolg vorzuweisen hatte, und erklärte die Bedeutung des Fundstücks. Nur für den Fall, dass die Anwesenden nicht in die Causa Thule involviert wären. Sie war geschickt, meine Madame. Und sie klang kompetent. Mein Fels in der Brandung. Na ja, meistens.

»Hat sich Bente bei euch gemeldet? Sie wollte eine nicht ganz unwichtige Aussage machen.«

Die Polizisten schüttelten den Kopf, versicherten Madame jedoch, dass sie die gute Frau anrufen würden. Bevor Madame noch auf die Idee kam, ihnen Bentes Telefonnummer in die Hand zu drücken, zog ich sie fort. Mir reichte es langsam, heilige Ackergülle! Wie hatten diese Uniformierten meine Beste gemustert! Von oben bis unten schief angesehen und gar die Nase gerümpft.

Dieses Mal nahmen wir nicht die Straße, weil Madame sich wegen ihres Aufzugs wohl schämte. Völlig überflüssig. Schlickschweine standen zu ihrem Look, immer. Selbst wenn es sich bei dem Dreck nur um Kleiboden oder Kuhmist handelte. Aber erzähl das mal einer Lutscherin. Lediglich Titis waren in dieser Hinsicht ungehemmt und ohne Vorbelastung durch das, was die Lutscher gemeinhin Erziehung nannten. Mademoiselle Julie bezeichnete es als sukzessive Eingliederung in die Welt der »Dos and Don'ts«. Nichts als ein Gefängnis aus Vorschriften und Verordnungen, Regeln und Konventionen. Zum Pferdeäpfelpürieren!

Tamme musste inzwischen die Rindviecher eingesammelt haben, denn wir konnten weit und breit kein Exemplar mehr auf der Weide entdecken. Also ab durch die

Mitte! Gerade als ich mit einem Obacht-Wuff meine geschätzte Madame auf die diversen Hinterlassenschaften der Kühe aufmerksam machen wollte, war es auch schon passiert. Ein erstickter Schrei, eine im Dreck verschwundene Madame. Was war das? Ein Loch mitten auf der Wiese? Ein Schlammbad? So etwas wie der Wellnesstempel der Rindviecher? Ich versuchte, Madame unter den taupefarbenen Massen zu identifizieren, doch es war schwierig. Da tauchte sie prustend wieder auf, wenn auch mutiert. Das magische Madame-Monster! Als solidarischer Hund stürzte ich mich ebenfalls in die Matsche und verschwand blubbernd. Heilige Ackergülle, wo war der Boden? Madame fischte mich aus dem Schlammloch und setzte meine dreiundzwanzig Kilo seitlich ab, theatralisch unter der Last stöhnend. Dann sah sie mich und sich noch einmal an und prustete los. Was zum Kuhfladen war jetzt wieder so lustig? Unser gemeinsames Erscheinungsbild? Ich schüttelte mich, dass die Spritzer nur so in alle Richtungen flogen, und Madame kreischte.

Exakt in diesem Moment kam die Polizei. Gemächlich stieg einer der Lutscher aus, besah sich das ungewöhnliche Bild und konnte sich ein blödes Grinsen nicht verkneifen. Dann machte er ein paar Schritte auf uns zu und wumm, irgendwie war er über einen Ast oder etwas gestolpert und ebenfalls im Modder gelandet. Madame klatschte Beifall. Polizist Nummer zwei stieg aus der Blechhöhle und fragte süffisant: »Ist heute Wellnesstag?«

Diese Witzbolde!

Während sich Polizeilutscher eins hochrappelte, hielt er irgendetwas in der Hand.

»Das gibt es doch nicht!«, tönte Madame. »Der zweite Stiefel!«

Viel konnte man nicht erkennen, aber der Form nach war das wohl ein Stiefel, eventuell sogar der von Thule. Aber das musste die KTU abklären, denn ich hatte nur mein kleines Nasen-Labor dabei. Außerdem hatten Madame und ich für heute unser Soll erfüllt, auch wenn wir die Brille nicht gefunden hatten. Mir schien es, als wüssten wir nun etwas viel Wichtigeres. Falls dieser zweite Stiefel wirklich Thule gehörte und nicht schon seit Ewigkeiten im Modder lag. Vermutlich war er damit stecken geblieben, konnte den Fuß noch herausziehen, nicht aber das Schuhwerk.

Während wir entfleuchten wie die letzten Heldinnen der Marsch, denen man ihr Tagewerk ansah, fiel Madame etwas ein. Sie drehte sich noch einmal um: »Weswegen habt ihr eigentlich angehalten?«

Der noch saubere Polizist lachte frech: »Wir lieben Matsch!« Auch eine Antwort. Da ging der bereits gebadete Polizist auf ihn zu und umarmte ihn. Vermutlich hatten die beiden nun Feierabend und durften auch die dienstliche Blechhöhle nach Herzenslust besudeln.

Im Rudel waren solche Outfits generell verpönt. Vor allem durfte man damit keine Pfote ins Auto setzen. Okay, die eigene Box konnte man einsauen, das ging so gerade noch. Aber möglichst ohne Parfümierung. Ich hatte mal einen Fisch älteren Datums im Spülsaum entdeckt und mich professionell darin gewälzt. Nur so war eine optimale Verteilung des Duftes garantiert. Auf dem Rückweg hielten Madame und Monsieur ihre Nasen aus den offenen

Autofenstern und hüstelten demonstrativ herum. Seitdem mieden wir den Fundort.

Aber diese Polizeilutscher! Ein bisschen fühlte ich mich wie in einer von diesen albernen Komödien im Wunderkasten. Wenn die Lutscher sich vor Lachen auf dem Sofa kringelten, während wir Hunde in Sorge um sie waren. Immer noch schockiert über ein derartiges Gebaren von Uniformierten im Hinblick auf diesen ebenso traurigen wie brisanten Fall folgte ich Madame. Der Kleiboden, einmal in Wasser gelöst, hatte eine seltsame Wirkung auf Lutscher.

30. ÜBERRASCHUNG AM DEICH

Unangebrachte Situationskomik, eine späte Zeugin und ein fehlender Hauptverdächtiger? Es half alles nichts, wir mussten den Fall irgendwie lösen. Wäre Thules Tod nicht so eine Tragödie, käme es mir wie eine besonders knifflige Aufgabe in der Schule vor. Denksport vom Feinsten. Als ich zur Hundeschule ging, hatten sie dort manchmal die unsinnigsten Aufgaben für unsereins aus dem Hut gezaubert! Einmal musste sich Madame hinter einem Hindernis verstecken, damit ich sie nicht sah und nur auf ihre Stimme reagierte. Natürlich hatte ich vorher genau beobachtet, wohin Madame entschwand, und wollte augenblicklich wissen, was sie dort trieb, so als Hütehund erster Sahne. Inzwischen kannte doch jedes Titi unser Motto: »Keiner weniger!« Vielleicht sollte man diesen Gedanken auch in die Hundeschulen dieser Welt tragen. Ebenso wie das Recht auf selbstständiges Handeln. Man sollte unsere Intelligenz besser nicht beleidigen. Weder mit dummen Spielchen noch mit Machtgedöns.

Jedenfalls kam mir eine Idee bezüglich eines neuen Lösungsansatzes. Man musste anders denken. Nonkonformistisch. Sich mal im Kreis drehen, die Augen wieder öffnen, und prompt fiel der Blick auf … das Gackervieh! Perfekt. Ich konnte diese Super-Hennen um einen neutralen Blick von außen bitten. Hühner galten ja angeblich als schlau. Zumindest wurde Madame nicht müde, das zu betonen. Himmelschafundmeer, und was waren wir Hunde dann? Überflieger? Laut und ungestüm? Das traf vielleicht auf einige Exemplare zu. Vielleicht auch auf mich. Doch allein diese Fähigkeit zur Selbstreflexion machte mich ja nun mindestens so intelligent wie ein Huhn, oder? Sollte das Gackervieh einfach demnächst sämtliche Kriminalfälle lösen, wenn die Lutscherpolizei sich lieber aufs Schlammbaden kaprizierte.

Da ich unsere Hühner als ausgeprägte Persönlichkeiten mit klarer Meinung kannte, kam mir zumindest die Idee einer Konsultation nicht abwegig vor. Ich hoffte allerdings, dass das gewiefte Gackervieh kein Beratungshonorar in Form von Würmern verlangte, da mir der Boden aktuell zu klebrig für Buddelarbeiten erschien. So schlenderte ich kurz vor Sonnenuntergang noch mal in den Garten, denn später würden diese Schlafsusen tief und fest pennen und vermutlich vom Fliegen träumen. Oder von Froschschenkeln. Verfressenes Pack! Ich fand sie in der Nähe des Geheges, sie wollten noch einen Snack zu sich nehmen und sich danach zur Ruhe begeben. Na klar. Bevor ich ihnen die komplexe Situation darlegen konnte, musste ich mitansehen, wie die eine der anderen eins überbriet. In diese Meinungsverschiedenheiten, Hackordnung oder was auch immer wollte ich mich nicht einmischen und beschloss, sie zu einem passenderen Zeitpunkt noch einmal zu kontaktieren. Jetzt würde ich mich lieber selbst aufs Dinner konzentrieren und Jannimann anpfeifen, falls er deswegen wieder drängelte.

Im Anschluss Siesta. Wieso konnte man nicht einfach die Augen schließen und die Lösung einer komplexen Angelegenheit erträumen? Ich bemühte mich, Teile des Ablaufs an jenem Tag wie einen Film ins Gehirn zu projizieren. Am Ende vermischte sich alles, und ich träumte wüst. Von einem Gummistiefel, der wuchs und wuchs und zu einem Gummiboot mutierte. Darauf Thule als Kapitän. Er trug nun einen Bart und wirkte zufrieden mit sich und der Welt. So schaute er in die Ferne wie einer jener alten Seemänner von den Inseln, die fließend Friesisch sprachen und manchmal »rüm hart, klaar kiming« sagten, schrieben oder es sich auf die Arbeitskleidung sticken ließen. Vielleicht sogar selbst stickten?

*

Als wir tags darauf wieder fit waren, beschlossen Madame und ich, Tamme einen Besuch abzustatten. Na ja, eigentlich war es Madames Idee. Aber ich war mehr als einverstanden. Leider war der Bauer gerade abwesend, als wir auf dem Hof eintrudelten. Auch sonst wirkte alles traurig und verlassen ohne Thule, Lazlo und die Kühe, die vermutlich wieder auf der Fenne grasten. Nur ein paar Hühner und ein Hahn liefen noch durch die Gegend. Madame und ich sahen uns ratlos an und bewegten uns in Richtung Fenne mit Schlammloch weiter. Von Weitem konnten wir zwar die Kühe, jedoch keinen Tamme erspähen. Also zurück in die Blechhöhle. Zufälligerweise wusste Madame, wo Tammes Hof lag, und so gurkten wir in den Süden Eiderstedts. Es war an der Zeit, mal wieder ein Gassi auf dem Vollerwieker Deich einzuschieben und den Wattwürmern hier ein fröhliches »Moin« entgegenzuschmettern. Später würden wir auf einen Kaffee bei Tamme vorbeischauen, der noch nichts von seinem Glück wusste. So der Plan.

Inzwischen hatte die Occupy-Bewegung sämtliche Deiche gestürmt, und es tummelten sich zahlreiche Lämmer darunter. Raffiniert, dachte ich. So gewöhnte sich der Nachwuchs bereits früh an das Besetzen freier Flächen. Natürlich war mir klar, dass die Wollknäuel einen Job hatten. Sie sollten die Erde festtrampeln, aber nicht zu fest, und vor allem die Grasnarbe kurz halten. Hauptberuf Rasenmäher. Aber gab es denn überhaupt schon genug zu futtern auf den Deichen? Das Gras wirkte kurz und winterbleich, nicht sonderlich appetitlich. Doch Job war Job. Wer auf den Deichen dagegen nicht gerne gesehen war: Maulwürfe, Wühlmäuse und alles, was Löcher grub. Ob eine Schafherde diese durch ihre Anwesenheit vom Buddeln abhielt, war die große Frage.

Von Madame wusste ich, dass sie mal ein Stück seltenen Privatdeichs zu Gesicht bekommen hatte. Einen Deich ohne Hinterlassenschaften der Schafe, super in Schuss und nur von einem einzigen Rasenmäher professionell gepflegt. Das Gras musste ziemlich saftig ausgesehen haben. In meinen Lauschern klang die Sache irgendwie unheimlich. Würden uns allen in Zukunft Maschinen die Jobs klauen?

Bei Flut schlenderten wir die Wasserkante entlang, als ich plötzlich meinen Augen nicht traute. Der Hund dahinten – war das nicht Lazlo? Und daneben … Nele. So ein Glück konnten auch nur wir haben. Drei Fliegen mit einer Klappe, wie die Lutscher so schön sagten. Ich fand den Spruch relativ makaber, musste allerdings zugeben, dass ich mir als Welpe die eine oder andere Fliege als Snack einverleibt hatte.

Nele strahlte uns an, als wir näher kamen, es schien ihr wesentlich besser zu gehen. Und Lazlo? Stürmte auf mich zu, während ich auf ihn zustürmte. Spontan tanzten wir einen Vorderpfotentaps, der sich gewaschen hatte. Weiteren anwesenden Spazierlutschern fielen beim Anblick fast die Augen aus. Noch nie »The Dancing Dogs« gesehen? Hier und heute live. Wir tobten ausgelassen über die Hundewiese und vergaßen alles um uns herum. Fast alles. Als mir plötzlich einfiel, dass sich Madame mit Nele über wichtige Dinge austauschen könnte, lotste ich Lazlo geschickt in deren Nähe. Unsere Lutscherinnen waren zum Glück noch mit Small Talk beziehungsweise lockerem Schnack beschäftigt. So was zum Warmwerden. Allen ging's gut, Finn, Lazlo und Nele. Ich lugte nach ihrem Bauch, doch unter der weiten Jacke war nichts auszumachen. Nele erzählte, dass sie auf dem Weg zu Tamme sei, der in der Nähe wohnte.

»Der Hof und die Kühe?« Madame schaute mit einer gewissen Anteilnahme drein. Genau wie ich schien sie sich Sorgen um die Zukunft der Rindviecher zu machen.

Nele nickte. »Tamme kann nicht auf Dauer zwischen den Höfen hin- und herpendeln. Also müssen wir eine andere Lösung finden. Weißt du was, Finn und ich haben sogar schon überlegt, ob wir nach Eiderstedt ziehen. Aber es käme mir seltsam vor, verstehst du? Thules Söhne hätten das gerne so. Sie sind jung, haben Pläne und wollen lieber ausbezahlt werden. Finn könnte sein Haus verkaufen, sodass wir das finanziell tatsächlich schaffen könnten.«

»Dann wären wir wieder Nachbarn.« Madame klang irre begeistert. Was war nun mit unseren Plänen bezüglich Hof und Schafen in Dithmarschen? Ich hatte mich schon ein bisschen mit dieser Idee angefreundet.

»Das wäre fantastisch. Gleichzeitig käme ich mir blöd vor. Und mit Sicherheit gäbe es genug Gerede. Und dann, das weißt du ja noch gar nicht: Finn und ich erwarten Nachwuchs.« Nele strahlte übers ganze Gesicht.

»Wunderbar, ihr Lieben, das ist die beste Neuigkeit. Tausend Glückwünsche!« Madame umarmte Nele und war bestimmt froh, dass sie nicht mehr so tun musste, als wüsste sie es nicht.

Lazlo sprang um die beiden herum, also machte ich ebenfalls mit bei dieser Spontan-Party am Deich. Fehlte noch? Ein von den Wollknäueln im Chor gesungenes »Määäh«! Ein Picknick hätte auch gepasst. Aber der Frühling begann ja gerade erst.

Dachte hier noch jemand an Thule? An die Ermittlungen? Madame wollte wohl die tolle Stimmung nicht kaputtmachen. Sie schien auf eine passende Gelegenheit zu warten. Aber bitte nicht zu lange.

Zu Tamme konnten wir nun nicht gehen, das hätte vor Nele etwas seltsam ausgesehen. Schließlich hatten wir keinen akuten Grund, uns dranzuhängen. Es sei denn, Madame fiel spontan einer ein.

Nele wollte sich gerade mit Lazlo vom Acker machen, als Madame endlich wach wurde: »Sag mal, ich habe letztens Bente getroffen, kennst du sie?«

Nele stutzte, nickte dann aber eifrig. »Eine ganz Nette! Immer fleißig mit dem Rad unterwegs.«

»Möglicherweise eine der Letzten, die Thule noch lebend gesehen haben. Sie meinte, er hätte in den Tagen vor seinem Tod eine Brille getragen. Weißt du etwas davon?«

Jetzt schüttelte Nele den Kopf, fast etwas zu vehement. »Keine Ahnung. Allerdings kann ich mich erinnern, dass sein Sehvermögen abgenommen hatte. Er meinte das mal zu mir und überlegte, einen Termin beim Augenarzt zu machen.«

Und dann war sie weg. Drehte sich noch einmal um, winkte uns zum Abschied zu. Das sah mir fast nach Flucht aus, schloss ich nach einer kurzen Konsultation mit Mademoiselle Julie. War es etwa die Brille, die Finn aus dem Strohlager geholt hatte? Und warum? Schließlich gab es genug andere Indizien, die den Weg vom Tatort mit Zwischenstopp im Strohlager bis zum Fundort belegten. Durch die Aktion machten sich die beiden nur unnötig verdächtig. Es sei denn, sie hatten etwas ganz anderes im Stroh gesucht. Etwas, das Lazlo verloren hatte. Aber was? Eines konnte ich mit Sicherheit sagen: Der Hund war unschuldig. Und das war gut so.

31. IN VOLLERWIEK

Madame und ich drehten noch eine Runde von der Wasserkante über den Deich und auf der anderen Seite zurück. Sie wollte nicht, dass ich die Schafe scheu machte, daher schlugen wir einen größeren Bogen um vorhandene Wollknäuel herum. Zwar konnte ich ihr Ansinnen nicht ganz nachvollziehen, da ich ein ausgewiesener Fan von Schafen war. Doch Madame traute mir diesbezüglich nicht über den Weg. Ihrer Meinung zufolge hatten die Schafe und ich akute Kommunikationsprobleme. Das sah ich anders. Die Wollknäuel wollten nie mit mir schnacken. Mit anderen klappte das schließlich auch. Egal, ob es sich um Lutscher, Kollegen oder Kühe, Löffelgesichter oder Rehe handelte. Ich war quasi als Kommunikationsexpertin bekannt. Zumindest gab ich mir Mühe. Und ich konnte Erfahrung vorweisen. Brauchte Madame etwa meine schriftliche Bewerbung für Gassigänge? Und was konnte ich letztendlich dafür, wenn einige Wollknäuel bereits bei meinem Anblick nervös wurden? Eben. Gar nichts.

Rein zufällig lag Tammes Hof auf unserer Runde. Und rein zufällig sahen wir, dass Nele und Lazlo gerade mit Finns Wagen fortfuhren. Das passte ja wie eine Kuh auf die Fenne! Wir sahen Tamme allein auf dem Hof stehen und winkten ihm zu. Also, Madame winkte nett. Und ich gab ein fröhliches Wuff dazu. Die Vögel zwitscherten. Die reinste Idylle. Wenn wir nicht etwas im Sinn gehabt hätten, von dem wir nicht wussten, ob es dem Bauern gefiel. Präzise Ermittlungen. Madame ließ mich von der Leine, und natürlich war ich gleich auf Schnupperkurs, nachdem ich Tamme ordentlich begrüßt hatte. Der brummte uns »Moin, mien Leevsten!« entgegen und ließ uns mit einem Achselzucken wie zur Entschuldigung stehen. »Bin auf dem Sprung. Thules Kühe! Ihr wisst ja, die Viecher sind verwöhnt und anspruchsvoll.« Jetzt lachte er wie der Donnergott höchstpersönlich. Tamme schien trotz des Verlustes seines besten Freundes und des ganzen Hin-und-Hers seine gute Laune behalten zu haben.

Ich musterte ihn der Länge nach. Er war von kräftiger Statur, hätte er Thule tragen können? Bestimmt eher als irgendjemand anders, den ich auf Eiderstedt und Umgebung kannte. Doch auch Thule war ein ziemlicher Kleiderschrank gewesen. Ich verwarf den Gedanken gleich wieder, während Tamme und Madame miteinander plauderten.

»Schön wohnt ihr hier! Wir waren zufällig in der Nähe und dachten uns, da besuchen wir euch mal hinterm Deich.«

Tamme nickte. »Nächstes Mal mach ich Kaffee. Und für den Hund gibt's auch was Gutes. Schauen wir mal, wie es mit Thules Hof weitergeht. Verkauft Nele oder zieht sie selbst ein, wer weiß es schon! Lange mach ich das jedenfalls nicht mehr.« Für Tammes Verhältnisse fast eine Rede. Dann schmetterte er uns noch ein »Wi sehn uns wohr!« hinterher und verschwand in seiner Blechhöhle.

Ja Himmelschafundmeer, flohen denn heute alle vor uns? Oder hatten sie wirklich keine Zeit zum Reden? Aber Madame und ich gaben nicht auf. Niemals. Und siehe da, kaum dass wir den Hof verlassen wollten, bog Tammes Frau auf dem Rad um die Ecke.

»Moin!« Wiebke war begeistert von unserem spontanen Besuch und lud uns sofort ins Haus ein. Sie hatte wohl Lust auf einen kleinen Klönschnack nach der Arbeit. Madame und mir konnte das nur recht sein. Wiebke hatten wir schon lange nicht mehr getroffen. Und vielleicht konnten wir Tammes Frau etwas Interessantes entlocken?

Jedenfalls stellte Wiebke mir erst einmal eine Schüssel Wasser vor die Pfoten, extrem aufmerksam und lobenswert für eine Lutscherin, die selbst nicht mit einem Hund zusammenlebte. Ohne zu zögern, schlürfte ich die ganze Schüssel leer, wir waren ja schon seit geraumer Zeit unterwegs. Dankbar schaute ich Wiebke an, die geradezu verliebt wirkte und mich hingebungsvoll zu kraulen begann. Vielleicht hatte sie ja auch einen kleinen Snack für mich? Ich leckte mir über die Lippen, das verstanden geschulte wie unbedarfte Lutscher inzwischen. Bei Wiebke war ich mir nicht sicher, vielleicht ignorierte sie meinen Hinweis schlichtweg.

»Du erinnerst mich so an unseren Fiete«, schwärmte sie voller Wehmut, wie es nur Lutscher nach dem Verlust ihres besten Freundes taten. »Ein Schapendoes, genauso wuselig wie du. Und dieser aufgeweckte Blick!« Endlich mal jemand, der mein Wesen gleich durchschaute. Kein Wunder. Sie hatte mit einem Schapendoes zusammengelebt. Das niederländische Wort klang wie Musik in meinen Ohren. Sofort hatte ich Emil vor Augen, meinen ersten Verlobten. Ja, wir beide hatten gleich getickt. So etwas hatte ich später nie mehr erlebt. Ich bedauerte immer noch, dass er mitsamt seinem Rudel nach Husum gezogen war.

»Wollt ihr keinen Hund mehr?«, meinte Madame fragen zu müssen.

»Irgendwann schon. Gerade herrscht so ein Durcheinander. Ich bin tagsüber meist unterwegs, und Tamme pendelt zwischen den Höfen hin und her. Aber das soll sich ja bald mal regeln.« Wiebke kraulte mich weiterhin, also machte ich es mir gemütlich und legte meinen Kopf auf ihre Füße.

»Julchen ist so ein toller Hund.«

Na, das hörte man gern! Völlig entspannt lag ich im Raum, als mein eigener Schnarcher mich weckte. Himmelschafundmeer, ich sollte am Ball bleiben, was das Gespräch betraf. Ob ich viel verpasst hatte?

»Weißt du, ob Thule an seinen letzten Tagen eine Brille trug?«, preschte Madame gerade vor. In meinen Ohren klang es etwas abrupt. Wiebke schaute leicht verdutzt, fing aber dröhnend an zu lachen, wenn auch nicht ganz so zünftig wie ihr Ehegatte. Trotzdem schwante mir, dass man sich in diesem Haushalt des lauten Lachens ergötzte. Jannimann würde durchdrehen mit seiner ausgewiesenen Lutscher-Lach-Allergie.

»Ihr seid mir ja ein kongeniales Ermittlerduo.« Wiebke holte Luft und wurde sogleich wieder ernst. »Aber ihr habt ja recht. Hier auf dem Land kümmert man sich umeinander. Und Thule haben wir alle gern gehabt, der hat so einen Tod nicht verdient. Niemand hat so einen Tod verdient.«

»So einen Tod?«, wiederholte Madame.

»Ausgerechnet an einem seiner liebsten Orte zu ertrinken. Sünde!«

Madame guckte komisch. Die Frage hatte Wiebke geschickt umschifft. Wusste sie nicht, woran Thule gestorben war, oder hatte man sie zum Schweigen verurteilt? Wer schwieg hier eigentlich noch alles? Tamme, Nele, Finn, Lazlo, die Kühe …

»Was denn? Glaubst du, es war anders? Umgebracht hat Thule sich bestimmt nicht, aber irgendwie muss er im Hafen abgerutscht sein. Der Gute konnte ja leider nicht schwimmen.«

Das saß.

Madame und ich mussten uns langsam auf den Rückweg machen. Leicht benommen von diesem letzten Fakt, der der ganzen Geschichte eine neue Richtung geben könnte, torkelten wir zurück ins Freie.

Als wir in der Blechhöhle saßen, murmelte Madame vor sich hin: »Er ist nicht ertrunken. Das hat Nele doch nach der Obduktion gesagt.«

Anscheinend machte sich hier jeder seinen eigenen Reim auf das, was er nicht wusste. Auf das Unerklärliche, das Unfassbare. Oder wurde gezielt mit falschen Informationen versorgt, aus welchen Gründen auch immer. Vielleicht sollten wir uns wieder ausschließlich den Lebenden widmen, bevor man uns noch mit dem niedlich klingenden Ausdruck »Spökenkieker« bedachte. Jemand, der Gespenster sah.

32. DIE ANDEUTUNG

Madame wirkte irgendwie aufgebracht, was ich verstand. Wir fühlten uns, gelinde gesagt, verkackeiert. Und dann auch noch belacht. »Kongeniales Ermittlerduo« hatte Wiebke uns genannt. Hatte ich da etwa leisen Spott herausgehört? Vermutlich dachte sie, wir guckten zu viele Krimis im Wunderkasten oder so. Das taten wir auch. Vor allem Madame. Ich schnarchte meist an ihrer Seite und bekam inhaltlich kaum etwas mit. Madame stand vor allem auf skandinavische Serien, mochte aber auch italienische und englische Produktionen. Oder französische. Aber sie meinte, Letztere beschäftigten sich eher mit Love als mit Crime. Was generell eine gute Idee war, wie ich fand. Schließlich galt ich über die Grenzen Nordfrieslands hinaus als Flirtkanone.

Apropos Gefühle. Lazlo hatte sich wahnsinnig gefreut, mich zu sehen. Ich mich umgekehrt auch. Aber unter dem aktuellen Ermittlungsdruck fehlte mir die Leichtigkeit für einen Flirt oder mehr. Natürlich spürte ich, dass mir die kleinen Pausen, die Begegnungen mit Lazlo, ein paar

Stunden am Strand oder wo auch immer guttaten. Dass mir diese Ablenkungen den Kopf freimachten und auch Abstand zur ganzen Konfusion schufen. Dennoch nützte es alles nichts, wir kamen keinen Schritt weiter.

In ihrer Verzweiflung griff Madame zum Hörer des statischen Schnackapparates und rief bei der Kieler Gerichtsmedizin an. Vor ein paar Wochen hatte dort ein Bekannter von ihr angeheuert, den sie nun aktivieren wollte. Beziehungsweise für den Fall sensibilisieren. Während ich versuchte auszublenden, dass sie ihre Beziehungen ausnutzte, um an Informationen zu gelangen. Ich hoffte nur, dass der junge Mann nicht seinen Job aufs Spiel setzte, um Madame und mir brisanten Stoff zu liefern. Im journalistischen Jargon hieß das wohl »Informant«. Eine streng geschützte Spezies. Solange sie ihm keine Kohle dafür bot, war es mir recht. Aber ein Honorar hätte ich nicht mit meiner Berufsethik vereinbaren können. Wie ich Madame einschätzte, dachte sie nicht einmal daran. Stattdessen redete sie mit Engelszungen auf ihn ein: »Guter Nachbar … Polizei kommt nicht weiter … Wahrheit herausfinden …«

Anscheinend ließ ihr »Informant« sich einwickeln. Zumindest hörte Madame ihm eine ganze Weile zu.

»Ja, ich weiß. Nele hat die Obduktion in Auftrag gegeben. Sie sagte mir, ihr Exmann sei erstickt.«

Warum stellte Madame das Telefon nicht einfach auf laut? Dann konnte man wenigstens auch verstehen, was das andere Ende der Leitung hervorbrachte.

»Okay, tausend Dank! Schönen Tag noch.«

Madame sah mich an. Ich erwiderte ihren Blick. »Nun

spuck es schon aus«, versuchte ich zu suggerieren. Wie machten Lamas kurz vorm Spucken? Ohren anlegen, Kopf nach hinten. Offensichtlich kapierte sie auch das nicht, dieses Sprachgenie.

»Hach, Chacha!« Madame seufzte endlos tief, als bestünde kaum noch Hoffnung.

Intensiver Blick mit enormen Fragezeichen in den Augen, meine Antwort.

»Was Nele sagt, stimmt alles. Thule ist nicht ertrunken, er ist erstickt. Zudem hatte er Quetschungen und sogar Knochenbrüche. Woran er erstickt ist, hat mein Informant mir nicht erklärt. Aber den Rest wussten wir ja schon von Nele.«

Ich horchte auf. Das mit den Knochenbrüchen hatte Nele uns verschwiegen. War Thule etwa unter die Räder gekommen? Unter einen Pick-up? Unfall oder Absicht? Und Lazlo hatte es mit anschauen müssen? Heilige Ackergülle! Deswegen war er so verstört gewesen und hatte diese wahnsinnige Wut auf die Blechhöhle.

Aber wieso hatte Bente unseren Bauern noch so lebendig dastehen sehen, als der Pick-up fortfuhr? Natürlich! Das Mörderblech war zurückgekehrt. Ich musste meine Aversion gegenüber Höllenmaschinen überdenken. Das eigentliche Übel des Planeten waren die Blechhöhlen. Es waren Waffen, zu denen jeder Zugang hatte. Für die man keinen Waffenschein brauchte. Je größer, je höher, je schneller, desto losgelöster von der aktuellen Umgebung. Man hatte schon von Leuten gehört, die ihr eigenes Kind überfahren hatten. Ein Unglück, aber das machte die Sache nicht weniger tragisch.

Nichtsdestotrotz wollte ich bei den täglichen Gassis nicht auf die Fahrt in der Blechhöhle verzichten. Nur so ließ sich die Quality time im Rudel optimal gestalten. Ansonsten würden wir ja immer dieselbe Strecke ablaufen! Vielmehr ging es um einen verantwortungsvollen Umgang mit dem »Werkzeug«. Es war zum Fahren da, um die Pfoten zu schonen, Zeit zu sparen, Freunde zu besuchen. Weniger zum Morden. Schließlich hatte ja auch jeder Lutscher mindestens ein Messer in der Küche, ohne damit gleich jemanden zu meucheln.

Madame sah mich an. »Juli, es ist nicht so, wie du denkst. Wenn ein Auto, egal welcher Größe, über den Körper gefahren wäre, hätten wir Thule nicht so, sagen wir, unversehrt im Wasser vorgefunden. Vergiss das am besten gleich wieder, auch wenn es zunächst naheliegend erscheint.«

Diese alte Gedankenleserin! Wir kannten uns wirklich zu gut. Und sie hatte natürlich recht. Dass mir das nicht gleich eingefallen war. Thule war, als er im Wasser gelegen war, äußerlich keinerlei Malträtierung anzusehen gewesen.

Wenn ich so darüber nachdachte, wussten wir eigentlich viel. Wir hatten die Leiche entdeckt. Wir wohnten in der Nähe und konnten jederzeit die entsprechenden Orte checken. Wir hatten gute Kontakte. Wir hatten quasi aus erster Hand von der Obduktion erfahren. Nur hatten wir die Puzzleteile noch nicht korrekt zusammengesetzt.

*

Planlos lief ich durch den Garten, als plötzlich Hafrún vor mir stand. Janni behandelte diese Hühner wie Göttinnen, er ließ ihnen an Kreuzungen sogar den Vortritt. Dabei würde ich ihn nun wirklich nicht als Kavalier bezeichnen, das ginge zu weit. Aber irgendwie hatte er Respekt vor den »Divennen«. Auch profitierte er von eingeweichtem Brot, das die Hühner übrig ließen, wenn es ihnen nicht mundete. Jannimann musste in einem früheren Leben ein Vielfraß gewesen sein.

Jedenfalls hatte ich eine gänzlich andere Beziehung zum Gackervieh. Zum einen lag es daran, dass mein Hüteinstinkt stärker ausgeprägt war. Zum anderen wünschte ich mir mehr Respekt. Als Dienstälteste stand mir das zu. Aber wie Hafrún nun wieder vor mir stand, dreist und mit dieser Ich-oder-du-Attitüde, das konnte ich nicht gutheißen. Spontan entschied ich mich für das Ich, während das Du auf einen Seitenpfad ausweichen musste. Da fiel mir etwas ein. Ich hatte die Hühner doch um eine Konsultation bitten wollen. Sicher hätte etwas mehr Höflichkeit in diesem Fall nicht geschadet. Hafrún beschwerte sich gackernd, während sie ihren Weg fortsetzte. Es war hinlänglich bekannt, dass es den Hennen nicht an Selbstbewusstsein fehlte. Nicht selten posierten sowohl Hafrún als auch Brynja für die Kamera von Madame, die dann kleine Filmchen ins Internet stellte und damit die Herzen der angeblich zahlreichen Hühnerfangemeinde erfreute. Dabei reichte es doch völlig, wenn Madame Videos von mir drehte. Wozu sich derart verzetteln? Und als ausgewiesener Plüschomat hatte ich die Herzen wohl auf meiner Seite!

Auf leisen Pfoten näherte ich mich dem Hühnerzirkel, der inzwischen in der Nähe seines Heiligtums, dem Kompostierer, Platz genommen hatte. Man chillte in eigens dafür gescharrten Löchern. Ungern wollte ich diese Idylle stören, auch Gackervieh brauchte seine Ruhe. Doch die Auflösung des Falles drängte. Er sollte möglichst vor Ostern gelöst werden, damit ich mich ganz dem Unterhaltungsprogramm für unseren Besuch widmen konnte. Etwa eine Hundelänge vor den Hühnerschnäbeln hielt ich an und wartete auf eine Reaktion. War das Federvieh in Stimmung für eine Beratung?

Meine Anwesenheit schien die Hennen nervös zu machen, sie rappelten sich auf und sahen mich mit frechen Augen an. Ein leises Beschwerdegackern ertönte im Kanon. Dieses geflissentlich ignorierend, weil wir sonst nie zu Potte kämen, versuchte ich, ihnen den komplexen Fall mit einigen Wuffs zu schildern.

Schweigen.

Sollte ich vielleicht zu einem anderen Zeitpunkt noch einmal wiederkommen? Nach der Siesta?

Weiteres Schweigen.

Schließlich wandte mir Gudny den plüschigen Po zu und ließ sich nieder, Brynja drehte sich ebenfalls um und schiss, während Hafrún mithilfe ihrer Flügel in die Höhe hüpfte und einen aufgeregten Text dazu gackerte. Wieso gab es hier keine Untertitel? Ich konnte mir nicht helfen, aber irgendwie kam mir die Inszenierung im Drei-Hennen-Theater bekannt vor. Aber wo zur Ackergülle hatte ich etwas Ähnliches gesehen?

33. TAMME

Auf dem Weg nach Garding kamen wir an Thules Hof vorbei. Abrupt blieb Madame stehen, dann bog sie an der Kreuzung rechts statt links ab. Ich saß zwar hinter ihr in der Box, aber mir entging fast nichts.

»Was ist mit Garding?«, bellte ich entrüstet. Schließlich hatte ich einen Termin beim Tierarzt, das jährliche Check-up stand an. Im Gegensatz zu vielen Kollegen mochte ich Arztlutscher. Gute Erfahrungen, konnte ich da nur sagen. Also meistens. Bei einem durfte ich sogar mal die Praxisräume und das Lager unter die Lupe nehmen. Zwar hatten sie in Letzterem kein Licht angemacht, aber okay, ich kam zurecht. Madame hatte nämlich meine Leine vergessen, sodass ich von der Situation profitieren konnte. Das Arztlutscher-Team nahm es sportlich. Schon damals lag mir die Schnüffelei sehr. Später erstellte ich wahre Soziogramme einer Stadt nur anhand von nasaler Spurenverwertung in den Hauseingängen. Aber drinnen weiterschnüffeln zu können, das war natürlich so etwas wie das Sahnehäubchen auf dem Kuchen jeder Ermittlerin!

Madame stoppte an dem kleinen Feldweg, der zu Thules Fenne führte, und stieg aus. Immerhin durfte ich ihr folgen und musste nicht in der Blechhöhle warten. Da hörte ich es, erschrak und blieb wie angewurzelt stehen. Doch Madame hielt unbeirrt den Kurs. Also musste ich mitziehen. Man könnte sagen, wir näherten uns einem aktiven Vulkan, der bereits qualmte und die ersten Brocken Lava spuckte. Dessen phänomenaler Ausbruch stand kurz bevor. Auch wenn ich sonst lieber allein mit meiner Assistentin recherchierte, in diesem Moment wäre mir die zusätzliche Anwesenheit von Monsieur und Janni nicht unangenehm gewesen. Aber in der letzten Zeit regte ich mich immer so sehr über den Schlumpf auf, dass Monsieur bereits die Befürchtung geäußert hatte, ich könnte darüber irgendwann einen Herzinfarkt erleiden. Auslöser: Jannimann. Ich konnte selbst nicht genau sagen, was mich so übermäßig in Rage brachte. Janni machte einfach alles falsch, drängelte ständig und nahm null Rücksicht auf irgendetwas. Ich vermisste Respekt, nicht nur mir gegenüber. Er wollte aus meinem Napf fressen, sich auf dasselbe Sofa legen wie ich, er wollte Aufmerksamkeit und Liebe von Madame und Monsieur. Manchmal fuhr er im Traum hoch und knurrte bedrohlich, das war das Schlimmste. In solchen Augenblicken konnte ich mich nur schwer beruhigen. Egal, ob Madame oder Monsieur verzweifelt versuchten, die Wogen zu glätten. Daher genoss ich die Gassis ohne diesen Tölpel in vollen Zügen. In der heimischen Hütte lief man sich ja ständig über den Weg. Allein deswegen brauchte ich den Abstand.

Doch das alles war nichts gegenüber dem Sturm, der sich gerade auf der Fenne zusammenbraute. Windstärke zwölf war ein Witz dagegen! Es war Tamme. Er hatte die Contenance verloren. Sich selbst. Den Anschluss an seine Umgebung. Wie ein Verrückter schrie er herum, fuchtelte wild mit den Armen in der Luft. Die einzelnen Worte waren schwer identifizierbar. Mit etwas Fantasie konnte man ein Wort als »Thuuuuu…leee« ausmachen, danach kam »aaaarrrrghhhh«. In gewisser Entfernung betrachteten die Rindviecher den Ausbruch, eine Kuh neben der anderen. Niemand, der auch nur einen Halm kaute oder sich bewegte. Mit offenen Mäulern stierten sie auf das aktuelle Programm von Fennen TV. Ein absolutes Novum.

Wir kannten Tamme als Fels in der Brandung. Nie, aber wirklich niemals verlor er die Beherrschung. Was ihn so aus der Fasson gebracht hatte? Wir hatten keinen Schimmer. Warum Madame ausgerechnet in dieser Situation ein Helferinnensyndrom entwickelte, konnte ich ebenso wenig sagen. Selbst ein schneller Abgleich mit Mademoiselle Julies Meinung zum Thema brachte keine Klärung.

Tamme schrie und tobte, er warf sich auf den Boden wie ein Dreijähriger, schlug mit den Fäusten auf die Erde, riss Gras aus dem Boden und rappelte sich wieder hoch. Vielleicht half das, dieser direkte Kontakt zu Mutter Erde. Es musste einen Grund dafür geben, dass Titis dieses Verhalten häufiger praktizierten. Ich selber mochte es sehr, auf dem Rücken übers Gras zu robben. Das kühlte schön. Nicht nur den Körper, sondern auch das Gemüt.

Madame weiter auf Kurs. Meine einzige Hoffnung war, dass Tamme sich beruhigte, bevor wir ihn erreichten. Dass er sich vom Monster zurück in den Menschen verwandelte, den wir alle mochten. Irgendwann sackte er in sich zusammen und winselte nur noch. Schließlich nahm er uns wahr, erhob sich umständlich, ordnete sein Haar und griff zur Harke. Mit kräftigen Schwüngen breitete er etwas Stroh aus.

»So hat Thule es immer gemacht, wenn das Gras noch zu dürftig war«, meinte er leise zu uns, als wir vor ihm standen. Ganz so schlecht sah die Weide inzwischen nicht mehr aus. Wozu also zufüttern?

Tamme ließ sich erschöpft auf dem halben Ballen nieder und schaute zu Boden. Madame hockte sich daneben, ohne ein Wort zu sagen. Sie legte ihm die Hand auf die Schulter, klopfte sachte. Ich hatte beschlossen, unsichtbar zu sein, manchmal war das selbst einer Dramaqueen möglich. Fürchtete ich doch einen zweiten Ausbruch des Vulkans. Also am besten neben Madame verstecken und ausnahmsweise nicht einmischen.

Es zischte und rauchte nur noch aus dem Krater. Mit einem Mal fielen dicke Regentropfen auf Tamme, auf Madame, auf den Boden, die Kühe, mein Fell. Schlagartig versank die Welt im Wasser, das nun wie aus Kübeln vom Himmel fiel. Ich wollte ja nicht drängeln, aber was war eigentlich mit meinem Arzttermin?

»Kommst du mit?«, fragte Madame jetzt.

Tamme schüttelte den Kopf. Er müsse jetzt allein sein. Ganz leise sagte er das, den Kopf gesenkt.

34. HOHER BESUCH

Ostern näherte sich mit Riesenschritten, der Fall war ungelöst, und bald würde Grandmadame auf der Matte stehen, die zu jeder Lutscherfeierlichkeit einschneite und eine Weile in unserer Hütte verbrachte. Für uns Vierbeiner war das ein Fest, bedeutete es doch die Aussicht auf viele Extraleckerlis. Grandmadame liebte es, uns zu verwöhnen, und vergaß nie, diverse Geschenke mitzubringen. Sie opferte einen Teil ihrer Wegzehrung in Form von exquisiten Wurstbroten, von denen Janni noch Wochen später schwärmte. Für ihn war Grandmadame mit dem Geruch von Wurst verbunden. Er flippte aus, wenn sie sich endlich im Vorgarten einfand, und alle hatten Angst, er würde diese zarte Person umschmeißen vor lauter Freudenhüpfern. Sobald sie die Hütte betreten hatte, untersuchte er ihre Taschen und den Schrankkoffer. Wo waren sie denn, die Brote? Hatte sie etwa alle allein gegessen? Aber Janni wurde nie enttäuscht. Denn Grandmadame kalkulierte ihren Proviant so großzügig, dass immer etwas für uns abfiel.

So war es auch dieses Mal. Janni und ich führten Freudentänze auf, als sie da war und umschwirrten sie wie ein Bienenschwarm den Honig. Natürlich wollte sie erst mal auspacken und so, während Janni auf eine Wurstbrot-Kostprobe bestand. Auf einen Gruß aus der Küche. Zwar untersagten Madame und Monsieur es ihm und versuchten, die eskalierende Situation zu beruhigen, aber Grandmadame setzte sich eigenmächtig über das Wurstbrotverbot hinweg und fütterte uns. Monsieur wagte den Einwand, dass wir ganz gut im Futter stünden, doch Grandmadame überhörte es geflissentlich. Sie wollte Gutes tun. Und wer wären wir, ihr das zu verwehren?

Irgendwann saßen alle gemütlich am Tisch, während Janni und ich Siesta hielten. Grandmadame bekam die letzten Nachrichten aus Nordfriesland aufgetischt, noch vor dem eigentlichen Essen. Natürlich erzählte Madame die ganze Geschichte vom Tod Thules, unseren Ermittlungen – okay, die Sache mit der nächtlichen »Hofbesichtigung« ließ sie aus – und schloss mit dem augenscheinlichen Fehlen eines Ergebnisses.

»Saubere Arbeit«, lobte uns Grandmadame. »Die Lösung liegt auf der Hand, oder?«

Vier Paar Augen schauten sie an, selbst Janni und ich hatten unsere Köpfe aus der gemütlichen Lage gehoben. Ich entschied, ganz aufzustehen und mich in Grandmadames direkte Nähe zu begeben. Da war dieses Kribbeln unter der Haut.

»Wer, meinst du, hat es getan?« Madame klang ungläubig.

»Nicht wer, meine Liebe. Du musst anders fragen. Wer hat was getan?« Grandmadame machte es aber auch spannend! Dann holte sie tief Luft und gab ihre Version zum Besten.

»Am wahrscheinlichsten ist wohl folgender Ablauf: Thule war an jenem Tag auf der Weide, zusammen mit den Kühen. Das hat Bente bezeugt. Als sie vorbeifuhr, sah sie einen Mann mit einem hellen Pick-up wegfahren. Hinnerk oder Finn? Da Nele Hinnerks Wagen ausgeliehen hatte, könnte es gut auch Finn gewesen sein. Was wollte er bei Thule? Das müsst ihr noch klären. Sicher ist, dass er bei dieser Gelegenheit Thule seine Stiefel ausgeborgt hat. Vermutlich, weil mindestens einer von Thules eigenen Stiefeln im Schlamm stecken geblieben war. Finn wollte nicht, dass Nele oder irgendjemand von der Begegnung erfuhr, also tat er überrascht, als ihr ihn auf die Stiefel angesprochen habt. Nele hingegen muss es schier aus der Bahn geworfen haben, als sie die Stiefel erkannt hat. Sie vermutete, dass Finn am Tod von Thule Schuld trug. Der war aber längst wieder weggefahren, als es passierte.«

An dieser Stelle machte Grandmadame eine Kunstpause. Sie schien ihren Triumph auszukosten. Zum Glück dauerte dieser Anflug von Ehrgeiz nicht allzu lange an.

»Ich denke nämlich, dass es kein Mord, sondern ein Unglück war. Die Kühe! Vielleicht rannten sie ausgelassen durch die Gegend und haben sich über ihre Freiheit gefreut. Eine muss Thule erwischt haben. Woher sollte er sonst Quetschungen und Knochenbrüche haben! Möglicherweise ist eine Kuh halb auf ihn draufgefallen, so unglücklich, dass er darunter erstickt ist. Ihr kennt doch die Szene mit dem Elefanten in diesem schwedischen Buch über den Hundertjährigen? Nur dass etwas Ähnliches hier durch Zufall passierte. Das Ergebnis wurde von Tamme entdeckt. Der wollte sich vor die Kühe stellen, da sie nicht gemeingefährlich sind und es sich um einen Unfall handelte. Die Kühe hätten ihren Lieblingsbetreuer niemals absichtlich zur Strecke gebracht. Oder Tamme dachte zunächst, Finn hätte Schuld an Thules Tod. Er beschloss, der völlig verschmutzten Leiche ein Bad zu gönnen und Thule an einen würdevolleren Ort zu bringen. Er suchte dessen Lieblingsstelle aus, den kleinen Hafen. Tamme versuchte auch, die Leiche selbst zu befördern, doch er schaffte nur ein Stück, dann holte er sich Hilfe. Also rief er vermutlich Nele an, die war aber nicht da. Finn war am Apparat und setzte sich gleich ins Auto. Gemeinsam brachten sie die Leiche am gleichen oder am nächsten Tag ins Wasser. Ich denke, einer von den beiden wird euch die Geschichte so oder so ähnlich bestätigen. Inzwischen wusste auch Nele Bescheid. Spätestens seitdem sie das Ergebnis der Obduktion kannte, wird sie der Sache auf den Grund gegangen sein. Na, was meint ihr?«

Wir sagten nichts. Einige Sekunden, vielleicht sogar Minuten lang. Das war brillant! Beim nächsten Fall musste ich Grandmadame unbedingt in meinem Ermittlerteam haben. Madame und Monsieur klatschten aufgrund ihrer schlüssigen Erläuterungen Beifall. Dann wurde sie von allen Seiten umarmt. Ja, wir waren über die Maßen erleichtert, etliche Steine fielen uns vom Herzen. Es war kein Mord. Mit einem Mal fühlten wir uns wie die Frühlingslämmer auf dem Deich. Froh und unbeschwert. Zum ersten Mal seit Wochen. Denn Grandmadame schien nicht nur den Fall gelöst zu haben. Sie hatte gleichzeitig ein paar

Leute rehabilitiert, die wir sehr mochten. Von denen wir verzweifelt gedacht hatten, sie seien in etwas Unschönes involviert. Manchmal brauchte es einfach jemanden von außen, der mit klarem Blick auf das Geschehen sah. Und zack, der Fall war gelöst!

Wenn ich richtig überlegte, hatten die Rindviecher mir gegenüber die Tat während der Audienz auf der Fenne bereits gestanden. Sozusagen eine Tötung aus Versehen. Als Kuh hattest du es auch nicht immer leicht. Jedenfalls hatte ich nichts kapiert von dem Theaterstück, das sie anschaulich für mich auf der Wiese aufgeführt hatten. Aber im Nachhinein fiel es mir wie Schuppen von den Augen. Sogar die Hennen hatten Bescheid gewusst! Was für eine Schmach. Doch eine Aufgabe blieb uns noch, wir mussten die ganze Geschichte verifizieren. Wir mussten mit Finn, Nele und Tamme reden. Vermutlich würde das allen Beteiligten, vor allem aber Tamme helfen. Endlich die Wahrheit sagen zu können, das Herz zu erleichtern. Und was uns betraf: Wir konnten ein Geheimnis für uns behalten.

*

Noch am selben Abend beschlossen wir, dem auf See bestatteten Thule ein paar Blumen zu bringen und diese auf dem Wasser zu verstreuen. Wir hatten alle das Gefühl, nun richtig Abschied nehmen zu können. Da standen wir also und blickten aufs Meer. Jeder schickte einen stillen Gruß oder ein leises Wuff hinaus. Madame ergriff das Wort und wandte sich direkt an Thule, als würde er dort draußen irgendwo herumsegeln. Sie beschwor ihn, nicht böse zu sein auf die Rindviecher. Und versicherte, dass Tamme sich aufopferungsvoll um selbige kümmerte. Auch wegen Nele und Finn solle er sich bitte nicht grämen. Nachwuchs stünde vor der Tür! Wenn das mal kein Grund zum Vergeben wäre. Am Ende meinte sie noch, dass wir alle hofften, Thule möge seinen Frieden finden. Und dass ganz Eiderstedt ihn vermissen würde, vor allem natürlich Tamme, Lazlo und die Kühe. Glücklicherweise gehe es Lazlo schon wesentlich besser als am Anfang. Tamme würde noch sehr unter den Geschehnissen leiden, auch wenn er dies nicht zugebe.

»Wir kümmern uns drum«, versprach sie im Namen aller. Dann warf sie die Blumen ins Wasser.

35. ENDE DER PARTY

Die Schneeglöckchen waren fast verblüht, die Blausternchen übernahmen das Zepter im Garten. Hier und da leuchteten gelbe Farbkleckse in den Gärten und am Straßenrand. Der Duft von Bärlauch breitete sich in einer Ecke des Gartens aus. So langsam kam die Natur in die Pötte. Und wir feierten gemeinsam mit unserer diesjährigen Heldin Grandmadame das große Eierfest. Seitdem die Rennplüsche nicht mehr unter uns weilten, konnte sich niemand im rudelinternen Wettbewerb als Osterhase qualifizieren. Ich vermisste die alten Zeiten, als das Rudel noch aus zehn bis zwölf Köpfen bestanden hatte. Zwar hatte die Gewinnerin oder der Gewinner des Wettbewerbs keinerlei relevante Aufgaben an Ostern übernehmen müssen, handelte es sich bei dem Preis lediglich um reine Anerkennung, und trotzdem waren alle potenziellen Teilnehmer von Janni bis zum letzten Rennplüsch scharf auf die Auszeichnung gewesen. Na klar! Wann bekam unsereins schon mal einen Preis? Lob? Oder eine andere Art von Wertschätzung? Futter konnte man ja wohl nicht dazuzählen, das diente vor allem der Lebenserhaltung. Leider hatte sich damals meist eine der Fellkartoffeln für den Titel Osterhase qualifiziert. Symptomatisch für diese Situation des Ungleichgewichts war die Tatsache, dass nach dem Verscheiden der Rennplüsche die Preisverleihung komplett abgeschafft worden war. Es gab eben Gedankengänge im Lutscherhirn, die du als Hund nicht nachvollziehen konntest. Ich sah mich als außerordentlich qualifiziert für den Osterhasentitel, zumal ich sowohl bei der Eiersuche als auch beim Verstecken von Dingen einiges an Erfahrung vorweisen konnte. Leider hatte ich den Ehrenpreis nur einmal gewonnen und musste ihn dann auch noch mit Jannimann teilen. Ging gar nicht! Manchmal konnte man sich glatt wünschen, im nächsten Leben Meerschwein zu werden. Zu futtern gab es jedenfalls immer genug. Man lebte im schweinemäßigen Rudel und plapperte die ganze Zeit munter drauflos. Tanzte, surrte, motzte und vertrug sich wieder, alles wie im richtigen Leben also.

Dieses Jahr feierten wir also nur zu acht. Drei Hühner, Grandmadame und der Rest vom Rudel. Da das Gackervieh in der letzten Zeit eifrig gelegt hatte, beschloss Madame, Eierlikör zu fabrizieren. Sie wollte Tamme sowie Nele und Finn damit beglücken. Der Plan war, die guten Sachen nach Ostern vorbeizubringen und allen Beteiligten bei der Gelegenheit noch mal auf den Zahn zu fühlen. Raffiniert, meine Assistentin!

Aber zunächst stand Sankt Buddel auf dem Programm, wo Jannimann und ich zur Feier des Tages die Sau rauslassen wollten. Fast alle fuhren mit, nur die Hühner hatten im Garten zu picken. Aufgrund eines Regenschauers konnte man sich nicht über die aktuelle Wurmsituation beklagen. Ich hoffte, dass die Hennen sich nicht unnötig in Gefahr begaben, ergo sich keinem Greifvogel als Lunch präsentierten. Daher bellte ich ihnen noch mal kurz zu: »Immer hübsch in Deckung bleiben, okay?« Dann sprang ich hoch motiviert in die Blechhöhle. Ausflüge im erweiterten Rudel waren wunderbar! Noch mehr Publikum für meine Pirouetten im Sand! Neue Bekanntschaften am Hundestrand schließen, wälzen und buddeln, was das Zeug hielt. Vielleicht ein kleiner Flirt.

*

Eigentlich lief alles wie am Schnürchen. Auch lebten die Hennen noch, als wir zurückkamen. »Dinner now«, hieß die Devise. Man könnte bemängeln, dass Madame und Monsieur uns wegen der kulinarischen Abfolge beim Ostermahl nicht konsultierten. Was den Eindruck vermittelte, dass Janni und ich nicht eingeplant waren. Klar, unsere Näpfe wurden gefüllt, aber speiste man zu den großen Feierlichkeiten im Jahr nicht gemeinsam? Zumal das Lutscherdinner fantastisch roch. Was uns moralischen Auftrieb gab, war die Gewissheit, auf Grandmadame zählen zu können. Nie verputzte sie alles, und wir halfen gerne aus. Also locker bleiben. Und siehe da, es fiel tatsächlich etwas Lamm für uns ab. Die Schlumpfbacke musste sich natürlich wieder vordrängeln, sodass ich mich genötigt sah, sie von der Seite anzupfeifen. Keine Reaktion. Was blieb mir bei diesem Mangel an Respekt, als noch eine

Breitseite abzufeuern: »Ich wurde hier schon bedient, als du noch Quark im Schaufenster warst!« Janni guckte verdutzt und trollte sich. Himmelschafundmeer, ich war nun mal die Ältere! Endlich lief die Verteilung ordnungsgemäß, und alle waren einigermaßen happy. Dass man sich immer erst so aufregen musste!

Für ein abschließendes Gassi zog es uns an den Deich. Rund um den Hafen hatte sich die Occupy-Bewegung noch nicht niedergelassen. Meine Chance, ein bisschen durch die Gegend zu pesen. Janni schien weniger Raum zu benötigen, er bleib meist in der Nähe von Madame und Monsieur. Aber ich nutzte die Gelegenheit, es krachen zu lassen und mit der Schnelligkeit eines Gepards über die Deichkrone zu flitzen. Wer wollte sich mit mir messen? Weiter unten vernahm ich die verzweifelten Stimmen von Madame und Monsieur. Etliche Kilometer später gesellte ich mich mit hängender Zunge zum Clan der Unsportlichen.

Da kroch eine blau-weiße Blechhöhle über den Deich – Lutscherpolizei! Hatten sie meine Wenigkeit bemerkt und wollten uns auf den neuesten Stand bringen? Vielleicht hatten sie nach der letzten Aktion endlich den Wert dieses kongenialen Ermittlerduos erkannt? Aber ich verwettete meinen Napf, dass dem nicht so war.

Der blau verpackte Lutscher, der zuerst ausstieg, schien mir derjenige zu sein, der zuletzt im Schlamm gebadet hatte. Er hatte kein Lächeln im Gesicht, was mir missfiel. Mit Modder hatte das wesentlich besser funktioniert.

»Der Hund muss an die Leine.« Strenger Blick. Kein Pardon für die fleißige Ermittlerin.

Ich wusste es! Er mochte zwar Wellness, allein Sport schien nicht gut anzukommen bei diesen Uniformierten. Im Übrigen war ich schon längst wieder an der Leine. Der Lutscherpolizist erzählte noch von Schafen und generellen Problemen mit Hunden, aber Madame versicherte ihm, dass ich 1.) Schafen noch nie an die Wolle wollte und 2.) sie mich nie zwischen Schafen laufen lassen würde, außer es wären unsere eigenen, weil ich 3.) ein semiprofessioneller Hütehund sei.

Semiprofessionell? Typisch Lutscher! Wenn man keinen Nachweis in der Tasche hatte, konnte man auch nichts. Es wäre kein bisschen übertrieben gewesen, wenn Madame mich als Hüterin erster Sahne bezeichnet hätte. Sahne liebten wir hier alle, und auf unserer schönen Halbinsel wurde eine der besten produziert.

Statt eines uneingeschränkten Lobs aus dem Mund meiner besten Freundin und der Lutscherpolizei für sämtliche Hinweise, die wir geliefert hatten, nun also dies. Fast fühlte ich mich vorbestraft. Zwar mussten wir nicht zahlen, die seelische Kränkung wog jedoch schwer.

»Wie ist die Sache mit dem Stiefel ausgegangen?«, rief Madame ihm noch hinterher. Der Polizist drehte sich um, grinste endlich und meinte: »Die Untersuchungen laufen.«

Na danke. Ging es auch präziser?

»Wir wissen eh schon alles, ihr Koalas«, wuffte ich zum Abschluss. Ich liebte es, das letzte Wort zu behalten. Und mit Koalas kannte ich mich aus, seitdem Madame mir Nellie von jener nicht genehmigten Australienreise mitgebracht hatte.

36. GESTÄNDNISSE

Um ihre Eierlikör-Initiative in die Wege zu leiten, rief Madame sowohl bei Nele als auch bei Tamme an und wünschte allen frohe Ostern. Bei der Gelegenheit kündigte sie unser Erscheinen in den nächsten Tagen an. Geschickt! Madames Reaktion am statischen Schnackapparat nach zu urteilen, schien das sowohl bei Nele als auch bei Tamme gut anzukommen. Dann sammelte Monsieur in Absprache mit dem Gackervieh die letzten frisch gelegten Eier ein, und Madame fing eifrig an zu mixen. Ich fand das Ganze ja eine Verschwendung von Lebensmitteln, dazu noch von so kostbaren wie Eiern. Allerdings war Madame schwer zu bremsen, wenn einmal auf Kurs. Außerdem diente dieses Gesöff einem guten Zweck.

Wir fingen bei Tamme in Vollerwiek an. War er nicht zu Hause? Wir riefen in die Hütte hinein, aber es kam keine Antwort. Blecherne Geräusche drangen hingegen aus der Scheune.

»Do kanns de Mütz no smieten«, schimpfte Tamme, als wir eintraten.

Irritiert schaute ich Madame an. »Das taugt nichts«, übersetzte sie mir leise, bevor sie den Bauern mit einem lauten »Moin« grüßte. Tamme hatte Probleme mit seinem Trecker, zupfte hier, klopfte da und regte sich auf. Als er Madame vernahm, hörte er auf zu fluchen und kam freudestrahlend auf uns zu.

»Na, du lütt Zappelbüdel!« Tamme beugte sich zu mir runter und kraulte mich gebührend. Mit Hunden konnte er gut, mir war egal, was er dabei sagte.

Erfreut nahm er den Eierlikör entgegen und lud uns ins Haus ein. Ich bekam Wasser, Madame Kaffee und ein Stück Friesentorte. »Frisch gemacht«, betonte Tamme. Gerade wollte ich lautstark »Himmelschreiende Ungerechtigkeit!« reklamieren, da zauberte Tamme doch tatsächlich ein Stück Wurst für mich hervor. Ich mampfte und genoss es in vollen Zügen. Anschließend leckte ich mir zufrieden über die Lippen. Ich musste Madame mal fragen, wieso wir eigentlich so selten ein Gassi in Vollerwiek einschoben, in diesem Dorf mit dem wohl besten Service von ganz Eiderstedt.

Die Zweibeiner plauderten über dies und jenes, und Tamme besah sich das Geschenk. »Eierlikör hat Thule immer gern gemocht!«

»Du vermisst ihn sehr, nicht wahr?« Madame schien endlich in die Pötte zu kommen. Tamme nickte nur.

Ob er mehr sagen würde? Von selbst wohl nicht. Madame musste etwas Dampf machen. Und was tat sie? Meine Assistentin, sonst als Ober-Diplomatin bekannt, fiel mit der Tür ins Haus.

»Ist es wahr, dass Thule bei einem Unfall mit den Kühen zu Tode kam?«

Peng! Meine Plüschohren schlackerten.

Tamme zuckte zusammen. Vielleicht hatte es noch niemand so direkt formuliert. So banal. Doch er schien noch nicht einmal überrascht, dass Madame es wusste.

»So muss das gewesen sein.« Tamme rieb sich mit den Händen übers Gesicht. »Ich habe ihn gefunden, völlig verschlammt. Kein schöner Anblick. Zuerst dachte ich, er hätte sich mit Finn geprügelt. Ich wusste, dass die beiden sich treffen wollten. Fand das ungewöhnlich und konnte Thule nicht verstehen. Aber die beiden mussten wohl mal sabbeln. Und Finn sagte, dass Thule noch quicklebendig war, als er wieder wegfuhr. Es muss friedlich zugegangen sein, Finn hat ihm noch die Gummistiefel geliehen, die er im Auto hatte. Eigentlich hatte er einem Freund im Garten helfen wollen. Aber einer von Thules Stiefeln ist wohl im Schlammloch stecken geblieben, da half Finn gerne aus.«

Madame nickte zustimmend. Klar, so kannten wir Neles Neuen auch.

»Wir können nur spekulieren, was zwischen Finns Abfahrt und dem Moment passierte, als ich Thule entdeckte. Viele Möglichkeiten gibt es nicht. Dann stand ich also vor dem Schlammloch, fassungslos. Alles in mir schrie: Nein, nein, nein! Das ist nicht wahr! Ich machte die Augen zu und wieder auf. Es half alles nichts.« Thule stöhnte, seine sonst eher tiefe Stimme klang heiser. »Ich musste etwas tun. Thule sollte dort weg. Auch wegen der Kühe. Und der Hafen war einfach sein Lieblingsplatz. Es würde dann alles so aussehen, als sei er ertrunken. Thule konnte ja nicht schwimmen.«

Na klar, daher hatte Wiebke ihre Theorie! Souffliert vom eigenen Mann.

»Aber als Nele die Obduktion in Auftrag gegeben hat, erfuhr sie, dass er nicht ertrunken war. Ich musste ihr alles erzählen, was ich wusste. Auch wenn ich eigentlich keine Erklärung für seinen Tod hatte. Von selbst wären die Kühe nie auf Thule losgegangen, nie! Aber nun stell dir vor, so ein Viech von siebenhundert Kilo fällt auf dich, Düvel ok!«

Madame schüttelte sich. Plötzlich blickte sie auf. »Weißt du was, Tamme? Du kennst doch Bente, oder?«

»Na klar, die Extremradlerin.«

Radfahren schien sich auf Eiderstedt nicht gerade großer Beliebtheit zu erfreuen, resümierte ich für mich. Denn als »extrem« konnte man die gute Bente nun wirklich nicht bezeichnen. Oder war es jetzt schon komisch, wenn man sich viel an der frischen Luft bewegte und auf seine Gesundheit achtete?

»Sie kam gerade mit dem Rad vorbei, als Finn von Thule wegfuhr. Kurz darauf ging ein riesiger Schwarm Gänse hoch, wohl direkt auf der Fenne neben den Kühen. Meinst du, das könnte die Kühe erschreckt haben?«

Tamme überlegte. »Das wäre ungewöhnlich, kann aber passieren. Wenn Thule gleichzeitig einen nachdenklichen Moment hatte, sagen wir mal wegen des Gesprächs mit Finn. Und wenn er in diesem Augenblick ausnahmsweise nicht auf seine Kühe geachtet hatte …«

Beide schwiegen eine Weile.

»Und du hast ihn zu Fuß zum Hafen gebracht?«, wollte Madame wissen.

»Das ging nicht. Ein Stück konnte ich ihn tragen, dann hab ich aufgegeben. Ich wollte sowieso mit Finn reden, der ihn als Letzter gesprochen hatte. Also rief ich ihn an. Er kam dann mit dem Pick-up seines Schwagers in spe, und wir brachten Thule gemeinsam zum Hafen.«

»Hast du dir überlegt, was passiert wäre, wenn du einfach die Polizei gerufen hättest?«, fragte Madame nun.

Tamme nickte. »Das war Teil des Problems. Ich hab doch gespürt, wie unruhig die Kühe nach dem Unfall waren. Völlig aus dem Häuschen. Auch der Hund. Lazlo musste ich zuerst mal ins Auto verfrachten, weg von allem. Ständig hat er die Kühe angebellt. Aber das Vieh konnte ja auch nichts dafür. Jetzt stell dir mal vor, in dem ganzen Chaos wäre die Polizei mit mehreren Wagen und Sirene angerauscht. Nachher wären mir die Tiere noch komplett durchgedreht, und die Polizisten hätten ihre Pistolen gezogen. Nein, ich mag mir das alles gar nicht vorstellen.«

Tamme hatte intuitiv alles richtig gemacht, soweit wir das beurteilen konnten. Wir spürten, dass langsam der Zeitpunkt kam, sich zu verabschieden. Tamme wirkte nachdenklich und traurig. Doch sein Blick schien aufgeräumter als zuvor. Auch Mademoiselle Julie war der Ansicht, dass ihm das Gespräch gutgetan hatte. Vielleicht hatte es ein Stück von der Last genommen, die Tamme sich aufgehalst hatte.

*

Nun mussten wir noch den letzten Schritt gehen und fuhren nach Dithmarschen zu Nele und Finn. Der letzte Eierlikör musste in Umlauf gebracht werden. Die letzten Fragen wollten geklärt werden. Der tragische Fall stand kurz vor dem Abschluss. Wir trafen das junge Glück im Garten, wo man in der Frühjahrssonne herumwuselte. Lazlo stürzte wie ein Wahnsinniger auf mich zu. Natürlich freute ich mich, doch nach einem Tänzchen war mir gerade nicht zumute. Es machte mich wohl froh zu sehen, dass Lazlo so ein schönes Zuhause gefunden hatte. Wir streunten gemeinsam eine Runde durch die Gegend, Lazlo zeigte mir seinen neuen Wirkungskreis. Das Halsband, unser Fund auf dem verlassenen Hof, fiel mir plötzlich ein. Hatte Madame es dabei? Gewiss würden sie uns fragen, wo wir es herhatten. Und das wollten wir lieber für uns behalten. Das Band trug Lazlos Duft, so viel war sicher. Und ich würde es gerne als Andenken behalten. An Lazlo, an meinen ersten Fall und alles. Ich konnte stolz auf mein Team sein, sehr stolz. Bestimmt würde Madame alles verstehen. Jedenfalls machte sie keine Anstalten, das Halsband zurückzugeben oder es auch nur zu erwähnen.

Sie hatte gerade mit Nele und Finn im Garten Platz genommen. Zwar war es noch recht frisch draußen, aber die Sonne hatte schon Kraft. Nachdem Lazlo und ich ein wenig herumgetobt hatten, gesellten wir uns zu den anderen und schlürften Wange an Wange Lazlos Wassernapf leer. Mehr Romantik ging gerade nicht. Als wir ein Schattenplätzchen in der Nähe des Tischs gefunden hatten und uns mit einem satten Grunzen niederließen, legte ich meine rechte Pfote auf seine linke. Vermutlich sahen wir schon ziemlich verlobt aus. Und ich hatte dieses verdammt wohlige Gefühl im Bauch. Wenn das nicht der Beginn einer wunderbaren Freundschaft war.

Nele, Finn und Madame hatten bereits eine Weile geschnackt, hoffentlich hatte ich nichts Wichtiges verpasst. Gerade ergriff Finn das Wort: »Den Vogelschwarm habe ich im Rückspiegel noch gesehen, da könntest du recht haben. Vermutlich eine Verkettung von unglücklichen Ereignissen. Es klingt alles wie in einem saudämlichen Film. Aber so ähnlich wird es gewesen sein. Und irgendwie hat Thule sich dabei noch mit der Harke an der Schulter verletzt und leicht geblutet. Tamme und ich kamen uns am Ende vor, als würden wir etwas vertuschen. Aber ich verstand seine Gründe.«

Nele schluchzte auf, Finn legte seinen Arm um sie. »Und ich dachte zwischendurch wirklich, du hättest etwas damit zu tun!« Sie sah ihren Freund an. Das musste knallhart gewesen sein. Aber die Wahrheit kam immer ans Licht, dafür sorgten Superjulchen und Team schon.

»Ihr bleibt hier, oder?«, fragte Madame.

Nele und Finn nickten. »Dabei fühlen wir uns einfach besser«, meinte Nele. »Es ist ein Neuanfang an einem für mich neuen Ort.«

Ich bellte: »Aber die Kühe!«

Alle sahen mich an, wie ich einträchtig mit Lazlo zusammenhockte. Jetzt mussten sie grinsen. Sollten Nele und Finn sich doch selbst anschauen, diese Verliebten.

»Was wird aus dem Hof?«, Madame wieder.

»Wir verkaufen ihn. Die Hühner ziehen zu uns, die Kühe zu Tamme. Lazlo hat seit den Geschehnissen eine Aversion gegenüber Rindern. Und Tamme sind die Kühe derart ans Herz gewachsen, als wären sie eine letzte Verbindung zu seinem besten Freund. Eine lebendige Erinnerung.«

Wohl wahr. Die Rindviecher konnten sich glücklich schätzen, dass Tamme sie so gern hatte. Dass er nicht wütend auf sie war oder einfach enttäuscht. Wegen fahrlässiger Körperverletzung mit Todesfolge. Aber letztendlich wusste niemand von uns, was in jenen entscheidenden Momenten passiert war. Ob man es hätte verhindern können. Was uns blieb, waren Indizien, eine Zeugin, ein paar Spuren. Und die Gewissheit, dass es kein schöner Tod gewesen war. Von einem Kuhhintern erstickt. Falls es so etwas wie einen schönen Tod überhaupt gab.

Die Lutscher schwiegen eine Runde und sahen in die Ferne. Einträchtig lagen Lazlo und ich nebeneinander und genossen die Zeit zu zweit. Man hörte nichts als das Gezirpe der Vögel und das entfernte Määääh von ein paar Schafen aus der Nachbarschaft. Dithmarschen war eben doch wie Nordfriesland. Auf einer Fenne flog ein enormer Schwarm von Staren auf und tanzte als wandelbare Wolke durch die Luft.

EPILOG

Endlich Sommer. Madame hockte im Schatten einer hohen Weide und studierte ihren Mini-Flimmerschirm. Ich döste neben ihr, litt unter der tropischen Hitze und spielte mit dem Gedanken, nach Grönland auszuwandern oder mich wenigstens in die Hütte zu verziehen. Wegen des Reetdachs blieb die Luft dort kühler. Mit letzter Energie hob ich den Kopf, als sie eine Passage aus der Zeitung laut vorlas.

»Das ist ja mal eine außergewöhnliche Stellenausschreibung! Was meinst du, Julie?«, fragte sie überflüssigerweise. Sollte ich mich etwa bewerben, oder was wollte sie mir suggerieren? Es ging um einen Job auf einer der nordfriesischen Halligen. Oder wollte sie dort etwa selbst anheuern? Ohne mich dann bitte! Ich konnte keine Wochen oder Monate am Stück auf so einem Mini-Flecken Erde verbringen.

Sie suchten eine Lehrerin oder einen Lehrer auf Zeit. Für ein paar Halligkinder, die sich auf dem Landflecken bildungslos herumtrieben. Umzingelt vom Meer, das manchmal über die Ufer trat und den Platz noch stärker einschränkte. Die Schule war wohl vorübergehend geschlossen, sah man mal von einer Portion Homeschooling ab. Aber so ein Flimmerschirm konnte keinen echten Unterricht ersetzen, und die Eltern hatten noch andere Dinge zu tun, als dem Nachwuchs Lesen, Schreiben, Rechnen und ich weiß nicht was noch beizubringen. Madame las und las. Ich war dagegen. Außerdem konnte ich mich nicht erinnern, dass sie eine Ausbildung in dieser Richtung vorzuweisen hatte.

»Die letzte Lehrerin ist spurlos verschwunden.«

Jetzt horchte ich auf. Entgegen des derzeit angesagten Dolcefarniente rappelte ich mich hoch, dehnte mich in die Yoga-Position »Herabschauender Hund« und stand auch schon auf allen vier Pfoten. Voller Erwartung blickte ich Madame an. Jegliche Müdigkeit war verflogen. Suchte sie noch eine Unterkunft, oder gab sie schon unsere Daten ein?

»Gebucht!«

Erste Sahne, meine Assistentin! Die indiskrete Detektei Plüsch & Palaver war quasi auf dem Weg. Mit Verve und untrüglichem Instinkt. Wir konnten die Sache schließlich nicht der Lutscherpolizei überlassen. Also Taschen packen und Kurs auf Nordnordwest nehmen. »Rüm hart, klaar kiming!«, wie die alten Friesenkapitäne sagten. Mussten wir in See stechen, oder kam man auch zu Fuß auf die Hallig?

Welche Hallig überhaupt?

NACHWORT VON JANNI

Wie ihr vielleicht schon mitgekriegt habt: Bei uns haben die Frauen das Sagen. Sie klären Mordfälle auf, die keine sind, und sahnen den ganzen Ruhm ab. Als einfacher Rüde versuchst du an allen Ecken und Enden zu helfen, weist Eindringlinge wie Postboten, Müllabfuhr und Radfahrer in ihre Schranken und sicherst sogar den Luftraum. Was erntest du dafür? Nichts.

Na gut. Mal ein kleines Zubrot, mal ein liebes Wort oder ein ausgedehntes Krauli. Aber von der Holden, sprich Julchen, immer nur Anpfiffe. Selten mal ein Bussi oder ein Tänzchen. Klar, dafür muss man in Stimmung sein. Als ich jung und frisch war, habe ich häufiger eine flotte Sohle aufs Gras oder auf den Teppich gelegt. Mit der Zeit ist das Leben gemütlicher geworden. Alles hat seinen geregelten Gang, und das muss so. Wenn der Magen knurrt, soll man fressen. Neben den essenziellen Dingen bleibt wenig Zeit für Meditation oder Spaß.

Während sich die anderen also ständig amüsieren, flirten und verloben, schaust du in die Röhre respektive in den Busch. Natürlich magst du Büsche, vor allem nach den Mahlzeiten. Man kann sich an zünftigen Sträuchern richtig klasse schrubbeln. Zwar hast du den Genießermodus eingelegt, doch scheint dein Leben in einer Sackgasse zu verlaufen. Ausnahmsweise triffst du mal eine hübsche Hündin am Strand, erklärst ihr spontan deine Gefühle. Doch anstatt dich genauso spontan aufhoppeln zu lassen, zeigt sie dir ihr Essbesteck. Dann kommst du nicht drum herum zu denken, dass das Leben ein echter Beschiss sein kann. Hättest du vielleicht die Karriere als Model weiterverfolgen sollen? Immerhin hast du es mal bis zum Coverboy geschafft, wenn auch nicht gerade auf Men's Health, Vogue oder Spiegel. Aber das kann ja noch kommen, mit acht Jahren ist längst nicht alles vorbei! Manchmal sagen dir sogar fremde Lutscher, was für ein toller Typ du bist.

Tief in dir drin spürst du aber, dass Karriere nichts für dich ist. Glücklich macht es dich allein, Sand unter den Pfoten zu fühlen und dich stundenlang darin zu wälzen, dich immer wieder reinzuwerfen und mit den Pfoten in der Luft zu strampeln. Das ist die wahre Freiheit. Gemeinsam mit Julchen, Madame und Monsieur, meinem besten Freund. An dem hänge ich besonders, nachdem ich schon zwei beste Freunde verloren habe. Mats, das Löffelgesicht. Er verschwand, als ich noch jung war und mich auf Gartenarbeit, ober- und unterirdisch, konzentrierte. Von einem Tag auf den anderen war das Katertier weg. Noch nicht mal ordentlich verabschiedet hat er sich. Und dann war da noch Nuno, der Rennplüsch, letzter seiner Art im Rudel. Wir entdeckten unsere Kumpelei erst spät, dafür aber umso intensiver. Er war das einzige Lebewesen auf der

Welt, dem ich neidlos beim Mampfen zuschauen konnte. Und er zog sich ziemlich viel rein, fast ohne Unterlass. Das faszinierte mich, glaubt mir, besser als jedes Programm im Wunderkasten! Ging ihm eine Quelle aus, alarmierte ich sofort die Küche, und Nachschub wurde serviert. Fellkartoffeln scheinen keine festen Fressenszeiten zu haben, die Glücklichen.

Was ich eigentlich sagen will: Das Rudel ist heilig. Und: Die Liebe siegt. Immer. Wenn ihr Glück habt, kommt kein weiteres Nachwort mehr. Vom Gackervieh oder so. Ich drück euch die Pfoten!

Ohren steif halten,
Euer Janni

NACHWORT VON MONSIEUR

Ich bin gerührt.

NACHWORT VON GRANDMADAME

Bin ich jetzt berühmt? Lasst uns feiern!

NACHWORT VON HAFRÚN

Pókpokpokpok, Pókpokpokpokpok.

Wörtlich übersetzt: Der nächste Regen bringt Würmer.

Frei übersetzt: Es wird weitergehen.

MEIN DANK GILT …

dem Verlag für das spontane Interesse, obwohl dieser Krimi so ganz anders ist.

dem Lektor für zahlreiche Anregungen und den angenehmen Austausch.

dem Mann für sein vielseitiges Engagement sowie Sätze wie »Julchen ist schon eine Labertasche«, als er das Buch erstgelesen hat.

den Hunden für ihre Steilvorlagen, vor allem Julchen, die uns mit ihrer starken Persönlichkeit immer wieder herausfordert: »Der Hund ist zu intelligent für uns!«

den Hühnern für ihre inspirativen Hinweise. Ohne sie würde es dem Buch an Diversität mangeln.

und natürlich Grandmadame für ihre tatkräftige Mithilfe. »Und die Wurstbrote«, wirft Janni im Hintergrund gerade ein.

Weitere Titel finden Sie auf den folgenden Seiten und im Internet:

WWW.GMEINER-VERLAG.DE

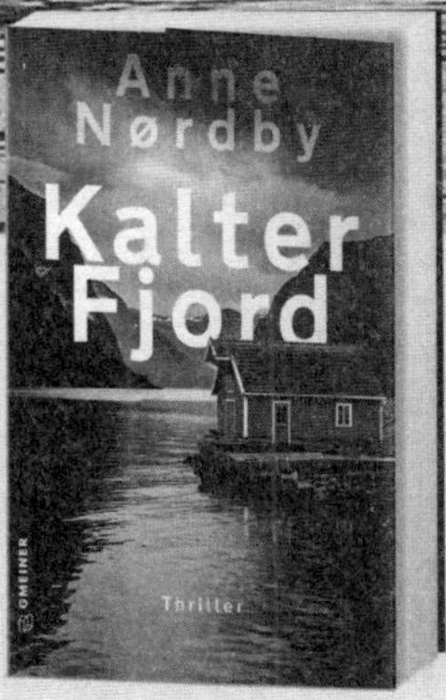

Anne Nordby
Kalter Fjord
Thriller
448 Seiten
13,5 x 21 cm,
Premium-Klappenbroschur
ISBN 978-3-8392-0143-5
€ 16,00 [D] / € 16,50 [A]

»Niemand entkommt den Schatten seiner Vergangenheit. Irgendwann wirst du die Dinge bereuen, die du getan hast.«
»›Ich muss hier weg, ich ertrage das alles nicht länger. Was ist das bloß für ein Albtraum?‹ […]«

Ein neuer Fall für Tom Skagen von der Sondereinheit Skanpol, der sich für ihn zum Albtraum entwickelt. Denn Skagen quält eine alte Angst aus der Zeit vor seiner Polizeikarriere, als er noch zur See fuhr …

GMEINER SPANNUNG

WWW.GMEINER-VERLAG.DE
Wir machen's spannend